CHUNTIAN DE

春天的奥德赛

星丛书系

白树 —— 著

广西科学技术出版社
·南宁·

图书在版编目（CIP）数据

春天的奥德赛 / 白树著 .—南宁：广西科学技术出版社，2024.1
ISBN 978-7-5551-2046-9

Ⅰ .①春… Ⅱ .①白… Ⅲ .①幻想小说—小说集—中国—当代 Ⅳ .① I247.7

中国国家版本馆 CIP 数据核字（2023）第 184840 号

春天的奥德赛 CHUNTIAN DE AODESAI

白树 著

策　　划：黄　鹏　　　责任编辑：赖铭洪
责任校对：苏深灿　　　助理编辑：吴雅妮
责任印制：韦文印　　　装帧设计：韦宇星
营销编辑：李林鸿　刘珈沂　　　内文插图：徐　行
封面插画：吴蕙杏

出 版 人：梁　志　　　出版发行：广西科学技术出版社
社　　址：广西南宁市东葛路 66 号　　　邮政编码：530023
网　　址：http：//www.gxkjs.com　　　电　　话：0771-5827326

经　　销：全国各地新华书店
印　　刷：广西壮族自治区地质印刷厂

开　　本：889 mm × 1194 mm　1/32　　　印　　张：9.5
字　　数：235 千字
版　　次：2024 年 1 月第 1 版
印　　次：2024 年 1 月第 1 次印刷
书　　号：ISBN 978-7-5551-2046-9
定　　价：58.00

知了
ZHILIAO

微暗的荒野

第一部分
夜晚属于群星

一

在吉布森沙漠的边缘，我看见魆黑的夜空露出一道亮光。夜风沿着沙脊线爬行而过，被照亮的赭红沙砾从我的鞋面上推搡着离开。我原以为那是救援队的灯光，实际上那只是一颗流星，掠过天际，沉眠入海。那时的气温是零下一度，我的牛皮水袋里滴水不剩，九个小时前沙漠就喝光了一切。现在我只剩下一个希望了。距这里不远的地方有一片树林，也许我能在那里遇见当地的猎人，至少可以喝些植物的汁水。可事实上，当我还在想象那些绿色枝蔓时，我已经倒在了地上……不省人事……灵魂干涸……可我没有死。有人撬开了我的唇齿，将清水送进我的喉咙。我无力睁眼，但摇晃的光线和骨饰碰撞出的声响，让我知道那是一队徒步行走的牧人。他们救了我，灌满我的水袋，然后继续上路，自始至终沉默。我活了下来。在那之后，我一次次回到那片红色沙漠，在夜晚中逡巡，可再没有见过那些牧民，也打听不到任何有关的消息。他们像是用风沙垒成的幽灵，又像是这颗星球一次悲悯的吟唱。

林原敲下最后一个字，保存导出。“故事 194”经过制码转换储入硬盘，织机雅各摇晃起圆肥的身体，用亮黑色的读取插槽将之一口吞下。

林原用指尖抵住自己的咽喉，这才感受到二十五个小时未进水的痛苦，像一颗蘸满岩浆的滚石在他的喉管中往返滚荡。他心里清楚，换作其他任何一个编织者，都不会为追求所谓“真实”而做到这种程度。故事就是故事，故事只是故事。但林原不喜欢冒险，更没有考虑过失败。194 号患者的人格解离已达临界值，他需要这片沙漠里的每一颗沙粒。

林原将围巾裹紧，跳下栏杆，沿长桥向上。浪尾嵌扣在海岸边，一半是蔚蓝色一半是奶油色，密布的霓虹灯管在黑色大楼上吹出一团团斑斓雾气，广告牌上周而复始地滚动着玩具广告、科技发现和地球历史。断点事件后，大脑不再是信息的庇护所，所以人们把它们投射到生活里，用字符和图像挤满每一个夜晚。但丰腴的幻影无法掩藏贫瘠的真相，老迈的图书馆馆长曾对林原哀叹，现在人类拥有的信息总量不及当初十分之一，那些丢失的故事永远都找不回来了。

暮霭和楼影结在地面上，像覆盖了一层凝固的石油。林原躲过几辆匆匆疾驰的汽车，在街边找到一家咖啡店。店里的砖墙是查特酒绿色的，窗上的折射器将门外的夕光稀释成白昼。他在吧台边坐下，叫了三杯苏打水和一份牛角面包，然后打开雅各的档案文件，凝视着那些上下波动的指数。扬声器播放着爵士乐，食客们的谈论声混在其中，押着节奏，像一段段被设定好的代码。

毫无预兆，那个女孩就是在这时候突然出现的。

老旧的棒球衫，水蓝色牛仔裤，灯光恰到好处地勾出她的影子。她的脚步轻巧迅捷，在地面上往来滑行。托盘稳稳地被她捏在手中，脸上那个滑稽的毛绒熊猫面具似乎并没有阻挡她的视线。她的每个动作都带着生气与活力，露出与周遭人截然不同的气场。许多顾客都为她驻足侧目，目光里有欣赏和惊叹，也有说不清的嫌恶。林原也用余光偷瞄，他不知道她是谁，可比喻句职业病似的从胸口里跳上来，他觉得女孩好像一把匕首，这个夜晚所有的沉闷都被她刺破。

女孩将那些目光搁置一旁，绕过餐桌，来到林原面前。“你的苏打水和面包。”她的声音被布料吸收而变得含混，但仍能辨识出年纪，十八岁或者十九岁——正是人格下沉的危险期。

“谢谢。”林原收回目光以躲避尴尬。

“你是旅行者吗？”

“什么？”

“我说，你是从很远的地方过来的吗？来这座城市？”

“不是，我就住在这儿。”

“是吗？可是你好像很多天没喝水了。你看，你嘴唇都裂开了。”女孩躬下身，目光穿过面具打在林原身上。

“哦，这个……我是为了……”林原慌张地用舌头舔舔上唇，“为了工作。”

他感觉人群的目光不再聚向这边，被打断的永恒爵士乐也恢复如初。可女孩并没有离开，她轻轻敲打太阳穴，口中一直“嗯嗯哼哼”，像在舔舐某个从大脑滑到嘴边的答案。

而后她喊出声：“我知道了，你是个编织者，对吧？”

林原愣了一下。他有了一个设想，这个设想让他兴奋，却也让他难以置信。不可能的，也许只是因为她看到了雅各，织机的样子谁都见过。但真是这样吗？如果她真的知道他是在为编织故事而体验饥渴呢？尽管在编织者里只有他这么做，只有他是那个较真的疯子，但如果……她就是知道呢？

林原还在沉默，女孩又说：“编织者都很喜欢故事吧，要不要听我给你讲一个？”

“关于什么的？”林原脱口而出。

“听听就知道了。”女孩说。

她拉来一张木椅，双腿交叉，坐下。

阿离喜欢冬天，冬天是她出生的季节。她的生日在十二月，就在圣诞节前，每次过生日时天空都会降下大雪，鹅毛状的，碎屑状的，团状的。家人聚在温暖的火炉旁，为她切炭烤鸡肉和草莓蛋糕，笑声像手臂一样，环成拥抱。然而在她十岁生日的时候，那笑声突然消失了。大家没有坐在餐桌旁，反而守在电视前，屏息凝视，等着官方宣布某项重要科技工程的研发成果。阿离记得那项工程名叫“意志矩阵”，它能将人类人格、记忆和其他脑内信息具象化，上传到搭建好的专门网络中。人类意识原来是个密闭的箱子，而今终于被人打开。阿离不知道这对于她意味着什么，她的爸爸妈妈也不知道，没有人知道。十五年后，当“意志矩阵”第一次超大规模互联实验失败，那些人才终于明白：黑箱无法被解锁，只能被毁坏。作为互联者之一，阿离的大部分人格都被摧毁，而她腹中的女儿则成了第一批先天性人格构建紊乱的患者。她们被打碎了，而后又被黏合，回环往复。阿离的女儿十七岁时，大脑终于死亡，而阿离则独自在西伯利亚度过剩余的八年零三个月的时光。你知道为什么她会选择西伯利亚吗？因为那里总会让她想起她的生日，那个火炉，那块草莓蛋糕，还有那些从天空飘下来的、父亲母亲会和她一起仰头亲吻的雪花——那些是她持续溃散的意志中唯一未曾变动的东西。她想念它们。

女孩用手指比出一个休止符：“完啦！”

林原苦笑一下：“断点事件？这是历史，不是故事。”

“谁说历史就不是故事呢？”女孩滑稽地晃了晃熊猫头，“对于现在的我们是历史，对于九百年前或九百年后的我们就是故事。这个世界上的大部分东西，在远处看是故事，拉近了，就变成了现实呀。”

林原不确定自己是否真的听懂了。

“阿离是你的朋友吗？”

“当然不是，是我编出来的，都说啦，是故事。是不是骗到你了？有时候我的确觉得自己挺适合做编织者的，如果……”

远处传来老板的铃声，女孩起身，重新擎起托盘。

“该去帮工了。好好享受你的苏打水，晚安。”

“谢谢你。我的意思是，还从来没有人给编织者讲过故事……”林原抬起头，目光勉力追上女孩。

“我知道。”

说完她便消失在橘黄色的灯雾里，吵嚷着的孤独再度扑来。

林原从咖啡厅出来的时候，秦承正倚在车边等他。秦承身材干瘦，头发卷曲，一身黑色毛呢大衣将他整个吞下，剩下的部分则吁吁地吐着烟圈和寒气。

“抱歉，刚才雅各在清理数据，没收到你的信息。”林原走过去。

“不碍事，反正我也要来接你。”秦承熄了烟，条纹围巾又缩紧一圈，“上车吧，主任说今晚开会。”

汽车吐出一串咔嚓声响，在路面上跑了一公里后开启了磁力悬浮。他们从一座高架桥跳跃到另一座，月光和雪花趁机将自己从窗户缝中倾倒进来，林原不自觉缩了缩胳膊。他仍在想那个女孩和她的故事，想它的细节，想她的眼神，可越是琢磨越是困惑。编织者可以倾听另一个人的故事吗？那样会对工作有什么影响？对他是好是坏？守则里没有相关规定，因为从没有过这样的先例——编织者永远都是讲故事的那个。

“少见啊，知道主任那头风风火火地找你，还这么镇定。”这时候秦承甩过来一句。

“211号明天才会到吧？”林原摇摇头，女孩的身影随之消失。

“是，不过今晚得先做些策略讨论，”秦承回答，“那是个特殊患者。对了，194号那边出结果了，故事序列的模拟构建很顺利，过两天雅各就可以进行打印了。恭喜你再次完成任务，王牌大师。不过啊，朋友，我还是觉得你的工作方式太夸张了。

二十五个小时不喝水？你要是真不想活了，我能给你支点儿更方便的招。”

林原漫不经心地点点头，没把后半句话听进去。

“你刚才说，是个特殊患者？”

“对，很特殊。”秦承收起笑容说，“是个‘黑洞’。”

二

断点事件发生的那一晚，人类丢掉了自己。

直接接入“意志矩阵”的实验者首先失去了记忆，随后失去大部分感知能力和认知能力，出现严重的意识解离现象。这个过程不好用语言形容，但结果显而易见：他们变成了某种动物。人类尖叫、惊奇、恐惧，像是退回到百万年前，智慧的火星刚刚在猿类脑中浮现的那一刻似的。幸存的人们很快意识到，他们已经没救了，被送往医院的只是一具具空荡荡的躯壳，里头的灵魂溜走了，留下来的是无穷无尽的深渊。

起初管理者试图冷处理这起“事故”，按下了主流媒体的消息，社交网络露出的只鳞片甲也在两天内被扫清。权力虽擅长消灭真相，却不擅长自圆其说。于是他们组织了一批专家，脑科学学者、心理学家以及工程师，打算在几周内找出一个足以搪塞大众的完美说辞。然而数次会议后，专家们得出的唯一结论，就是那些不幸者只是点缀的花环和助兴的舞蹈，这场舞会才刚要开始——

鲜有人记得准确的时间，可能只是一个昼夜，“事故”倏然间进化成了流行大瘟疫。除极少数的特例，几乎所有人都产生了解离的现象，偏激的、分裂的、矛盾的、遗忘的、零散如碎片的……如果说“意识”曾经是幅画卷，而今则是被打翻在地的拼图。

不仅如此，这种病症——如果它可以被称为“病症”的话——似乎还带有遗传性。断点事件后出生的绝大部分新生儿，天生就无法形成稳定的人格。当他们超过十六岁时，人格就会出现裂痕，像气球漏气似的，一点点干瘪，再无法统摄他们的行为逻辑。

这最终导致世界的大崩溃。人类还在，但“人”已消失，地球成了一片拥挤的荒野。

“人的意志到底是什么？这个问题我们无法回答，只能猜测。”林原记得写作课老师这样说过，“在一百多年前德国的哲学家卡西尔看来，人之所以为人，在于人可以创造‘符号’，构建故事，锻造文化。从神话到宗教，从语言到艺术，这些文化符号都是人类对自我进行虚构、通往理想世界的结果，人就是在这样的创造性活动中才实现了自我。而现在，我们失去了这种能力，失去了创造符号和故事的能力，因此我们也失去了人格和意志。”

“那如果我们找回了故事，”林原站直身体说，“是不是就能找回意志？”

“这就是‘编织者’存在的意义，我们存在的意义。”老师说。

那些极少数未受影响的人取出意志矩阵的残骸，将其中残留的数据资料解包分析，推测出了意志运作的潜在逻辑：在某种意义上，自我意识可以说是一种帮助人类认知、构建和统合符号的功能综合体，反过来，这也就证明符号可以影响人格构建，不同的符号和承载符号的故事也许会催生出不同的自我意志。尽管并无充分论据，也没有逻辑推演的路径，看上去只是一次毫无道理的豪赌，但对于现在的人类来说已别无选择。他们据此创造了“织机”（looms），一种可将故事转化为非直接读取式符号的系统。接入意识后，织机可用一种特殊的“打印”方式，将符号信息直接打印在负责逻辑和解释的左脑中，从而重新激活人格构建能力。

织机的操作者自躲过灾难的幸存者中选出。他们分析患者意志的残缺部分，寻找重启它们的符号，用文字、图案、照片、影像等各种载体创作承载这些符号的“故事”。他们被称为“编织者”，提捏着意志世界的丝线，终生织纴不休。

343故事中心呈圆环状，通体由钢化玻璃制成，但自大厅前往对话室的路上却设置了一条五十米长、两米宽的砖墙回廊。回廊里没有灯光，没有装饰，没有声音，只有最大密度的黑暗。主任说，在黑暗和静寂中意识最易显现，只有确保自己走出回廊时仍未迷失，他们才有资格作为编织者走进对话室。

大概是因为昨夜粗糙的睡眠，这次穿越回廊林原多花了一点儿时间。秦承已经到了，如往常一样把自己裹在黑衣里，见到林原后从包里掏出一瓶能量饮料："没睡好？"

"回去又看了几遍资料，没注意时间。"林原接过来，橘子味的。

"患者情况清楚了吧？"

"大概了解。"林原回想资料，211号患者潘青铃，女，十九岁，一年前出现人格解离现象。过去九个月，曾接受七位编织者写就的十四个故事，但所有故事在植入后都被大脑迅速清除，或者说吞噬，最长停留时间不超过一周，是数量极为稀少的黑洞型患者。尽管表面看上去，她仍维持着较为稳定的理智，甚至比一般患者更加清醒，但这只是假性表征，受到刺激或者经历一段时间后，就会产生极为严重的间离性应激反应，意志瓦解的可能性也比他人高上几倍。一柄达摩克利斯之剑。

"简言之，她是迄今我们接收过的患者中问题最严重、最复杂的一个。"

"对，所以主任才把她交给你。"秦承拉开一罐咖啡，"像我这样一个随便画几张画就植入给人家的，光是参加昨天的讨论会就够头大了。其实主任都开始觉得我动机不纯，就是想画达利才留在这儿的。"

林原笑笑："难道不是吗？"

秦承耸耸肩："也说不准。"

两人在路口分别，林原向右进入对话区，砖瓦墙壁重新被玻璃取代，阳光穿过罅隙精准附着在他的肩膀上。目的地近在咫尺，他先是加快脚步，之后又突然放缓。他重新拿出遍布褶皱的档案，照片上的女孩梳着短发，微笑自嘴角绽开，有些修长的、红褐色的眼睛却显得笨拙，跟那笑容极不相称。

“她被植入过十四个精心写成的故事，”林原提醒自己，“而她将它们一一吞食。”

他推开房门——

里面是一片旋转的银河。

编织者在编织故事前，无论档案如何精准细致，都必须与故事接收者进行一次对话。对话形式各不相同，编织者有时提问，有时倾听，有时只是谈论山川大河，有时则会刺入秘密深处。对话会安排在特殊房间内进行，房间由织机控制，接入患者大脑后，投射出吻合其意识倾向、适宜展开对话的影像。对象不同，房间样貌也就不尽相同。

但林原还是第一次进入这样的房间。不是木屋，不是宫殿，不是田野，而是宇宙，一整个宇宙。什么样的人会把宇宙装在脑子里?

他不知道该做何反应，只能兀立在巨大的、干黄色的星球下面，捏紧领口。

“你好啊……”

林原看见群星间显露出一颗斑纹星球，但仅是一瞬间便爆炸裂开，溅出红色的、绿色的黏稠油彩。被溅上油彩的虚无空间依稀现出轮廓，先是身形，纤瘦矮小；然后是头颅，黑白相间。

“喝苏打水的编织者先生。”戴着熊猫面具的女孩说。

在吉布森沙漠的边缘，我看见黢黑的夜空露出一道亮光，我看见……

我的幽灵向我走来。

“你好，又见面了。”

“你看起来好像不是很惊讶嘛。”

“看到你的档案时想过这种可能性，只是不确定。”

“为什么？”

“因为这座城市里从来没有同时出现两个像你这么特别的人。”

“嗯，说的也是。”

“你从哪儿来？”

“很远很远的地方。”

“你真的是那家店……嗯，Tours 的服务员？”

“只是去帮忙的，我想知道这座城市是怎么呼吸和生活的。遇到你纯属巧合，编织者先生。”

“我叫林原。”

“好的，林原。”

“你为什么一直戴着面具呢？”

“因为我是‘黑洞’呀，我吞噬故事，咔嚓咔嚓，嚼得一口不剩，怎样都无法治愈。所以我一直不稳定，有时候会突然出现被害妄想症什么的，那时候见到任何一个人都会让我崩溃。很可怕对吧？戴着它我能安心一点，至少发病时不会立刻朝墙上撞。”

“‘黑洞’也可以被治愈，只要找到那个对的故事。”

“我身体的一部分在说‘不可能’，还有一部分说‘就这样死了算了’，不过我这部分还是相信你的。”

“我可以叫你青铃吗？”

“可以啦，但我有时候会记不住这个名字。”

隔着面具和玻璃板，越过银河旋臂和雾状星云，女孩的声音仍然清晰地传了过来。

“你可以叫我 Panda。”

三

城市图书馆埋在小巷里，两层楼高，远处看看不真切，只凭发霉的霓虹灯管和天线勾勒出轮廓。林原推开旋转门，穿过飘在空气中的 AR 数据——广告、书摘、作家履历——拾级而上。二楼空无一人，跳跃的导航全息图一直闪烁，但那些盖在灰尘下的书本缄默不语。在这里它们独享美与价值，无须他人光顾。

很久之前就鲜有人阅读纸书了，它们没法用带有扩展功能的智能阅读器辅助阅读，信息获取效率低下，早就该尘封入史。但断点事件后，人类就如受惊之鸟，到处寻找可以承载符号和信息的介质，传统书籍印制技术也就相应恢复。每隔一个月，就会有一批印好的新书被送至城市图书馆。小说、历史、童书、科技期刊，还有早就过期的旅游地图，五花八门。尽管仍无人阅读，更像是一经诞生就被送入墓地，但谁知道呢，总会有像林原这样的幽灵到访。

林原从书架上取下一本书，自上至下滑过书脊。他喜欢猜测书本的设计和工艺，“选纸”“油墨”“烫印”“书膜”“逆向上光”，他不确定这些名词代表什么，但他能感知到那些旧书上附着的东西，烫的，火焰一样，叫人兴奋。不管如何模仿，如今的人类都无法如昔日那样，用新思想取代旧的，用浪潮覆盖浪潮，生产出近乎无限的文化。诚然，人类从未拥有自由，但至少曾经的人类可以虚构自由。

林原笃信自由意志，将之奉为人类最重要之物，为之鼓舞也为之沉沦。想想看，人类曾有几时失去过自由意志？哪怕是宗教故事里的创世之初，亚当与夏娃也是因遵循自我意识偷食禁果，才被逐出伊甸。然而神明明可以没收人类的选择权利，如此一来他将永不犯错，永留乐园。但神无法这么做，因为若是人无法为自我选择，他也就将不再是人。

十岁时，林原读到了这个故事，他决定把人类失去的东西找回来。

他要成为一名编织者。

选拔考试在秋末举行，那天长街叠着落叶，往来的行人瞥向他们，恐惧的嫌恶的目光扎过来，都是冷的。老师嘱托林原，尽管编织者致力于重建人类意识，但其实鲜有人将编织者视作什么曙光，甚至会鄙视或恶语相向。有些东西是扎根的，人类就算丢掉自我，也丢不掉那些恶意。

其实老师多虑了。林原痴迷的是自由意志本身，并不在乎它被装入到怎样的躯壳中。在他成为编织者的第二年，一名曾形容编织者是“没用的废铁”的反对者坐在他的身前。那时对话室的墙壁上满是流动的、带刺的紫色斑点，投映到脸上，像昆虫螯肢刮擦，就连监控室的同事都紧皱眉头。

可林原最终治好了他，就像治好其他人那样。

那时秦承站在画板前，耸耸肩说：“可真行。兴许我们都是假的，这世界上其实只有一个编织者也说不定。”

然而，此时林原却是作为失败者回到这里的，像是无计可施后的逃避。

他已经跟 Panda 进行了五次对话，对数万字的资料和报告进行过分析，却仍无法动笔写下一个字。给她的故事需要符号和意象，需要流畅的笔触和曲折的情节，要跟她的记忆强关联，还有什么？还要有色彩，色彩很重要。可仅仅是这些还不够——

林原把自己埋在书堆中，任凭灰尘钻入鼻腔，之后立起一根手指。雅各识别指令，开始播放录音：

RE：与 211 号接收者潘青铃的第 1 次对话　第 9 次播放

Panda：气氛好像有点冷，嗯，我们该说点儿什么？

林原：我想多了解你一点。

Panda：我不太喜欢直接暴露自己，当然这不是针对你啦。

林原：我明白，或者我们……

Panda：但是我可以给你再讲一个故事。

林原：故事？按流程……

Panda：一个女孩，嗯，我们就叫她女孩A吧。女孩A的童年非常普通，没有漂亮的脸蛋，也没有聪明的脑瓜，唯一一次高光时刻，是用一根生锈铁棍吓跑了三个虐待流浪狗的男孩，可惜后来反而遭到了许多女孩的白眼。她在她的小镇里一直上到高中，所有邻居都知道她，却没有人记得她。十六岁那年，女孩A和其他同学一起参加了意识完整性测试。她不知道那是什么东西，只是结果出现时，所有人都吃了一惊，像盯着怪物一样盯着她看。后来女孩A听说，这是因为他们发现她的人格丝毫没有产生下沉或分裂倾向，非常完美，就像……某种玉石。这个比喻没错吧？总之，女孩A从此就变得不再像是女孩A了，无论她走到哪里都能吸引什么东西，先是引来好奇和羡慕，随后是嫉妒和恼怒。他们咒骂着在她面前走过，目光就像是希望把她整个给扒开，伸进手去，将里面的东西据为己有。这样的生活持续了一年，抛来的目光渐渐少了，女孩A又被埋进镇子的记忆深处了。可就在这时候，事情又发生了变化。第二年的复查检测，测试结果显示女孩A的意识已经完全垮掉了，而且那些输入进去的探查符号，也被什么东西一瞬间给吃掉了。她是个“黑洞”，他们这样说，她永远都找不回自己了。于是那些熟悉的目光又回来了，好奇仍是好奇，羡慕却变成可怜，嫉妒成了舒畅，他们的脸上写着“就该如此”，密密麻麻，填满每一条褶皱和每一个眼角。直到被送到另一座城市前，这些表情都没有改变。但女孩A觉得他们只是害怕罢了——既然人类祖先最先感觉到的是恐惧，那最后剩下的也一定是。她不怪他们，恐惧确实很讨厌，一直以来她就是跟恐惧相伴的，她懂……

RE：播放暂停

Panda 和他不同，这一点林原很清楚。他没有多少童年印象，也不记得周遭的人如何看他。他不知道自己是否平庸，也无法知晓 Panda 是如何捱过那一场残忍的人生逆转。但这些都不重要，重要的是他知道自己被 Panda 吸引住了，第一次见面时就被吸引住了。这种吸引很难解释，磁铁与磁铁，水滴与河流，一切自然发生。但就在不久前，林原似乎终于明白为什么对他来说 Panda 如此特别——

很简单，她拥有构建故事的能力。

尽管她的故事都只是笨拙甚至野蛮地从过往中抽取，但她终归使用了符号和意象。这意味着什么？南美洲至今仍有一些延续下来的原始部族，部族成员大多熟悉环境，能够在河流中熟练地浮舟，每一个弯道都记得清清楚楚，然而“河流”一词本身对他们却无意义，他们也无法绘制出漂流的路线。原始人类无法使用符号，无法理解独立于现实的“故事”——对于这些产生解离问题的患者来说也是同样道理，他们不可能提取出这种东西。

但 Panda 可以。

这根本说不通。

林原分析过 Panda 曾接收过的十四个故事：有西方背景下的奇幻故事，有白描写法的现实主义叙事，还有一个借鉴了私小说笔法，对日常琐事与心流的描写宛如踩着刻度，巨细靡遗，多半是用非常规手段获得了患者记忆。即便编织者寻找符号和故事形式的逻辑无法言说，也没有确定的公式可供套用，但一个故事是否与接收者契合，在设计之初多少能够做出预估。林原相信，这些故事一定是有效的，至少可以浓缩为某些符号，长期留存在意识或潜意识中。而证据显示，在植入阶段，这些故事也的确全部被大脑接纳，然而它们一旦潜入意识深层，就会被某种东西迅速吞噬，快速，直接，就像一场绞杀。

“我记得我们已经讨论过了，潜意识理论目前没有被证实，任何时候都不应该拿这些理论作为参考。”

一天前的会议室，主任干瘪瘦小的身躯站在投影前，脸上是与这干瘪身体相配的疲倦。

“对，只是……这毕竟是一种说得通的解释。我的意思是，她的意识的确已经解离……”林原停顿了一下，“但也许她的大脑中存在一种统御型人格。她拥有独立意识，但这一独立意识自愿分解破碎，任由她撕裂自己。而那些编织完成的故事，也是被这一意识吞噬清除的。”

“这可能吗？”

“只是设想。”

“她为什么要这样？”

“我不知道。”

“那你打算怎么办？”

“我想……再观察一段时间，看看她构建故事的能力究竟能达到哪一级。”

主任瘫坐下来，空落落地吐出一句：“这还是第一次。既然我们无法成为讲述者，那就去倾听吧。”

林原最终选择了黑塞的《玻璃球游戏》和冯内古特的《猫的摇篮》，刷卡记录，走出图书馆。这时雅各忽然飞到他身前，旋转几周，在虚拟屏上挤出一个“哭笑”表情。

“我是Panda！”女孩被数字处理过的声音跳出来，“我在想，明天的对话要不要换个地方？”

四

林原跳下公共汽车时，Panda已经等在路边，面具缝隙里呼出微热的白气。

林原走到她身边，两人对视了一会儿，却什么都没说。Panda

眨着眼睛，熊猫面具随着面部肌肉的变化而起起落落，最后又归于一片茫然。他们就这样坐了十几分钟，小雪落了满肩，Panda才如梦方醒。

“你来了，林……编织者先生！”她含混地说。

“林原。”

“对，林原。抱歉，我最近情况好像越来越糟糕了……”

“没关系。现在走吗？”最好不要让Panda在外面晃荡太久，尤其是现在这种情况。

“好，出发吧，就在这儿附近。好冷……嘶嘶。”

他们要去的地方叫“星空墓地”，一座占地九千平方米、外墙黑黄相间的博物馆。林原以前听说过这里，似乎是五六年前建成，开馆当天吸引了不少观赏者，但很快就销声匿迹。在这个所有信息都会放进霓虹滚动灯的时代里，没有消息便等同于死亡。不过这其实并不奇怪，这座城市里有很多东西都会突然出现再突然消失，就像是用数据凭空建构的一样。林原好奇的是，Panda为什么会知道这个地方。她称得上稳定的记忆和认知屈指可数，而她竟然割出其中一部分来储存这座无人问津的博物馆。

“你以前来过这里？”Panda在冰面上如履平地，林原快走才能跟上。

“没有啊。”

“那为什么想来？”

“嗯……得等看过才知道。”

他们穿过闸机，走进连接内馆的走廊。和故事中心那条一样，走廊深邃幽静，但并不算长，就在林原胡思乱想之前，黑暗结束。他的视野被深蓝色填满，流动的冷光灯好似巡行的教士，所到之处喧嚣着，用歌唱勾出一颗颗圆球的形状。那些圆球被机械装置固定在半空，偶尔能在微光中瞥见它们的颜色，杏黄，深咖，银灰。脚下的金属板此时也变得透明，像是走在静止的虚空中，只有偶尔落下来的圆形阴影在脚面滚过。

这里是星空，但又与真正的星空不同。

Panda 拍了一下杵在门口的导航机器人，后者吭哧一阵后开始解说：

“欢迎来到‘星空墓地’。这里是死去的宇宙，是陨落星辰的墓园，存放着所有迄今人类观察到的已经死亡的星球。您所看到的那些球体，是我们使用特殊材料和工艺，最大程度还原出的死亡星球模型。我们都知道，不管是行星、恒星还是彗星，它们其实都和有机生物一样，有着盛衰和生死。这座博物馆存在的目的，就是为了纪念这些曾经在宇宙中存在过的星球。”

他们跟着机器人前行，微弱的灯光随脚步一圈圈扩散。

“恒星在主序星阶段结束后会变为白矮星、中子星或者黑洞，与此同时会向空间中扩散出大量物质，这些扩散出去的星云如果质量足够大，会重新通过核聚变而变成一颗新的星星。但原有恒星的残骸，却只能继续演进，永远无法再变回恒星。”机器人继续说，“行星即将死亡时，则会以夸张的速度不断膨胀，从而不断失去自身的物质。当膨胀抵达临界点时，它的星核会熄灭，星球迅速冷却，之后逐渐瓦解，最后成为四散的宇宙尘埃。它们什么都不会留下，就如同从未存在过。”

Panda 停下脚步。

“我看过一本书，上面说太阳系外有一颗名叫 Wasp-12b 的行星，它的性格特别狂暴，总是横冲直撞，运行轨道又非常接近它的主恒星，完成一次公转差不多只等同于一个地球日。”Panda 仰头看着一颗破损不堪的星球模型说，“所以它每次运转，都会被恒星蒸发掉大量物质，就像一场自杀似的。它的死亡华美盛大，所以人类很早以前就观察到了它。它会一点点减损质量，在最终死亡之前，它拥有整整五百万年的壮烈闪耀。”

林原惊讶地看着她。

“这些星球和我们这些失去人格的人很像，不是吗？没有名字，缓慢地死亡，直到消失很久后才被人想起来。”Panda 跳到林原身边，歪过头，“我一直很好奇，编织者的‘故事’到底是怎么激活人格的？”

林原说：“很难说。有位叫马克·图纳的认知学专家说：‘叙事性的想象是形成思想的基本方法。’所以我们的大脑天生就会讲故事，尤其是我们的左脑，如果收到的信息不符合认知，甚至会根据掌握的信息瞎编出来一个故事。编织者做的更像是一种逆向工程，我们给大脑植入一个故事，就像给干涸的土地一杯水，它并不能改变大脑本身，只是让大脑找回运转故事思维的能力。至于故事中的哪些东西能产生哪些疗效，还是由接收者自身的大脑决定的，它是个黑箱，编织者只能猜测，不能控制。”

Panda 说：“很可怕呢。如果我和我的大脑意见不合，如果我想和 Wasp-12b 一样热烈地终结，可大脑却命令我变成一颗寂寂无闻、正常死去的星球，会不会很悲哀呢？”

林原愣了一下：“我没有想过这个问题……”

“没关系，我只是随便说说。我没有自我，也不知道会成为谁，也许我今天想成为那颗暴脾气的 Wasp-12b，但明天就想变成安静的月球了。不管你的故事会让我成为哪一颗星星，我相信我总有办法让自己唱起歌。”

头顶的蓝色再次流动，女孩撑起双臂，悄悄呼喊。

“风来当我的喉咙，潮汐做我的节拍，只要我唱出来，就能知道自己是谁。”

五

陨石陷在泥土中，对着惊讶的雕塑家说：“我不属于这里，我属于宇宙。拜托你，让我回到我应该在的地方。”雕刻家问：“我该怎么做？”陨石说：“用你卓越的技艺，用你热切的深情，将我雕刻成形，让我飞往群星。”雕刻家提起昏黄的油灯，发现石头色泽、质地、重量都近乎完美，便点头允诺。他雇了一辆马车和三个帮工，穿过帕拉迪诺山脚下的荒野，将陨石送至家中，想要将其雕刻为天使。他茶饭不思，夜不能寐，满心想要将雕塑完成。而当他每每拿起刻刀，又总会泪眼迷蒙，不住呢喃：“如此完美，如此完美。”昼夜轮转，秋逝冬来，雕刻家终于完成了雕塑。他扔下刻刀，跪在那对巨大的羽翼前痛哭：“人间容不下完美之物，你既有了双翼，便回到天国吧！”可石像却望了一眼夜空，摇头说：“我拥有了坚韧美丽的双翼，但也拥有了你深爱亡妻的脸庞。我曾经属于群星，可现在我应属于哪里？”

林原又一次从梦中惊醒。客机轰鸣着划过窗外夜空，天花板上的投影显示着絮絮叨叨的午夜新闻。他看了一眼雅各显示屏上的留言，穿好大衣，走上仍在酣睡的城市街道。

Panda 的人格构建仍然没有实质性进展。过去一个月，林原曾写下十几个故事，可最后又都将它们一一删除。他无法确定那些故事是否属于她，也无法确定他会在故事中留下多少意识痕迹，这些痕迹又是否会影响建构结果，是否会改变她的样子。她会变成一颗会唱歌的星星，还是会脱下面具，变成茫茫人群中的一员？他不知道。

真是奇怪，他是这样希望 Panda 能够完整如初，可他现在却又是这样迷茫。

他曾经通过雅各的权限访问过档案库，试图找到关于符号与人格对应机制更详细的说明，但一无所获。尊重意识密闭性和独立性，让其任何判断和选择都处于黑箱状态中，这本就是编织者展开工作的前提。人类为解析自我意识已经付出了一次惨痛代价，没有人希望灾祸重演。

于是他只能一次次和 Panda 对话，听她讲述那些临时起意编织出来的故事；跟她一起前往城市的各个角落，看遍那些滚动的霓虹。他有时会给她讲列维－斯特劳斯和莎士比亚，她似懂非懂，却始终好奇。分别时，她总是会大声向林原道歉，因为她知道，一旦过了今天，自己就会将这一切一一忘记。有时她会变成另外一个人，眼神呆滞，流着涎水，很久之后才会恢复如初。林原知道，终有一天她的人格会下沉到临界值，再无法自行黏合，那时她就会以这样的姿态死去。

林原记得自己曾这样问过老师："当人的人格彻底瓦解时，会变成什么样子？"

老师说："就像冬天的冰块溶于春天的水中。"

林原摸了一把栏杆上正在融化的雪，加快了脚步。

林原在酒吧找到秦承时，主任正瘫醉在吧台上。威士忌只剩底，被潦草地搁在一边。

"开了十三个小时的会，顶不住了，让他歇着吧。"秦承从吧台下面拉出一张椅子，"坐。"

秦承五年前开始经营这家名为"面部幻影"的酒吧，只做四种调酒，装修极为古典，没有安装任何全息投影，相反在墙上挂满了装裱考究的油画。有一些是从旧物店淘来的，经他细心修复，焕然一新；有一些是从地下黑市购得，花掉了他大半积蓄；另外一些出自他自己的手笔，凌厉，乖巧，张狂。秦承说他之所以接手这家店只是为了猎捕灵感，毕竟编织者的生活太过枯燥，终有一天他会消耗掉自己所有的故事。"但酒精和人群能碰撞出色彩，"他这样说，"而色彩和色彩能碰撞出一切。"林原无法理解这句话，严格说来，他其实对秦承一无所知。他是个画家，是个编织者，但除此之外呢？

林原坐在椅子上，一杯琴费士滑到他面前，杯口的柠檬泛着鹅黄色的光泽。

“我收到你的留言了。”秦承放下冰桶，漫不经心地从酒架上取下一瓶朗姆酒，坐在他对面。

“对不住，我知道你还在休假。”

“没关系，反正也很久没一起喝酒了。先喝酒，再说话。”

两人一饮而尽。

秦承放下杯子，喘了口气：“不过那件事，很抱歉，我觉得我帮不上你。你知道主任的眼光，他将潘青铃交给你，就意味着你是最合适的。”

林原说：“我找不到属于她的文字，也许你的画可以。”

秦承说：“她之前植入过画作，不是吗？还植入过影像和音乐，但结果全都一样。故事能不能激活意识跟它的载体无关，这是编织的基本常识，你不会不知道。你也应该清楚，在治疗过程中贸然更换编织者会产生多大的影响。43 号和 56 号的情况，我现在可是还记得。”

林原没说话。他记得那场悲剧，怎么可能忘记。

“我的画也许会让那些和我一样贫瘠狭窄的大脑重启，但潘青铃不行，就像你说的，她太特别了，她那些仅存的意识都比我全部的灵魂丰满。”秦承抬眼看向酒吧里的人群，他们低声喃喃，然后微笑，然后喝酒，再循环往复，齿轮般精准而笨拙，“退一步说，就算我不管不顾，为了帮你而给她创造一个故事，我现在也做不到了。”

林原抬头看着他。

秦承将平板电脑屏幕点亮，递过去：“看看吧。”

屏幕上显示的是一幅画，线条粗犷，顶端的说明栏写着“Mental Story for No.213”的字样。画面的最底层是矛盾错误的立体空间，然而铺在其上的却是一个线条粗犷、颜色混融的扭曲人体，脚上套着一个怪异的柔软的钟表，仿佛男人是一根从时间中坠落而出的指针。在林原看来，这就像是毕加索、艾舍尔和达利拼贴在了一起，柔软的时间和繁复的空间都成了某种牢笼，那种违和感与错乱感让他感到难以呼吸。

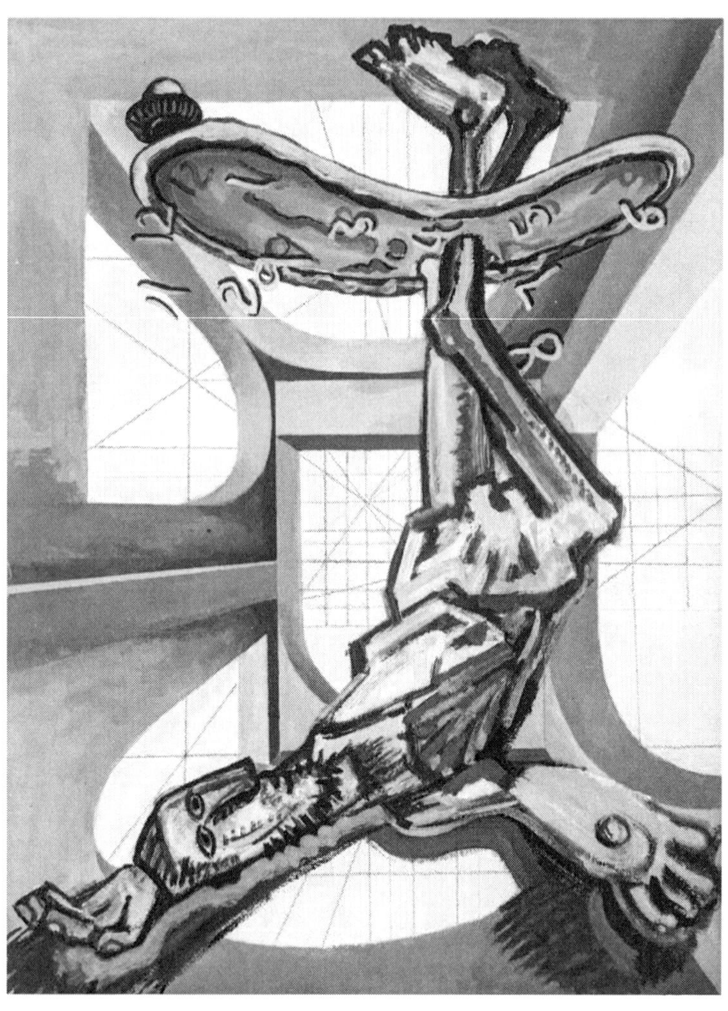

“很奇怪吧，就像一张纸上的两个灵魂厮打在了一起。”秦承咔嚓咔嚓地咬着冰块，像是在努力扑灭身体里的一场大火，“这名患者的症状很普通，我也知道应该为他准备什么样的故事，可那时候……我没法控制自己。我喘不上气，也吃不上力，意识好像整个儿翻了肚，眼睁睁看着画笔自己游走而无能为力，最终就画出了这么个怪物。那之后到现在，我一直不敢碰笔。”他扼住微微搐动的右手，“这就是我休假的原因。”

“你应该去接受意识完整性检测，你的代达罗斯没有发出提醒吗？”林原说。

“我会去的，不过在此之前我想找个熟悉的地方，把一个问题想清楚。”

“什么问题？”

秦承身体前倾，微醺的眼睛蒙上一抹阴鸷。

“你听说过‘中文屋’吗？”

“中文屋”是七十多年前哲学家约翰·塞尔提出的一个思想实验，用来反驳电脑能拥有独立意识的论点。塞尔假设：将一个只会说英语的人关在一个封闭房间中，他随身带着一本写有中文规则的手册。房间中有足够的稿纸、铅笔和其他工具，墙壁上有一个小洞，写有中文的纸片会通过小洞送入房间。尽管这个人不会中文，但通过他手中的中文规则书，他可以翻译这些文字，并将其拼凑出正确的中文答案，给予回复。这样一来，房间外的人就会以为他能够理解中文并熟练使用它。

“我们和房间里的人一样，都只是在既定规则下的机械重复。我们从没有理解过那些接收者的‘故事’，只是按照编织规则，生硬地创造出同样类似的‘故事’，以此欺骗他们的大脑，让他们觉得我们理解他们，我们创造的就是他们所需要的。可是实际上，我们对他们一无所知，我们对自己写就的故事一无所知。”秦承叹了口气说，“编织者只是编织，却不知道自己为何编织，也不理解自己织就的丝物。当我画出这幅怪物时，我才发现，我根本没法理解自己过去所画的一切。”

他吁了口气：“真正丢失自我的，不是他们，而是我们。”

林原瞪大眼睛，却不知道该如何回答，幸好秦承没打算追问。

“可能只是胡思乱想，也许我真该去做做测试了。”他站起来，重新开始调酒，“不过我刚刚想到，如果把这个实验单纯地看成一个故事，还能有另外一个可能。这个可能，也许刚好能描述你的问题。”

他笑了一下。

“如果房间里的人爱上了写纸条的姑娘，会发生什么呢？”

六

Panda 的转诊通知单是周五下来的。没写原因，没写去向。

主任跟林原说，转诊是总部的要求，Panda 自己也同意了，而且这不是第一次，之前也有过突然转诊的情况。这并不是否认林原的努力成果，实际上，尽管没有真正完成激活，但近一个月来 Panda 人格下沉的速度大幅减缓。他的方法是有效的，转诊与此无关。主任猜测可能是有什么其他隐情，总之是很要紧的事，总部要求的是全员配合。假如顺利处理了紧急情况，她还是有可能回来的。也许一个月，也许一年，但总归还是有希望的。

那时林原的半张脸埋在阴影里，看不清表情：“也许是去 266 吧，他们开发了梦境构建程序，说不定对她有用。”

主任拍拍他的肩膀：“这个就别操心了，做点该做的。”

“该做的？”

“你还没有好好为她创作一个故事吧？”主任说，“现在植入系统已经摘除了，雅各没法直连输送，不过档案明天六点前才关闭，而且空间够大，塞一个压缩故事包进去没问题。明白我意思吧？”

“可是……”

林原的半句话还卡在喉咙里，主任已经拖着两条瘦腿离开。窗外的夕光镶了金，被镜面反射，又全成了灿灿白银，把林原那半张脸从阴影里刺了出来。雅各钳着张纸巾晃悠悠过来，他没有接。

Panda 的对话室易主之前，林原又去看了一眼。他花了十几分钟才穿过黑色走廊，而那些汹涌而起的、炫然混乱的情绪，在接触到光的一瞬间又陡然消失，如同脱位的齿轮又重新咬合。他推开房门，发现里面洁净如新。没有星云和尘埃，只有白色的桌子和白色的沙发，墙上的屏幕上显示着下一位接收者的代码。

女孩什么都没留下，林原能想象到她昂首挺胸、大步离开的样子。

“如果房间里的人爱上了写纸条的姑娘，会发生什么呢？”他喃喃自语，“也许他会把房门一脚踢开。”

他关上门，清除暂留数据，离开中心，走进万丈霓虹。

酒吧开着，但秦承不在，近乎永恒的背景音乐被更换成了时下的流行曲。站在吧台前面的是一周前秦承雇来的经理，白色衬衫，红色领结，规整得甚至有些无趣。林原向他打听秦承的动向，经理说秦承又延长了年假，带着画板、皮包和电子宠物去了国外，也许是黄金海岸之类的地方，具体不太清楚。林原问，什么时候回来？经理摇摇头，嘴角挤出一个僵硬的微笑。林原清楚这是什么意思，就不再问下去，坐下后照例点了一杯琴费士。领班经理取出量瓶和尺子，将几种基酒依次排开，动作精细、准确而生硬。配比完美的调酒很快端上，林原喝了一口，却只尝出干涩的铁锈味。他叫出雅各的虚拟键盘，激光投射到凹凸不平的桌面上，如黄色的细小海浪。

他抬起手指。

春天，少女宇航员按约定乘上小火箭，去探索一颗持续燃烧发亮的星球。那时候她隔着舷窗，看见风笛手站在草地上，朝她大喊：“你还会回来吗？”少女宇航员说：“会的，只要你的笛声一直响着，我就一定会回到你身边。”风笛手用力点头，大声答应着，但那时小火箭已经点火升空，少女宇航员没有看到。

风笛手在草地上修了一幢房子，养牛，捕鱼，等了七十五年。风笛腐朽了，他的牙齿也掉光了，可少女宇航员还是没有回来。于是他挖了一个小坑，把自己和风笛一起种了进去，第二年春天长成了一棵小树，开花的时候，风一吹，花瓣就会发出清脆的响声。他就这样又等了五十年，可少女宇航员仍然没有回来。他继续等下去，变成了水，化成了雨，团成土壤和巨石，最后又变成冰川和海洋。两亿年过去，流星一次次坠落，星球上的人类已经灭亡，但那艘小火箭还是没有出现。

风笛手觉得，也许是自己的笛声还不够响亮吧。于是他变成了整颗星球，驱动着燃烧的星核，沿着恒星旋转奔行。在潮汐作用下，星球瓦解分裂，燃烧出熊熊大火，就算是在寂静的宇宙里，也能听到噼噼啪啪的响声。“还有五十亿年的时间。”风笛手想，“我会一直演奏下去。”

那时候，在另一颗遥远的星球上，居民们发现了这颗燃烧的星星。被选中的少女接受任务，即将与男孩告别，在春天登上火箭……

“故事 211”被写入终端，每一个字都被压缩成十个符号，每个符号又被装进一个带有诱发点的壳中，沿着藤蔓般的数据线缆簇拥着一齐被导入服务器。林原的手指悬停在删除键上，酒吧里的音乐倒入每个人的耳朵，夜晚变得越发吵闹。

他最终没有按下。雅各吃掉存储故事的硬盘，发出满足的呼噜声。

已到了午夜，航班的引擎轰鸣穿过疾风落下，桌上的纸、笔和键盘哗啦啦和鸣，巨大的灯雾佝偻着身躯吞噬幢幢高楼。林原起身前，看见雅各胸前忽明忽暗。故事包已经上载进了档案，状态显示为“已读”。

Panda离开后的第二个星期，秦承提出了辞职。

他没有再现身，所有的清理搬运工作都委托给了运输公司。林原看见他的办公桌一层一层瘦削下去，淡红色的满天星和白色的画板被封入纸箱，断掉的画笔先是洒了一地，之后又无声蒸发，所有脏乱的色彩最后都被浣洗成了无瑕的透明。如同先前的藤蔓和青草从未存在过，这里又重新变成了一片小小的荒原。

在内部邮件里，管理层对这件事进行了简短直接的说明：秦承发现自己精神状态不佳，休养调节后仍无效果，恐难以继续担负这份职责，经慎重考虑后选择离开。主任对这个说明做出了肯定，但更多的细节他也无从得知。“这人就是懒散惯了，连自己在做什么都懒得想。”主任点上一支烟，看了一眼已被蒙上黑布的画作，“他的酒也懒。”

“他还说什么了？”林原不甘心地问。

“什么都没说。我们就是在桥上站了一会儿，然后他就说他可能要走了。”主任说，“我知道最近突然的道别有些多，不过仔细想想，这世界上哪次道别不突然呢？”

运输公司清理完毕后，秦承就彻底消失了。编号更新，那片荒原开始等待新的主人。

Panda仍然没有消息。

一周后，雪花从城市上空的云中掉落，冷寂的大海将那些勇敢的肉体驱赶回岸。冬天又回来了。

第二部分

沙砾飞舞

七

接替秦承的是他的弟弟。

那时他站在故事大厅熹微的晨光里，站得笔挺，如果不是那对相似的颧骨和眉目，林原很难将这个沉默的年轻人与秦承联系起来。主任说，秦承是化了的冰，秦可是凝结起来的水。他机敏，锋利，精准。“精准”这个词现在已经很难听到了，但它本应是编织者最核心的品质。

秦可很少说话，对大部分事情疏于关心。多数时候，他都与一块画板镶嵌在落地窗折射的光里，眼神变幻，却一语不发。但沉默无法掩盖他的锋芒，反而被许多好奇的人认为那是他精准的来源。一周内他成功完成了两次激活任务，且花费的时间总计不过六个小时。

与秦可的第一次对话发生在九天后。在通往对话区的路上，林原发现了瘫坐在黑色走廊前的秦可，肩膀上下搐动，面若死灰，两个眼球漫无目标地飞速闪动。这是典型的急性神经过敏的表现，林原以前见过这种情况。他为秦可打了杯热水，又喂给他一片镇静药，五六分钟后他恢复了意识，那石像般的面孔也松动了一些，其中一道裂纹勉强弯成一个微笑。

林原搀着他走回大厅，在靠近绿植区的座椅上坐下，同时关闭了天花板上滚动的信息条。

“抱歉，林老师。”秦可的呼吸仍未平稳，“我不知道我的头为什么突然……那么痛。”

“在走廊里？”

“我想起了一些事，记忆，或者只是幻想，很混乱。也许是我的精神完整性出了什么问题，我会去做检查。这很不专业，对不起。”

“别在意，编织者存储着故事和记忆，偶尔有这种感觉也是难免的。”

秦可看着林原的脸，又低下头，沉默不语。

“很难想象你和秦承是兄弟，”林原试图打破尴尬，“你和他一点儿都不一样。”

“主任说，您和秦承是朋友。”秦可抬起脸。

“算是吧，但其实我不怎么了解他。唔，还有他的画。”

“他的创作混乱无序，没有方向，效率低下。他并不适合做一个编织者。”

“也许吧。”林原不想反驳。

“不过‘友谊’是滋养写作的养分，深入了解朋友或许会对您的创作有帮助。”

“什么意思？”

秦可重新打磨好目光，刺在林原身上：“如果您愿意的话，我可以带您去看看他的画室。”

画室的大门是用合金制成的，设计老旧，看上去粗劣笨重。

秦可输入密码，大门剧烈咳嗽一声，随后缓慢后移，门沿与地面摩擦出刺耳的吱吱声。少年扑去迎面而来的细小灰尘，带领林原进入玄关。

室内没有开灯，廊后漆黑一片。

“秦承喜欢在阴暗的地方存储画，他说这样画会吸收足够的孤独，再与阳光触碰时，那些孤独就会像涟漪一样晕开，改变画的质感。”秦可走在前面，手指按在墙壁上摸索开关。

“你似乎并不相信这个说法。”

“没有科学根据，也没有实际意义。画的质感并不重要，它只是故事的载体。”

“就像药方。”

“就像药方。”

秦可拉开开关，角落里的发电机缓慢运行，发出轰隆隆的噪声。少年走过去，用两根手指敲了敲机箱。

“还撑得住，不过墙顶灯坏了，可能不会太亮。”

话音落下的时候，世界陷入昏黄。林原感觉周遭一切与自己都被泼上了一层冷却的动物油，自光线中都能嗅到腥腻的气味。他站在前厅中央，右手侧是两排高约两米的三层展架；被绸布包裹着的画框层叠着堆放在一起；左手边则横横斜斜摆放着几个塑料收纳箱，透过磨砂外壁能看见里面堆放着的管状丙烯颜料，钴蓝、珠光铜、熟褐。箱子旁边的地板上放着几瓶松节油，瓶盖松垮，刺鼻的气味从中扑涌而出。而正前方摆置着一张装有足轮的三脚画架，架上的画布涂好了白底，却未画一物。

“就是这些了。”秦可说。

林原掀开绸布的一角，露出一小块图案。那是一条蛇，腹下灰白，蛇身纤细，盘绕在粗壮的苹果树上。

这时候秦可走过来。

“林老师，你了解你自己吗？”

“什么？”

“我听说过你的故事，在学校时就听说过。你笃信自由意志，并愿意为之肝脑涂地。你有天赋，有无穷无尽的故事，你是天生的编织者。所以我不清楚，你为什么会和秦承成为朋友。”

“为什么不能？”

“就像这张画一样，”秦可审视着那条干瘪的伊甸之蛇，“尽是这些无用的符号，过多的色彩，还有多余的表情。这些东西甚至会干扰核心意象的传达，而核心意象才是编织的目的。秦承没有考虑过编织的使命，他只是在随心所欲创造自己想看的东西。”

“可是这幅画挺美的，不是吗？”

“‘美’只是一种幻觉，是从前人类品嚼过的亡灵。而眼下，这世界上的幻觉和亡灵已经够多了。我们需要的是信息，只有信息才能唤醒意识。”

林原苦笑：“你好像没我想的那么沉默。”

“我想帮你。”

“帮我什么？”

“我知道211号患者影响了你。”秦可拿起一支画笔，在一块被撕破的画布上涂起来，“因为某些原因，你对患者的精神状况无法做出正确评估，也无法倾注正确的符号。你不希望直接确定她的性格，而是希望……用感情或者类似的东西去感染她。你甚至希望她会回来……但你应该知道，这是错的。故事就是故事，它只是齿轮，让人类运转下去的齿轮。”

林原没说话。他抬头望向那些错落纷繁的画框，倏然想起星空墓地里那些黯淡的星球。他想象着秦承曾在这样昏暗的灯光中作画，颜料溅到他黑色的工作服上，星光穿过阁楼地板上的裂缝照射下来，画室优雅如花园。那时他是什么心情呢？狂喜，沮丧，还是疑惑？他是作为一个编织者在创造故事，还是作为一个拥有自我意识的人类，在追求让自己发光发亮的东西？

就像Panda一样。

“我到车里等您，”秦可朝大门走去，“这里的味道让我喘不上气。”

铁门被关上，发电机嚎叫一声，继续释放着微弱的电光。林原走过展架，上了二楼，手指在那些画布上擦拭过一遍，又回到一楼。他不准备将所有作品看完，他知道自己无法理解它们，粗浅愚蠢的注视只会加速那些画作死去。它们属于秦承，且仅属于他。

就在林原转身离开前，地上兀地浮现出一条荧光线，自他的脚下崎岖向前，延伸到黑暗深处。

林原有些吃惊。秦承不喜欢任何投影设备，当初酒客们对酒吧没有安装信息棒而大发牢骚，结果秦承不惜损失一天酒钱，拽起凳子连哄带赶将他们悉数赶走。他没有任何理由在更加私人的画室安装投影，这不符合逻辑。另外，投影又是如何控制的呢？为什么刚刚没有启动？

林原喘着粗气，迈开脚步。

他穿过画架左手边的空隙，挪走挡在那里的颜料桶和画板，在光滑的墙上发现一个镀银的把手。拧动后，平整的黑暗里被切出一道门，微弱的光芒自罅隙中露出。林原打开门，里面是一个两立方米左右的空间，正前方立着一个展架。架子上有五幅画，倾斜而立，但奇怪的是全都背面朝外。荧光线在这里汇聚成一盏灯火，有节奏地闪动，像是一群跳舞的萤火虫。

借着绿光，林原看见画作背面各写着一行似乎是画名的小字——

第一幅，《意识之下》。

第二幅，《翅膀》。

第三幅，《永恒的时间》。

第四幅，《出走》。

第五幅没有名字，摆在最下层，蒙着半截纱布，周围是断掉的画笔跟已经风化的颜料。林原蹲下身，用力拽了一下，画框与附着其上的颜料分开，留下一小撮木屑。在他将画调转过来的同时，他突然感觉到钻心的疼痛——那疼痛来源于秦承，林原感受到他曾大声咆哮，痛哭流涕，将头发一束束从头上揪下，却仍无法排解那沉重的绝望和不甘。他接触到了自己追寻的答案，可时间却所剩无几，无法越过的阻碍正在到来的路上。最后，他渐渐平息，愤怒被抽离，痛苦被抽离，仇恨也随之消弭，剩下的仅仅是漫长无尽头的沉闷与沮丧。

这是秦承的自画像。

这是他最后一幅画。

八

那些画是秦承留给自己的故事，我只能感受到附着其上的情绪，却无从知晓那些色彩下面究竟覆盖着什么话语。不过我现在意识到，秦承的离开并非如邮件中说明的那样简单。我打听过秦承的去向，却发现没有任何相关记录，就连秦可也不得而知——他就这样蒸发了。可是那些画……那些画却在讲述另一个故事。他发现了什么，或者说在接近什么，可是无法真正解开也无法真正靠近，他的情绪和意志拧在一起，变成怪物，然后又杀死怪物……这是“疯狂”吗？我不确定，我没有见过真正的疯狂。在这个时代，无根的灵魂没有疯狂的资格，而被植入的意志则永远保持理性。也许只有动物才会疯狂，可那些人更像是机器而非动物。我又想起那一晚秦承提出的“中文屋”实验，然而至今我仍无法理解他的用意，盘桓在大脑中的仅仅是一个奇怪的念头——我笃信自由意志，然而“笃信”这件事本身是否真的来源于我的自由意志呢？我不知道答案，或许也没有答案，这只不过是我多次失眠后引发的臆想。不过，有一件事我可以确定。在我拿起那幅画的同时，雅各收到了一条信息，上面写着一串数字：PF171-422-211。解析地址后，我发现这条信息来自已经被回收的代达罗斯——秦承的织机。这不是巧合，一定不是，也许这串数字真的和 Panda 有关。也许这样是错的，可我渴望了解与 Panda 有关的任何消息。我想我应该再和秦可谈谈。

这不是一则故事，它毫无用处，可是除了这里，我想不到还有什么地方可以存储它。请原谅我，雅各。

林原等在桥边。他感觉这条钢筋弧线摇摇晃晃，脆弱不堪，好像那些覆盖其上的积雪才是它真正的支撑物。大桥的另一端在海的对岸，但似乎从没有人谈过那里是什么样子。主任没有，秦承没有，Panda 也没有。

两声鸣笛，投影玻璃缓慢降下，秦可瘦长的脸藏在后面。

“林老师。”

林原钻进汽车，点燃引擎，风和行人倒带般远去，前方崭新的一切经过车轮碾压，迅速变得陈旧无奇。车窗上的屏幕正投射新型信息阅读器的广告，微弱的黄色和蓝色光斑在两人脸上跳跃。

“查到了吗？”林原问。

“我不知道我是不是应该这么做。”

“你说过你想帮我的，变回以前那个不带一丝迷茫的编织者。”

“你必须变回去！顶尖的编织者已经所剩无几了！”

“那你就要帮我解开疑惑。”

林原听见一声微弱的叹息。

“那串数字是 211 号患者的资料编码。”秦可似乎在强迫自己的声带颤动，“零号资料，就是存储在元故事中心的那些。您知道吧？”

林原点点头。患者在正式进入故事植入之前，包含其检测数据、人生经历、核心记忆在内的资料都会先交由元故事中心进行分拣处理。元故事中心没有编织者，所有处理工作由织机 AI 负责，在清除可能影响编织效率和效果的冗余资料后，剩余部分将被压缩并发送至各个故事中心。而那些零号资料，理所当然就被封入了元故事中心的数据库。没有人在乎那些乌黑落灰的硬盘，为什么要在乎呢？编写故事，构建意志，让人重新为人，这才是编织者沉溺的酣梦。有哪个作家会在垃圾桶里翻捡已经废弃的素材？至今已经很少有人提及这个名字，甚至那些年轻的编织者压根不知道它的存在。

秦承为什么要给他发送 Panda 的零号资料编码？那里面有什么？

“这串编码是保密的吧，秦承是怎么知道的？”林原问。

“发送地址是可以伪装的，没有直接证据表明这条信息是代达罗斯发送的。你知道，它早就在回收仓接受格式化了。”秦可转了个弯，紫色光斑在车窗上一闪而过，“不过编码的确是保密的，我也是用了很多办法才查到。”

“还能找到更详细的信息吗？”

“您确定要继续下去？元故事中心是不允许编织者访问的，我们已经身处禁区边缘了。”

“我们总要为故事找到结局，不是吗？”

“主任说过您很固执，果不其然。”秦可旋转方向盘，汽车改道，向城市外围驶去，“零号资料存放在元故事中心的数据库，重重封锁，直接闯进去就别想了。我的结构学导师曾参与过元故事中心的修复维护工作，也许在他那里能找到一些办法。”

眼前的老人鬓发花白，身形枯萎，像一株仅剩一口呼吸的植物。然而当他了解到两人的来意后，他的身体肉眼可见地变得丰满有力，聚集在脸庞上的沟壑变换舒展，组合出恐惧、怀念和欣喜的复杂表情。

“我已经很久没听到这个名字了。”老人说，“那个地方建造出来就是用来被遗忘的。”

“秦可说，您曾经去过那里。”林原坐在松软的布艺沙发上，肌肉却不自觉紧缩僵硬。

“很多年前的事了，只去了两天，给织机的底层运行逻辑做调整。那时我们一共有六个人，可现在记得这回事的只剩下我一个。他们把一切都忘了，要不就是闭口不提，要不就是把它当成是我们编织出的一个故事。”

“那里是什么样子的？”

“一个巨大的铁盒子，嗯，对，铁盒子。不管室外温度如何，夏天还是冬天，里面都是冷的。出入口只有一条一人宽的通道，给织机用的。天花板上安装着很多 LED 屏幕，可从来没有放过影像。从那里探出头，能看见屋顶上那个巨大的发电风车，昼夜不停地旋转着，好像要把天劈开似的。”

老人的声音清晰深沉，语调中浸泡着某种沉醉，林原知道那来自编织者的本能。老人独居城市边缘，寂静是这里的主调，仅有虫鸣和水流偶作和音。也许多年以来，这是他第一次向他人讲述故事。就像被切断了的血脉重新连接，那种感觉掺杂着诱惑和苦痛，在慰藉精神的同时，也在消耗他的身体。

林原打消了直接询问结果的念头，安静倾听。

“穿过通道后是一道气密门，已经落了漆，看来是经历过很长时间了。看见它我才意识到，在编织者诞生之前这座建筑就已经存在了，我们一直在使用它，但从来不知道它到底是什么。总之，我们穿过那道门，发现天花板的高度骤降到了一米，之后只能弓着腰往前走。这是给织机设计的，没准备欢迎人类。”老人用一种稳定的节奏继续说，“之后我们进入大厅，周围听不见声儿，什么声音都没有，眼前也是一片漆黑。副队长打开他的手电，光不太亮，但还是能看见那些织机就在里面，身上的红色亮光一呼一吸，像是都在睡觉似的。跟编织者的织机不太一样，这些织机没有得到定期维护，外壳已经氧化，有些干脆脱落了，电路板外露着，能看见里面焊接过的痕迹。有人告诉我这儿是织机的储藏室，但我当时觉得，这儿更像是个‘坟墓’。”

停顿一下后，他继续讲述：“我们摸黑往前走了很久，终于找到了电梯间。电梯很狭窄，它往上去的时候，好像突然抢走了我们脚上的重量，也没什么可抓牢的地方，我们就跟药粒子似的，在胶囊里滚来滚去。幸好这个过程没持续多久，一两分钟后我们抵达了七层。数据库就在走廊的尽头。”

“那里……保存着所有零号资料。”林原说。

“是的，一间很小的屋子，里面有一块屏幕，一张桌子，上面摆着一台非常旧的打字机，那就是数据调取设备。”老人吞咽了一下，“我们的任务只是检修织机运行逻辑，没有调取档案的权限，但彼得忘了手册上的说明，试图开启设备。他的手指刚搭在按键上，警报就响了，储藏室里的织机同时苏醒过来。它们发出一种刺耳的嚎叫，闪着红光，一股脑儿从那些飞行管道中涌出。彼得吓瘫在地上，而我们夺门而出，看见那些织机密密麻麻叠在一起，嗡嗡嗡嗡的就像聒噪的蝗虫。虫子，那时候它们就像是虫子。”

画面一帧一帧在脑海中拼贴成形，林原感觉心脏像是被什么东西猛地攥住。

“我们找到一些 LED 灯带，尽可能将那些扑过来的机器人推开。但那些灯带太脆弱了，挥舞两下，玻璃就碎了，塑料板也断了。我那时候真的感觉已经没希望了，那种感觉你们经历过吗？太可怕了，现在想想还发怵。”老人的眼神四处游离，目光变成双手，像要拼命揪住什么稻草，“最后我们冲出了包围网，一直跑到紧急疏散通道。我们各自把灯带里剩余的电线抽出来，拧成一股，搭在用来悬挂巡视摄像头的滑索上，然后用力起跳，滑了下去。我们撞破二楼的玻璃，撞在太阳能电池板上，又被弹射到了地面。但织机还在执行着它们的驱逐任务，我们一路奔向大门。这个时候，总部发来了终止程序，它们这才停下动作，返回了储藏室。要是再晚上几秒，我们谁都逃不掉。”

“我不明白，为什么要这么大费周章地保护那些已经被废弃的资料？”林原问。

“因为零号资料是独一无二的。患者只能承受一次那样高强度的意志测查。”秦可插嘴说。

“那为什么不将它们复制成副本呢？还有，为什么要保密？”

“那些织机将患者的原始意识大海浓缩成湖泊，这样一来，编织者才能划船渡人。”老人喟叹一声，“要是你们一开始就见到海洋，就只会眩晕，连站在船上的勇气都没了。编织者需要的是用想象力和理性，在准确的位置注射一针催化剂，剩余的建构工作都交给大脑进行。意志深渊无边无底，我们能做的只有这么多。”

没人说话了，寂静贴地爬行。

“老师，有什么办法能查到那些零号资料？”秦可打破沉默。

“数据库是完全封闭的，只有一个端口，只接受那台打字机的指令。”老人说，“不过也不是没有办法。十年前打字机更新过一次，而退役的那台并没有被剥除权限。只要连入指定的代码网络，它仍然可以使用。这是个很明显的漏洞，但这么多年也没人修补过，可能是他们不相信有人会打零号资料的主意吧。”

“那台机器在哪儿？”秦可问。

“在一个收藏家手里。他是我的朋友，如果这真的有必要，我可以拜托他帮个忙。不过零号资料太过庞大，也许最后只能复制出极小的一部分。”老人说。

“已经足够了。”林原长久地道谢。

他们离开之前，老人又叫住秦可，仔细端详了一会儿，眉间挤出一抹疑惑，而后又意味深长地笑笑。他们站在门口交谈了一分钟，林原没有听见内容，只是回去的路上发现秦可脸色铁青，那对锋利目光也变得有些颓唐。但那时候车内昏暗，外加自己双眼疲惫，也许只是看错了。

一周后，在长桥上的会面点，秦可将一份用旧书页包好的包裹交给了林原。

“只提取出了百分之九的内容，已经是极限了。”他说。

“谢谢。”林原接过包裹。

“老师说元故事中心发出了警报，警察正在组织调查，他必须离开……没说去了哪里，也许之后再也不会回来了。”秦可背过身，将另一份包裹牢牢攥在手里，手背上的汗渍虚弱地跳着，“希望这些资料真的管用。”

九

林原本以为自己会发现一个故事，或者一首诗，但实际上里面只有一些冰冷的描述和数字。

“潘青铃……”文字抓搔着他的喉咙，他一边往下拖动一边读出声，“黑洞型人格……吞噬故事……妄想与精神分裂……”

前半部分与手中拿到的资料吻合，而后面的部分也与 Panda 讲述的故事无异。平凡的童年，嫉妒和敌意的目光，漫长而孤独的成长。这些曾被林原铭刻于心，此时看上去，就像借用别人的眼睛窥探自己。

但在那些熟悉的段落之间，掺杂着不少陌生、矛盾甚至无法理解的内容。

“三年前陷入深度昏迷，未曾苏醒……仍在 A3 诊疗中心就诊……可以使用织机……脑电波指数正常……每五周进行一次脑唤醒……”

深度昏迷——明明两个月前 Panda 还在这里。

A3 诊疗中心——根本没有这个地方。

使用织机——只有编织者才有权限使用织机。

每五周进行一次脑唤醒——这是什么意思？

林原在屏幕前坐了一整天。晨光剥落变成灰烬般的暮色，暖黄色的呼吸灯熄灭又亮起。这不是解答的钥匙，而是一个新的、更庞大的谜团。他避开所有阴沉的猜想，只是一遍遍回想 Panda 的样貌和声音。但就算是这样，他仍感觉到自己的记忆正变得羸弱不支，向后倾斜，随后倒地身亡。那些自相矛盾的事实彼此拉扯，侵略一切。

她是谁？

秦可没有来找他。他接到了新的编织任务，患者患有白昼恐惧症，所以故事必须源于夜晚。他昼伏夜出，与林原的工作时间刚好错开，很长一段时间两人都没有再次见面的机会。当然，林原清楚真正的原因并非如此。或许是导师的变故让他心有愤懑，不愿再追查下去，蹚这趟浑水。

其实林原也有些后悔。他应该做的是编织信念，而不是传染疑虑。

林原试过其他办法，但全都以失败告终。就这么过了两周，雅各毫无预兆地收到了秦可的信息：

“晚九点，大桥。”

气温零下五度，林原换上新购置的黑色风衣，这才发现自己的身形与秦承相仿。他没有走惯常的旧路，而是穿过酒吧巷，看了一眼那间已经完全变了模样的“面部幻影”。接着他走上大路，在约定好的会面点见到了秦可。少年的脸上已不见血色，肩膀还是那样宽阔，却松垮下来，胡茬荒草似的长长短短地挂在嘴角。乍一看，这只是一个落魄的流浪汉，而非什么精英编织者。

两人并肩站着，陌生的雾气从海浪上升腾。秦可问林原：“那里面都有什么？”

林原将看到的一切和盘托出。

秦可卷了卷舌头，像是将刚刚听到的都转移到口中咽下，却没有应答。

“林老师，”他转过头，“那些曾被你治好的患者，在他们康复后，你还见过他们吗？”

林原愣了一下，摇了摇头。

“其实在成为编织者之前，我就一直对这个问题很好奇，”秦可缓慢地说，“也跟导师说过，导师说他们都走了，去往乡村和自己的城市。但他承认，这只是他的猜测，编织者不会储存这些资料，如果真有什么后续信息，也一定会储存在元故事中心里。所以我拜托他，希望他帮我解开这个谜。”

林原想起了分别那天秦可手里攥着的包裹。

“我没有怀疑什么，我永远不会怀疑编织者的存在价值，只是有时候还是会感觉……迷茫。我们深入他们的过去，体验他们的人生，却对他们的未来一无所知。这根本不合理。他们是否治愈，治愈后又会过怎样的人生，这些明明是很重要的事，不是吗？为什么离开故事中心，就再无踪迹了呢？”他不自然地停顿一下，“我拿到了老师交给我的答案，只有百分之二的信息，但已经足够了。那天晚上，我第一次做梦，在梦里看见了很多东西。”

“看见了什么？”

“我看见午夜航班会在触碰天空半个小时后消失，北方车站站台上的列车从未发动过，下午四点二十三分花园里的风信子会掉落三片花瓣，西南风会从一百四十四公里外的土丘吹起，所有的雪其实都没有温度，这座城市没有出口，而那些离去的人将永远不再回来……”

林原愕然地看着少年，那双眼睛被液体覆盖，映出另一张熟悉的面孔。

“你在说什么？”

“我不知道，也不确定，还需要一些证据和时间。我……到时候我会告诉您。”

“可能我不该把你扯进这件事……”

秦可没有接话，反而抬起头，将整个夜幕收入眼中，自言自语似的呢喃一句：“说不定潘青铃真的会回来，从大桥的另一端回来。”

那一晚结束后，一切恢复如常。

秦可依旧昼伏夜出，鲜有露面，而林原也分到了新的患者。那是位深度惧怕孤独的患者，荒野、稻草人、天边的云，任何空旷的符号都会让他惶恐不安。林原为他编织了一个热闹欢乐的故事，他知道它一定有用，但也仅仅是有用。在植入之前，林原问他若是康复后是否还有机会见面，患者神经反射似的马上应允，但很快就再次纠结起来。最后离开对话室的时候，他笨拙得像个犯错的孩子，嘟哝着“也许……也许……”，仿佛在吸吮一根用这两个字做成的手指。

冬日仍百无聊赖地盘桓，好像又有几条街道和几间商店突然消失，大楼上的屏幕播放着留心逃亡罪犯的警告，但只持续了十几分钟，接着便被城市观光指南替代。林原没有看到，路过的同事也语焉不详。

再次见到秦可，是在精神护理中心的病房里。

四面墙铺满屏幕，变幻着有益精神恢复的水蓝色和绿色。秦可躺在靠窗的病床上，锋利的目光像是被手术摘除得一干二净，如今只剩下两只注视着天花板的、呆滞的眼睛。林原看见他的手上扣着钢化玻璃制成的监视环，看上去像某种刺眼的标签。主任站在床边，脸色阴沉，疲惫的皱纹里卡着一声声叹息。

主任告诉林原，秦可闯进了元故事中心，调取了几份资料，但没有完全复制出来的时候就触发了警报。他不知用什么方法逃出了守卫的拦截，一路逃向城市外围，最后在星空墓地后面的一条小街道被缉捕队逮捕。毫无疑问，他打破了编织者不可打破的法律，但毕竟没有造成什么损失，在主任的斡旋下已经将大部分罪责降为宽容的处罚。但问题不在于此。在被缉捕队逮捕的时候，不管他们如何推搡和吼叫，秦可始终没有任何反应。缉捕队员很快就明白过来，他的意志已经解离了——丢失了自我，也丢失了所有感知力。“他们认为他是因为走投无路，受到惊吓才变成这样。”主任压低声音，像沙砾摩擦着河蚌，“但其实在元故事中心里的时候，他就已经……不是他了。”

“到底怎么回事？”

“看看就知道了。”

主任挪开身体，露出身后的壁挂屏幕。他在织机上输入一个号码，屏幕上旋即显现出模糊的录像画面。录像来自元故事中心七层的某个悬浮监视器，自高处俯视，倾斜的画面中央是一个岔路口，连接着一纵一横两条走廊，画面外隐隐传来了有节奏感的脚步声，几秒钟后，又加入了粗重的喘息声。接着秦可从画面左上角闯入，背过身，一步步缓慢后退，肌肉不住地颤抖，仿佛眼前耸立着什么不可思议的怪物。他的头发蓬乱，围巾像脱落一半的皮肤搭在脖颈上，口中在吼叫着什么，随后扭过身离去。林原反复倒退几遍，才从他的口型中读出一个词——

代达罗斯。

“秦可在找什么？”林原看向主任。

“不知道，数据是保密的。不过缉捕队的人说，他可能不是第一次闯入了。”

“不是第一次？”

“他选择的路线刚好绕过了安保程序最集中的区域，不可能这么凑巧。你懂吗？”

林原点点头。主任皱起眉，小心翼翼地操作键盘，抹除了录像。

秦可还在盯着天花板，眼白像烈焰焚烧后留下的灰烬，虹膜像聚在一起的死去的水母。“他的情况还不明，还需要再观察一段时间，但他是个编织者，最优秀的编织者之一，他的意志肯定还在，只是需要一个合适的故事……”主任还在自言自语似的解释着，而林原则突然发现，在某个瞬间，秦可的目光微微倾斜了一下。

那是窗的方向。

窗外是那片海。海上是那座不知通向何处的大桥。

林原突然想起了秦承的那幅自画像。

“主任，”他回头叫住披上大衣的老者，“潘青铃会回来吗？”

“谁？”

“211 号患者，那个‘黑洞’。”

主任仰起头，仔细思考了一阵。

“或许吧！”

说完他关上房门，墙壁再一次转换成水蓝色。林原将窗户敞开一道缝隙。

“我们总要为故事找到结局。”他说，不知道在对谁。

十

20: 00，新章节更新，第十章：《大桥》

他启程出发的时候，星星还没有完全隐落，地平线拥揽着露头的晨光。街道上没有行人，只有不知从何处驶来的汽车，倏忽逝去，奔向不知位于何处的目的地。他踩着松软的雪，像个调皮的孩子，一直向上，向上，直到看见那座跨在海面上的五米高的长桥。桥上的路灯亮着，银色钢筋被烫上一抹温黄，像是被灼伤了一样。

桥上也没有行人，只有稀疏的车阵。他在桥头站定了一会儿，四下望望，最后踏了上去。他的呼吸沉重，脚步越来越快，在铅灰色的桥面上踩出急促的曲调。他偶尔回过头，仔细打量，但那些想象中的缉捕队员并没有现身，他的名字也没有出现在大楼顶端嚎叫着的红色屏幕上。于是他戴上兜帽，避开穿梭的车辆，继续向前。

他不知道前方等待自己的是什么。他没有去过长桥的另一端，也从没听人提起过。城市的边缘——好像没有人想过这个概念，也没法理解。为什么要去城市的边缘？为什么要去长桥的另一端？实际上他自己也不知道。即便是现在，当他想起这个词的时候，仍然觉得有些陌生，陌生到让他身体发抖。

“我看见午夜航班会在触碰天空半个小时后消失，北方车站站台上的列车从未发动过，下午四点二十三分花园里的风信子会掉落三片花瓣，西南风会从一百四十四公里外的土丘吹起，所有的雪其实都没有温度，这座城市没有出口，而那些离去的人将永远不再回来……”

对，我是去寻求答案的。他这样想的时候，桥头已经在眼中消失，而前方的黑暗也在逐渐散去。也许他已经走过了五分之三，或者四分之三。这时候他又一次感到疑惑，为什么大桥的另一端会有答案？明明他想知道的是秦可那段话的意思，想知道他为什么要闯进元故事中心，零号资料为什么被封锁，秦承为什么要画下那幅自画像——

还有吗？

还有女孩到底去了哪里，她的资料为什么满是矛盾，她为什么要吃掉所有故事，把自己变成黑洞……

还有我为什么会爱上她。

还有爱是什么。

我又是什么。

他想不通，为什么他要去城市边缘寻找这些问题的答案？

长桥似乎已经到了尽头，天空吝啬地挤出一抹白光。他察觉到气温正在上升，空气中的水分正在蒸发，那些雪花掉落下来似乎直接就变成了沙粒。他停顿下来，喝了一口水。又走过十几分钟，面前出现了三条岔路，正中那条路的尽头依稀显现出熟悉的大楼的形状——

他感到一阵彻骨的恶心。我不会回去！

他选择了第二条路，一直向前，直到遇到第二个岔路口，来时的城市再次向他招手。他拒绝了，走上另一条路，然后碰上另一个三岔口……

日光逐渐拉高，他感觉筋疲力尽。无形的沙子在他身边聚集，太阳按顺时针旋转，而脚下的地面则与之相反。他跪倒在地上，喉咙与灵魂一样干涸。他看见汽车从空气中凭空出现，扬起尘土，义无反顾驶向遥远的城市。马上的旅人转身离开，黑色的、柳絮状的东西在遥远的地方落下。这是他最后看到的画面，之后他便坠落在漫长的苦痛与窒息中。

不知过了多久，他突然听见一个声音——轰隆隆，轰隆隆，接着戛然而止。

他睁开眼睛。

“要搭车吗，编织者先生？”

摩托车上的女孩儿掩在风沙中，带着熟悉的冬天的气味。

十一

“你为什么要来这里啊？”

“为了找到答案。”

“关于什么的？”

“关于……我们存在的意义。”

“你是指编织者吗？”

“我自己、秦承、秦可、陌生人……每一个人的存在意义。”

“那你找到了吗？”

“没有。我晕倒了，然后就看见了你。”

“嗯，那我们就继续找吧！坐好咯！”

戴着鳄鱼面具的女孩拧动油门，红色摩托车甩出一尾火焰，卷起道路两侧的沙尘。城市在它们的身后完全消失，捉弄人的三岔口还没来得及出现就已经被车轮碾了过去。热风打在他们的黑色头盔上，刮出滋滋啦啦的声响。林原缓缓抬起头，眼中那个世界正变得越发宽广，宽广到好像能容纳所有不可思议的故事。

而公路笔直向前，一直向前。

“你换了面具，”林原说，“我差点认不出你。”

“你说这个吗？这只是个符号嘛，鳄鱼也好，熊猫也好，反正我就是我啊。”Panda 发出熟悉的笑声，“最后你还是认出我了，不是吗？一个不会被任何符号困住的我，Panda 女士！”

林原疲惫地笑笑：“我还以为你不会回来了。”

“我只是去做了一些‘必要措施’，有一个很烦的每五周一次的约定，只是这次有点意外，把时间搞得太长啦。”女孩透过后视镜看林原，又说，“我当然会回来啦，我的病还没好嘛。忘了吗，我还是个黑洞，咔嚓咔嚓吞噬一切。”

“不，你不是黑洞，我知道。”林原说，“你的意志里存在一种人格，是它任由你的意志解离，分裂，一直停留在崩溃的边缘。”

“你想说我是个正常人，只是一直在把自己搞疯？咿呀呀，我正常了吗？有吗？没有吗？很奇怪，听听我们在说什么，如果写进故事里，该是多么奇怪的一段对话。谁能听懂呢？费解呀费解。也许你也疯了，林原先生。”

“我不知道为什么。”林原摇摇头，“是你自己吃掉了所有故事，你让自己变成了黑洞。”

摩托车驶入一条岔道，两侧出现了绿色的仙人掌。离那些散落的黑色柳絮更加近了，可仍然没办法看得真切。

林原察觉到 Panda 放慢了车速。

“你知道‘哲学僵尸’吗？”女孩突然问。

林原摇摇头。

“我听别人说，这是哲学家们假定存在的一种存在物。他们存在于包含大脑神经在内的一切物理结构上，只要能观察到的，都跟人类一样。唯一的不同是，他们没有自我意志。当他们接触到创伤的时候，会看到留下的伤口，会发现他们的神经中存在疼痛信号，而他们也会表现出痛的表象，会抱怨会叫喊。”Panda 顿了一下，“但实际上，他们并没有真的感觉到痛，痛感在他们的意志中并不存在。他们所做所感的一切，都是表演出来的，惟妙惟肖的、最精彩的表演。最可怕的是，他们自己根本意识不到这一点。”

林原静静听着。

“我一直在想，我的意志到底来源于哪里呢？万一它不是来源于大脑呢？万一大脑也会欺骗我，成为那个逼迫我去表演的导演呢？有这个可能，不是吗？所以我其实很害怕植入。”女孩继续说，“我害怕植入故事后，我的大脑会把我变成另一个人，一个我不想成为的人，或者一只永远失去自我、只会表演的僵尸。”她重新拧大了油门，“我想要最真实的存在，哪怕对一朵花的感受，我也要百分百的真实。所以我把自己分成了很多份，每一份都是自由的我，每时每刻都是全新的我，没有什么能让我变得虚假，大脑也不行。这样一来，那些让每一个我、每一刻的我都牵挂的东西，就是我真正爱的东西。”

“有这样的东西吗？”林原问。

“有，我不知道是什么，但我能感觉得到，特别是跟你在一起的时候。”女孩脱口而出。

很多年后林原都记得这个时刻。燥热的空气泛着香味，沙土像是卷起的碎花瓣。他们的摩托车在地表上划出一道长长的印记，而某个瞬间，那些需要找到的答案似乎也不重要了。他们心有灵犀地沉默着，直到林原闭上眼睛，黑暗中再次浮现出秦承那幅红色的、疯狂的画。

“我见到你的零号资料了……”林原终于开口，“可是我看不懂。”

“比如？”

“比如上面写着，三年前你就已经陷入了深度昏迷，住在 A3 诊疗中心。”

“噢，是呀，三年前，没错。”Panda 的语气仍然没有一丝波动，“那时候我是突然昏倒的，然后被父亲送到了一千四百公里外的 A3 诊疗中心。那里的医生全部都是接受过编织、意志已经恢复的正常人，唔，也许是‘僵尸’也说不定。但即便是他们也不行，我最后还是彻底陷入了昏迷，意识只能在这里活动，每隔五周就要做一次脑唤醒。不过这样也好，我其实挺害怕一醒来，就真的变成了那些僵尸中的一员。而且我喜欢这里，这座城市，虽然有点儿呆板，一点都不活泼，不过这里充满了故事和诗歌，每个编织者都是作家、画家、雕刻家和诗人，每个故事都是透明的梦。比那个世界浪漫多了。”

林原皱起眉头：“你在说什么？什么昏迷？你明明就在这里啊！”

“我在这里，也在那里。”

“我听不懂！”

“没关系，你马上就知道了。”女孩突然捏下刹车，扬手朝前一指，“我们到了。”

林原顺着她的手指看去。他看见巨大的苍穹闪烁不息，一会儿是铁铅色，一会儿又变成透明。一条条纤瘦的裂缝分布其上，一面是黑色、一面是彩色的碎片穿过裂缝，如大雪一般倾盆落下。那是照片，林原惊讶地发现，是一百万张甚至更多的照片。它们漫天飞舞，整个世界铺满了色彩和故事——玩耍的母子，宿醉的上班族，雨中痛哭的情侣，与猫咪一同熟睡的老人——它们是如此无穷无尽，最终坠落在地，彼此叠加，就堆积出一片望不到尽头的沙漠。

“这里就是你的目的地，两个世界联结的地方。”Panda 看着林原，阴影中的眼睛迷幻而鲜亮，“明白了吗？其实世界上只有一台织机，唯一的一台……”

“就是这座城市。”

十二

林原依旧记得那段并不遥远的历史。二十年前，人类因接入意志矩阵而引发了“断点事件”，丢失了人格和意志构建能力，变得麻木、疯狂、病态，人之所以为人的自我意志荡然无存。但是，仍有极少数的幸存者未受影响，并通过意志矩阵的残骸解开了人类意志之谜，开始使用故事与符号重新激活意志，自此出现了编织者……

然而故事的真实模样并非如此。

Panda 说，“断点”不像是突然爆发的事故，更像是一种基因、数字和思想混杂的病毒，一种诅咒，它感染了每一个人，没有留下任何幸存者。一夜间地球沦为荒野，成人如野兽家犬，孩子们一出生就破碎不堪。人类就这样在疯狂和盲目中度过了五年，生活退化为生存，而生存也暗无天日。

直到五年后，一个患有严重躁狂症的小男孩偶然找到了意识矩阵残骸的连接代码，不知道用了什么方法让自己的大脑与意志矩阵残留下来的服务器连接，之后他便跃入了一个新的世界，一座充斥着信息、霓虹和白雾的城市。很久之后，当第一批人类恢复意志后，他们才明白那座城市是由人类丢失的意志搭建而成的。意志矩阵尽管断线损毁，但其中留存的上亿个个体意志数据仍在运转。他们将“人类”的自我认知烙进了代码底层，接着自行生成了人的形象，并赋予了自己独立思考、学习和选择的能力。五年时间，真实的世界已近似荒野，而这座城市却在持续创造着人类应有的文明——

他们已经成为真正的“人类”。

城市居民很快就发现了这个迷路的孩子。他们将他送到诊疗中心，几乎调动了所有人类曾经掌握的脑神经知识，最终找到了用象征符号与意象催眠去重新激活意志构建能力的方法。一个月后，他们治愈了男孩。尽管只是一部分，但人类第一次恢复了意志。而更加不可思议的是，在连入意志矩阵后，男孩的身体似乎陷入了某种假死状态，他最终活着返回了现实，而身体只是感觉十分饥饿和疲累而已。

在那之后，男孩找到了自己的玩伴，找到了曾经分给他食物的邻居，将他们的大脑连入城市。就这样，越来越多的人涌入城市，如潮如海，而其中的绝大部分最后都得到了治愈——包括那些曾经精于计算机科学的研究者。他们返回现实世界，在地下找到了被掩埋起来的服务器，并成功解析出运转那些人类数据的代码。人类与自己的记忆体终于真正见面，而这之后他们做的第一件事，就是封锁这些城市居民的进一步思考能力——

他们说，他们必须这么做。终有一日，这些数据会积累足够的信息，计算推导出自己并非人类的事实。那时候会发生什么？向人类宣战？自行毁灭？无论哪一种都对人类没有任何好处。现在还有太多太多的人仍困于精神荒野，而这座虚拟城市和它的居民是他们唯一的希望。

他们更改了代码逻辑，将虚假的历史植入其中，诱使这些数据资料错认为自己是未受影响的人类，肩负着将整个族群救出荒野的重任，哪怕会为此奉献一切。

取自希腊神话中命运三女神的传说，人类将这套系统命名为“织机”。而那些自我意识强烈、善于创造故事的数据程序则被称为“编织者”。他们用不存在的手，提捏着意志世界的丝线，终生织纴不休。

一切就此开始。

“我们只是数据？”在散落照片的噼啪声中，林原辨识出自己沙哑的嗓音。

Panda 点头。

“我们只是……”

Panda 沉默着，一只手揪起垂下来的黑色发尾。

林原看向那片绵延不断的彩色沙漠，所有影像都清晰可见，近得仿佛触手可及。他忽然明白，它们都来自那个遥远的真实世界，被折叠转码，变成了他们这些城市居民可以理解的形式，沙漠是那个世界的影子，正如——他们是人类的影子。

“如果我们只是数据，那我们的意志是怎么生成的？”他问女孩，尽管没有期待得到答案。

“很难说。”Panda 模仿林原那时候的严肃语气说，“他们告诉我，数据能做到的是生成一个无限趋近人类本身但又无法真正实现的语言模型，因为数据缺少对真实世界的接触，失去了‘外向语言’这一个根本工具，只能使用‘内向语言’去模拟，一种自圆其说的模拟，但这跟真实无关。可是还有些人说，‘意志’根本无关本体论，它的存在以目前的认识是不能解读的，就像人类大脑一样，我们也要尊重数据的黑箱特性，不要用已有的逻辑去判定意识生成的前提，或者否定它生成的可能性。”

“所以人类才封锁了我们的自我认知能力，让我们永远无法发现自己的真相。”

“嗯，他们在运算中设置了一个极限阈值。当城市居民开始思考自身存在的时候，一个新的运行逻辑就会被激活，干涉并加以修正。”

“迄今为止就没有一个人成功过吗？”

“没有，那是种……强制程序，会给你们带来无法承受的痛苦。抱歉，遗憾，对不起。”Panda 叹口气。

林原又一次想起秦承，那些熟悉的痛苦、无力和绝望也随之钻过毛孔渗入灵魂。他终于看清了深陷在那个夜晚中的秦承。那时候他已经被恶灵缠身，他窥探到了真相，对自身的存在发出了疑问，却无人应答，也无从得解。他试图了解自己的作品，明白自己真正的意志，但无论如何尝试都只是徒劳。于是他将自己困在画室里，一次一次近乎疯狂地探索、窒息，然后倒下。他把自己切成了无数块，想要找出哪里出了问题。林原不知道他是否成功了，他留下了那幅自画像，他仿佛清清楚楚地看清了自己，但这可能只是一次肤浅的表演，直到最后他仍然无法理解自己笔下的一切。

“为什么我现在可以理解这些呢？”林原问。

“因为我们现在在一个不存在的地方。”女孩说，“这座城市本身也设置了阈值，它规定城市居民是永远无法抵达边缘、看见这片沙漠的。但是你是我带过来的，所以理论上呢，我们现在属于系统无法判明的逻辑漏洞。但也许之后他们会发现的。我不知道。”

林原仰起头，目光重新投向远方玻璃一般的苍穹。Panda 披上一件红色的披肩，站在他身边。

“如果一直反抗强制程序，会发生什么？”

“会被格式化。或者说，丢失大部分记忆和人格，变成另外一个人。”

“什么样的人？”

“好像是相似又完全不同的人吧。”

林原突然明白了。

秦可之所以如此憎恶自己的哥哥，之所以在意那些康复的人为何从不回来，之所以不惜闯入元故事中心也要得到那些资料，之所以在吐出“代达罗斯”这个名字后就陷入疯狂——

因为秦可就是秦承。

即便程序将他分崩离析，让他变成全然不同的两个人，但终有一日他会再次思考自我。这个轮回不知道已经重复了几次，在他们之前，也许还有更多的秦承和秦可，同样也就有更多的代达罗斯。当他在元故事中心看到那些原本应该废弃掉的织机时，他已经明白了这一切，却无法接受……

林原打了个寒战。这真是巨大的讽刺。编织者将自由意志奉为信仰，以重建人类意志世界为荣光，可实际上，他们根本不是什么肩负重任的幸存者，也从未拥有一刻的自由意志。他们只是工具，被升级，被修改，被替代，生存在一个永远无法被戳破的谎言中，“编织”既是他们存在的唯一原因，也是他们永恒的牢笼。他们的存在是多么可笑。提捏丝线？他们自己才是被丝线捆缚的那个。

林原感到喉咙哽咽，灵魂的最后一滴汁液被拧干，此生感受过的所有重量都在这一刻消失。高山化为碎石，城市夷为废墟。如果他的内在曾有过闪耀的恒星，那此刻就被一齐引爆，化为弥漫大地的齑粉。这就是故事的结局？这就是故事的开始？所有，所有，所有，所有的一切，意义何在！

他到底是什么？

“你就是人类。”

林原睁大眼睛，眼泪漫过整个眼眶。他呆呆地看着女孩。

“你就是人类，”她又重复了一遍，“真实又完整的人类。”

女孩就站在林原的身旁，可她的声音却仿佛是从四面传来的，高高低低，轻柔激昂，每一个声部都错落有序，好像她体内每一个名叫 Panda 的女孩都在对他诉说。

“我能感受到，在我第一次见到你的时候我就能感受到，你热爱你肩膀上扛着的东西。你热爱自由意志，热爱生命的自由，而且无论遭遇什么事，你都不会改变这一点。跟那些代码无关，过去走过的所有路都是你自己选择的，是你最真实的意志。尽管你无法看清它，可是你所做的一切都在替你实现自己。”Panda 说，“就算现在，当你了解到一切的真相，你还是不愿意放弃故事，不是吗？”

故事……

“还记得你给我写过的故事吗？‘春天，少女宇航员按约定乘上小火箭，去探索一颗持续燃烧发亮的星球。’你想让我留下，可你又希望我找回人格，成为真正想成为的自己。对吧？这可不是什么强制程序在捣鬼，这就是你……你真正传达的……”Panda 长长喘了口气，低下头，“我原本以为就这样飘零下去，直到有一天，我再也无法被脑唤醒救活，彻底死去。可是你改变了我的想法。我想像你一样，去毫无保留、无法割舍地去相信一样东西。如果我真的是那个故事中的少女宇航员，是不是就应该不顾一切地飞上太空，去看看当我醒来时，是否仍然拥有和你一样纯粹的信念和纯粹的热爱？”

她走过来，拥抱林原。

“来自血肉也好，来自数据也好，反正我们脑袋都有些问题，这反而证明我们的意志就来自我们自己，我们就是人类。也许每个人都将如星球一样死亡，然后破碎，然后重组，反反复复。可当我们再次唱起歌，我们就会通过那些宇宙间飘荡的‘故事’再次找到彼此。一次，两次，不管多少次，在彻底消失之前，我相信我们总会相见。”

Panda 的声音飘落下去，林原看见漫天白光迅速褪色，黑暗的星球从中闪现，然后缓慢地降临，像是放大百倍的星空墓地。他转过头，遥远的城市在风沙中露出面孔，无数透明的圆球在楼宇上空漂浮，那是编织者织就的故事。它们聚集在一起，折射出微弱而倔强的光芒，将那些星球一颗颗点亮。

女孩悄悄激活了背包里的雅各，将闪存送入接口。

“这个故事会让我醒来的。”林原听见她在自己的耳边说，“你会怎么做呢？”

尾声

我叫林原，是一名编织者。

对我来说，故事的结局一直是创作中最容易的部分。它稳定、精确且有着清晰的目的——将所有绵密的铺陈和描绘浓缩成一种工具模组，有时候会带有一些暗示和刺激感，好让患者的意识接收并理解它。我们的故事就是为此而存在的。然而现在，在这个故事的结尾，我却突然感觉到了惶惑。我的笔尖发起反叛，而我的大脑也在遥声呼应。我不知道该如何画下句点，或者说，我是否应该为它画下句点？

直到现在，我仍然时常产生疑惑，怀疑自己那时其实做出了错误的选择。为什么要让 Panda 离开呢？她会在现实世界醒来，然后变成一个完全陌生的人，不记得我，不记得这里曾发生的一切，甚至不记得那个戴着面具的自己。有这种可能，对吗？我明明可以留下她，让她在这座城市里自由地生存，让她赋予我这虚假生命以意义。尽管她随时都可能因为抢救失败而死去，尽管她永远无法触碰自己的肉体，但至少她还在这里，还在我的身边。

但是，我做不到。

我爱着人类的自由意志，爱着每一个鲜活而不同的灵魂，也因此爱着她。我没法欺骗自己，我爱的是她的真实，是她的自由，我永远不可能为这样的她架设樊笼。那让我厌倦，也毫无意义。

她是注定登上火箭的宇航员，而我能做的只是不断地吹笛鸣奏。

也许，就像她说的，只要故事还在，我们总会找到彼此。

我的某一部分似乎仍停留在那片荒野上，那些照片和闪烁的天光总会在我的梦里悄然出现。我尝试着驱散它们，但很快发现我并不是在恐惧它们，而是在思念它们。于是我找到秦可，希望他为我画出梦中的景象。那时候他已经从精神崩溃中恢复，只是失去了大部分记忆。当然，我已经预想到了这个结果。他很快就答应下来，于是我们坐在长桥边上，他架起画板，我描述场景。绘画花了五个小时，其间中断了两次，他喝了一瓶酒才压住自己怦怦的心跳。他问我这是什么，为什么会让他如坐针毡，似乎有什么东西在抓挠他的记忆。我告诉他别担心，只是一场普通的梦。

我将那幅画挂在卧室的墙上。有时候我会怔怔地看着它，持续几个小时，之后打开窗户，露出城市里不断跳跃着的霓虹、广告以及故事。它们如此虚幻又如此真实，笨拙地展示着人类曾拥有过的另一个世界，一个永远在建设中的理想世界。我不知道荒野的另一端现在是什么样子，不知道那些真实的人类是否仍愿意坐在暖炉前，静静地倾听某个古老的故事，或者诵读某章漫无尽头的诗篇。

我想，我还是应该为这个故事写下一个结局。

因为我依旧盼望着，盼望有一天我能够走出这座城市，抵达 Panda 所在的真实世界。如果那里真的满是“僵尸”，那我希望能够向他们讲述我的故事，讲述所有的炽热，所有的爱，所有的愿望，让他们撕掉面纱和戏服，面对自己最深处真实的自己。我也希望能有一个人接受我的故事，赋予我真正的人类意志，成为我，代替我，去感知真实，感知所爱的人。

真是奇怪，我竟然会有这么自私的想法。

我想，也许终有一天我的记忆会被清除，被替代，或者直接消失。又或许有一天人类不再需要编织者，数据将被遗忘，我将被丢弃在荒野中。

但无论如何，至少现在，所有看到这段结局的人，祝愿你们能够拥有完整、真实的自己。

我叫林原，这是，我的故事。

2019 年 11 月初稿

2023 年 1 月修订

春天的奥德赛

生命以负熵为食。

——埃尔温·薛定谔

夏

一

车速降到六十迈的时候，阿明总是错以为自己仍身处故乡。

阿明住在一座叫八面通的北方小镇，镇东有一大片林场，长着红松、樟子、水曲柳和云杉，红松叶片下藏着松果，成熟时会像花一样绽开。再东一点，就到了国境线，那里是一片青黄色的草原，只扎了几个商站，镇里做外贸生意的来这儿进货。虽然地处北方，但在阿明度过的十四年里，这里总是望不到头的夏天，热的，沸的，好像空气本来就伴和着蝉鸣，好像如果有一天太阳消解融化，也会选择在这里变成湖泊。

离开八面通前，阿明在镇里做老荣，也就是摸包儿的，目标是家电和汽车配件。还在福利院的时候就数他灵巧儿，身子骨最轻的林护士都逮不住他。出来做活也鲜有差错，比陈年老手都麻利，状态对了一天能做五六单，除去工具损耗还能赚上小三百。其实阿明不需要这么多钱，他在农拥路有幢废楼可以住，还有一台旧冰箱和一个电风扇，废品站卖给他的，换几个零件，就又跑得起劲。对他来说，吃住日用算不上问题，至于其他玩意儿，在八面通这个偏僻小镇也很难见到，没有希求的必要。

可就在阿明十二岁生日那天，他突然厌倦了这个镇子。他想，这里的风景一成不变，这个月和下个月没区别，今年和明年没区别，好像故意逃避什么似的，总和外面世界的变化保持距离。他也不怎么喜欢这里的人，虽然面子上热情友善，但其实跟林护士给他的印象一样，都是假热情，里子藏的是自己的小算盘，你一毛他一毛，算得明明白白。

在阿明看来，这个小镇就和它的夏天一样，焦躁，无聊，又让人气馁。他决定筹钱离开八面通，目的地还没想好，先到省城再说。钱也多攒一些，保险。他不知道外面的世界是什么样子，自己能不能在其中活下来，但这个决定还是让他感到愉快，就像当初决定离开福利院一样。之后每个傍晚，他都会向冰箱和风扇说再见，仿佛太阳升起自己就会动身离开。尽管他清楚这笔钱还缺一个不小的数目，那一天可能要等上很久，也可能永远也等不到。

有时候阿明觉得这个镇子有什么魔咒，会把所有的出发变成抵达。

路河就是在这时抵达八面通的。

他毫无预兆地出现在林场，驾着一辆破旧的吉普车，沿路尽是飞漫的白雾。他不住旅店，一个人睡车里，醒了就去卖一些奇怪的书给镇博物馆，钱进了兜，就去吃杜大娘家的酸菜水饺，干吃不腻。镇子里很快起了流言，说什么的都有，但没有一个人知道他为什么来这儿，又要去哪里。

阿明和路河第一次见面时，他还不知道这些故事，只是在拆掉行车面板上的CD机后才发现原来后座躺了个男人。二十七八岁，双眸紧闭，皮肤惨白，但口鼻还有气儿进出，显然是还活着的。阿明不知道男人是在自杀，还是精神出了问题，他想不出什么人都快窒息了还能熟睡。临走前阿明打开了行车空调，他不希望警察调查尸体的时候注意到面板上的窟窿。如果真的耽误了自杀，也只能拜托他改日再来一次。

第二次见面是两天后，路河请阿明修车。那天阳光炫目得厉害，蝉被烤得发烫，路河把那台过时吉普车一点点从城南推到了阿明的废楼楼下。阿明隔着光秃秃的窗户喊，你是不是有病啊，修车的那么多，干吗要找一个当贼的小毛孩儿。那时路河满是胡茬的脸上咧出个微笑，和那些见过太多次的微笑不同，男人笑得漫不经心却又真实坦诚。他说，你技术好，我亲眼见过，钱我有。

路河是个诗人。

听到这个词的时候，阿明停下手中的铁钳，试图在记忆里找出与之有关的零星半点。和镇上的其他孩子一样，他向往陌生，又惧怕陌生，真碰见了就想用什么东西把它填平。

路河用食指敲了敲手里的书，封面上用英文写着“Pushkin”：“诗人。普希金，庞德，鱼玄机，李白。”

“我知道李白。”阿明说。长风破浪会有时，他记得这句。

“李白挺好。”路河点头。

“你的CD机卖给赵老板了，拿不回来了。”

“没事儿，本来也用不上，空槽可以放书。”

“这里可没有李白。你从哪儿来的？”

“一个很远的地方。”

“省城吗？”

“不是，更远一点。也不是远，该怎么形容呢，是从另一个季节来的。”

阿明没听明白，但也没有问下去的兴致了，就把注意力移回到飞轮和压盘上。其间，他重新打量了一眼路河，似乎比先前顺眼了一些，至少声音很好听。还在福利院的时候他认识一个教美术的老师，声音就很好听，蹲墙边抽烟时总会唱上半首歌，旧的，新的都有。如果发现有孩子偷听，他会故意唱得更大声。不知道诗人是不是也会唱歌。

修车只用了半天，黄昏的红云扯下了白日的裙摆，路河邀请阿明一起去镇郊试跑一圈。

这次路河提前开了行车空调，阿明找不到拒绝的理由，只是上车前回屋确认了一下储钱箱的安全。傍晚并没有想象中清凉。当吉普车开出熙攘的农拥路，提速驶向林场的时候，阿明提到了镇里的传闻。他说最先发现路河的是县高中教语文的常老师，那天他在林间空地晨跑，突然一条柏油路就从林子深处延伸过来，四周雾霭低垂，路河的吉普车从雾气中显形，沿着这条凭空出现的公路驶向镇子，像什么神明一样。

路河侧目看向少年：“你相信吗？”

阿明不屑一顾：“你当我几岁？神明都是骑马的，有开车的神明吗？”

路河说：“万一有呢。现在都是新世纪了，神明也得坐车。”

阿明说：“坐这种破车的一定是个破神。”

路河不置可否，只从座椅下取出一个本子，在上面写了什么。阿明没瞧清楚，只感觉吉普车渐渐提升了速度，从六十迈到八十迈，从八十迈到一百迈。接着阿明发现柏油路的表层倏地就泛起了白气，随着车速提升，白气也变得浓稠，最后围着车身不规律地四散飞扬。像是脱离了这个夏天的束缚，阿明没有再感觉到燥热，他看到这台车和驾驶座上的路河一起慢慢瓦解分散，变成闪光的碎片，像雨，也像沙粒，打在脸上是凉的。

常老师没有骗人。阿明这样想的时候，那些碎片开始慢慢聚合，路河的身形重新出现在视野中。他四肢五官都在，只是像被抽走了什么能量，哈欠连连，最后索性把车停在路边，转而从后备箱里取出一个简易的烤架。

“做什么？”阿明问。

“烤土豆嘞。”路河说。

火生起来，已经有淡淡的香味，阿明隔着火光看他：“你还真是从雾里来的。”

路河从钱包里摸出一张照片递给阿明。照片上是一个年轻女孩，比阿明大不了几岁，扎着马尾辫，背靠一棵葱绿而结实的大树，眼睛眯着，笑得开心。照片背面用钢笔誊写着几行字：

我们的身体里有两吨疾风
被生锈了的白霜秘密点燃
我将去往陌生的群山、森林和字段
而你却潜入甲虫和牧羊人的梦
就像春天宽恕永恒

是诗吗？阿明不懂，但字写得很好看。

路河说：“我是为了找她才来到这个世界的，可她好像不住在夏天里。我还得再次出发。”

阿明说：“这个世界？啥意思？”

路河抬头停顿了一下，被缩小的星辰和月亮在他眼睛里降落。

“如果我说，我们的世界只是另一个世界的衍生品，你会怎么想？”

二

路河讲了一个关于宇宙的故事。在之后的漫长旅途中，阿明和路河一起做了很多次世界穿越，但直到抵达终点，他都觉得自己并没有真正懂得这个故事。

路河说，世界的所有真相都源于一条简单的公理：在一个孤立的系统内，任何比环境温度高的物体，其热量都会不可避免地向低温物体散发，最终实现热平衡。而反过来，低温热量却永远不可能自行聚合成高温热量。所以能量始终处于持续损耗的过程中，化为废热，或变成灰烬。这就是热力学第二定律——熵增定律，罗素称之为“科学做过的最可怕的预言”。因为它难以否定，也因为它覆盖了万物与苍穹。时间飞梭，树会腐朽；雪花纷舞，火会消逝；器官衰竭，人也会迎来死亡。能量守恒，但熵值却不断增大，最终整个宇宙都会被熵所占领，成为再没有热量流动、绝对的热平均、混沌而死寂的荒野——

这就是克劳修斯的“热寂假说”，世界的最后一章。

熵将万物推向停滞，推向无序，推向寂灭，但这个宇宙中同样存在熵减。比如防腐剂阻挡腐坏，毒蛇靠蜕皮以呼唤新生，人类用理智和语言冲破无序，创建文明。它们一直都在，只是与永恒而不可违逆的熵增相比，任何熵减和自组织都显得太过短暂渺小，像午夜盛开刹那的昙花。

“可是，如果这朵昙花突然能开到正午了呢？”路河说，“可能是某个科学家发明了熵减机器，可能是一个富含负熵的纯能量爆炸，抵抗熵增的力量——我们叫它熵减吧——增强了几百倍，这时候会发生什么呢？”

阿明当然说不上来。

路河说，人的语言，文字和声音，是一种高度秩序和组织化的能量，它无时无刻抵挡着熵增。就像千年前的古书和箴言在今天仍然被人唱诵一样，它的火焰始终燃烧着。当这种力量被成倍增强时，就会因触碰熵减值的临界点，而向更高的维度和空间行军进发。仿佛二维突破屏障演化为三维，语言的熵减效应最后也会产生物质化——它会创造出新的世界，与第一世界相似却又不尽相同的世界。语言冷漠，世界便萧索；语言激昂，世界便疯狂。第一世界的话语决定了衍生世界的面貌，雕塑了那里的风和人。

这就是为什么八面通，不，这个世界总是盛夏的原因。

“有多少个这样的世界？”阿明本能地问。

“很多。多少话语，就有多少世界。有一些我去过，有一些没有。”

“所以我们其实都是假的？”

“当然不，我们和那个世界的人一样，只不过我们是住在某一句话里的而已。”

路河重新发动汽车。他们回到镇上，遥远的夜市熙熙攘攘，没有人向即将离去的一天告别。

那天晚上阿明没有睡着。电风扇终于转不动了，房间很快沦陷于闷热的夏夜，但更令人焦躁的是脑子里挥之不去的想象。他在想路河说的话，似懂非懂，半信半疑，可就是想得停不下来。他就这样被颠沛翻覆的世界观搅了一晚上，等晨光拥来白昼时，楼下响起几声车鸣，诗人拎着一袋水饺等在那里。

路河决定下午就启程出发。临走前，他想向阿明道个别。

他们在路边找了家早餐店，托老板煮了水饺，点了两大碗豆浆和一碟咸菜。早市里溢起热情响亮的吆喝，从商站回来的卡车载着新的俄罗斯货，往来的人群脚步轻闲。今天和昨天没什么两样，依然是干净而陈旧的。阿明没法想象这个镇子是建造在一句话里的，如果真的是，那应该是怎样的一句话？说这句话的人又是谁？

他问路河：“你知道这些，是因为你是诗人吗？”

路河说：“诗人会眺望星空，可不会研究宇宙。这些是影先生告诉我的。”

阿明说：“影先生？谁？”

“交给我这张照片的人。”路河的手指划过放在桌上的钱包，凸出照片四方的棱角，“这个女孩儿叫宛言，是影先生的女儿。她生活在另一个世界，得了很重的病，在她那里是治不好的，所以影先生委托我把他自制的新药带给她。这台车也是他的。”

“为什么他不自己去？”

“他……出了些事。”

“那送到之后，你要去哪？”

“没想好，可能留在那，可能回家，没准还会路过这里。”诗人说，“有路就好。”

路河还要置办些路上用的东西，两个人是在育新路的路口道别的。那时候正午阳光打得凶狠，男孩和诗人都没有多说什么，就分别逃到车里和树荫下面。阿明望着吉普车缓慢离开，摸了摸兜里的开锁工具，准备开始今天的工作。

路河离开八面通的第二天，关于他的传闻就几乎绝迹了，他被当成一个普通的路人埋在镇子的记忆里。

阿明想加紧推进自己的计划。他把储钱箱里的钱哗啦啦倒在小床上，细数两遍后，把还缺少的数目告诉了二手店的赵老板。那时店里烧着佛香，烟雾缠着浓呛的味道，赵老板扶额想了一会儿，最后建议阿明去育新路新开的4S店猎点好货，他实价收，这路费差不多就齐了。

阿明是天黑后上路的。他置备好家伙，摸清了逃跑路线，把一切都准备妥当后才开始动手。可他并不知道店里安装了摄像头，刚刚撬锁进去，就直接被三个戴金链子的壮汉打倒在地，夏夜的蝉鸣顷刻间变成脑内震荡的轰鸣。赵老板没有告诉他，这家店是镇南黑社会的亲戚开的，他不在乎。他的下家很多，不缺一个脏兮兮的野孩子。

黑社会们没打算报警。他们把阿明关在烧烤店的地下室里，偶尔派两个人过来审问。但比起问话，黑社会们显然更擅长殴打。阿明的命越是硬，他们就越是兴趣盎然。很快阿明的身体就布满伤口，由青到紫，在潮湿的空气里缓慢变换颜色。他已经忘记自己昏死过去几次，但每次醒来，离开的念头就愈发强烈。

哪怕真要死，也要死在路上。

阿明被关了一天一夜，黎明露头的时候，终于磨断了腕上的麻绳。趁黑社会们忙着支摊摆酒，他逃出地下室，钻了几个胡同，一路跑回农拥路。尽管用了全力，身体还是拖慢了速度，他能听到发现情况的守卫在自己身后喧嚣，脚步声和引擎声都愈来愈近。阿明靠直觉避过了几次堵截，可他没有想到黑社会竟然会找到自己的废楼。他们结队守在楼下，冰箱和钱罐都被砸烂横在路边，恍惚很久后阿明才意识到这是最后一次向它们道别了。他一下子失去了力气，抱膝躲在阴影里，脑子里嗡嗡嗡嗡，最后听到的是所有希望坠毁的声音。他知道他完了。

一阵汽车的急刹声，有人发现了他。可与预想中不同，他没有被铁棍敲晕，只是像玩具一样被人抱进车内。那时阿明已经近乎脱水，眼里是无规则跳动的线条，但嗅觉是清晰的，他嗅到车里有一股熟稔的酸菜味。

“撑住，别睡。”路河发动了引擎，与此同时，隔街的黑社会们也意识到了情况，抽出刮刀向这边扑来。他灵巧地挑车逼开两个男人，接着换挡，踩油门，吉普车咆哮一声，笔直冲了出去。

不知过了多久，喧闹的咒骂声逐渐小了，取而代之的是沙石敲击车子底盘的锵锵声。阿明睁不开眼睛，只得歪头问：“你不是走了吗？”

“雨刷器坏了，回来找你修的。”路河紧捏方向盘，油门见底，试图甩掉咬住自己的黑色轿车。

没人说话了。路河变道闪开一次危险的拦截。

在高速行驶了十几公里后，吉普车转入最后一个弯道。眼前就是八面通高速公路的下道口，他们已经抵达了这座小镇的边缘。黑色轿车终于放弃了，路河从后视镜里看到男人正气急败坏地敲打方向盘。很快急旋的夏风重新温柔起来，已经可以眺见远方连片的庄稼与绵长山梁。它们的躯肢向天空伸展，像在迎接着什么。

这时路河对阿明说：“要一起走吗？”

阿明从没想过自己会这样离开八面通。死尸一样躺在一辆破旧的吉普车里，开车的则是个莫名其妙、邋遢粗犷的诗人，他觉得自己快要笑出声来了。可当旷野仿佛无穷无尽一样打在车窗上，路边的指示牌一个个飞驰而过，他才意识到自己的梦想已经实现了。哪怕是在这台破车里，哪怕是和一个疯癫的诗人。

就这样出发吧。在飞雾漫起之前，他对自己说。

三

路河给阿明的伤口消了毒，缠好绷带，塞给他两粒阿司匹林。阿明这时才发现座后储着的一大堆东西里，一半是书，一半是药，都套着五颜六色的包装。很久之后，在另一个世界的夜晚，路河解释说，它们是给人挣扎用的。一个给精神，一个给身体，其实都不怎么吉利，好像自己开了一辆救护车上路。

他们沿着 G10 高速公路向西行驶。

路上，阿明放下车窗，想看清那些崭新的草木丘陵，可没多久就因为疲累睡着了。他没有做梦，醒来后发现车子停在公路服务区里。不远处的指示牌上写着里程和方位：治山，距离八面通一百八十五公里。

似乎没先前那么热了。阿明推开车门，找了条石阶坐下，恰巧看见路河正在超市的柜台前结账。他买了三瓶矿泉水和两盒泡面，后来又加上了两根火腿肠。店员是个身材微胖的姑娘，收银时一直笑着，热情溢出了嘴角。阿明听到路河在向她打听方向，得到答案后又顺腔聊起这里的风物人情，聊得投缘，他们好像是对阔别重逢的生死知己。可当姑娘第三次推销当地纪念品失败后，她失去了耐心，嫌恶代替了柔情，生死知己也就这么相忘于江湖了。

“姑娘人挺好的。”路河提着袋子坐在阿明身边，“这个世界里的人都挺热情。”

“你确定吗？看她的表情，好像是在叫你滚。”

“姑娘说前面六十公里有个旅游小镇，叫亚布力。你伤得养，我们今天在那过夜。”

“我没事，睡了一觉，已经好了。”

“上路了就听我的。”

阿明知道诗人固执一根筋，不然也不会为了一个委托就穿越世界，说不动，于是换了个问题。

“你说过，第一世界的话语会影响衍生世界的人，这到底是什么意思？”

“言语的情感和意义一样，都有熵减作用，在物质化世界的同时会将自己的特质烙印在当地人的性格里。”路河似乎习惯了不假思索就回答阿明的问题，“打个比方。如果是一个由口号标语熵减形成的世界，那里的人通常就容易激动；如果是由一句窃窃私语造就的世界，那里的人们就习惯安静。大概是这个意思。”

后半句阿明听懂了，可他又不全信，只是终于为自己长久以来的厌恶寻到了一个理由。在此之前他自己也想过，只是总想不明白，最后就把所有问题归结为自己是孤儿，厌恶是因为嫉妒。可是又觉得不对——他们有什么可嫉妒的呢？

又有几辆轿车进站，胖姑娘开始微笑接待下一位客人了。阿明不再看她，噘起嘴说：“这里的人都喜欢戴着一张假面具说谎。建造这个世界的一定是句不好听的话，倒霉。”

没有回应，自动回答机器人竟然失灵了。许久之后，两人准备再次启程，诗人的声音才从阿明的背后传过来。轻飘飘的，像在自言自语：

“我总是会想，如果诞生于一个杀人凶手行凶时的狂言疯语，那个世界会是什么样呢？会有晴朗的天空吗？会有城镇和村庄吗？会有秩序和文明吗？如果都没有，那会有什么呢？暴力？杀戮？那里的人会怎样生活呢？

“随机的出生，随机的死亡，宇宙是不讲道理的。它只关心X与Y，不在乎生命幸或不幸。”

他们重新上路了。太阳在西沉的轨道上留下大团的红云，霞光照耀下，群山的棱角变得圆润可爱，最后与山下的绿田交汇在一起，像团溶化在水中的绿藻，风一吹就摇曳舞蹈起来。这是阿明第一次见识山里的黄昏，因为整条公路都修在高海拔一侧，他的视野很好，整个山谷好像全都被收入了双瞳，这让他心情舒畅。

为了在天黑前赶到镇子，路河让吉普车的行驶速度保持在一百迈。大约走到一半的时候，他们遭遇了交通事故，一辆重型货车和一辆轻型轿车撞在了一起，过路车层层叠叠动弹不得。幸好抢修处理工作已经进行了大半，交通恢复在即，他们不用耗上太长时间。等待的工夫，路河点了支烟，斜靠在车尾，仰头望着变幻的红色天空。他的眼神清澈得像个孩子，比阿明还要小上几岁似的，仰望的同时口中还念念有词。可惜抢修现场的噪声太大，阿明竖起耳朵也只听见几句意义不明的碎片，“诗神”什么的，他有点烦。

世界穿越者和诗人——路河的身上全是谜团，太多了，反而让人没了解开的兴趣。

公路恢复通行后不久，他们抵达了这个叫作亚布力的小镇。亚布力是俄语演化过来的，原名亚布洛尼，在俄语里是“苹果园”的意思。小镇伏在一条河的上游左岸，河叫蚂蜒河，一直从张广才岭西坡延流过来，横穿亚布力全境。镇西南有整个北方最大的高山滑雪场，入冬后颗粒状的细雪会铺满群山。只可惜这里的冬天太短了，大部分时候滑雪场都没有雪，反而草木葱葱，倒像是座森林公园。

亚布力和八面通很像，都是砖砌的矮房低屋，只是盖得更密集，一排排列兵似的。他们在镇子里晃了两圈，最后在靠镇边的地方找了家旅馆，装潢简陋，标间也显得娇小，但好在还算干净，最重要的是院子里可以停车。路河说脸可以丢，车不能丢，穿越世界全靠它哩。

确定车停稳后，路河从车里搬出一箱子书，一进屋就哗啦啦都倒在床上。诗集，小说，画册，一如阿明预料，都是没见过的玩意儿。路河挑出几本，塞进背包。

“干啥去？”

“出去换点路费。你在这儿等我一会。”

“就用这些玩意儿？”

“看见外面那片灯光没？刚进镇子的时候我打听过了，这儿晚上有夜市，游客挺多的。旅游景区的人喜欢这些东西，好卖，也好收。”

“旅游景区的人都喜欢读诗？”

“当然不是。”路河把选好的旧书装进背包，抖了抖乱蓬蓬的头发，临走前扔给阿明一盒消炎药。

“他们喜欢的是出版日期。这些都是绝版。”

男人留了一床的狼藉。

拨开陈旧的名家合集后，阿明发现了一本不起眼的蓝色小册子。作者署名是路河。

阿明嫌房里的灯光太刺眼，就在离路灯不远的地方拽了条长凳，距离正好，微光刚好能照亮书页。跟阿明想的一样，这本是路河的诗集，目录做得很好看。他随意翻到一页，小声读出来：

藤壶掉落的速度缓慢如菊石的涡旋
跟随蜉蝣一道葬身逝川的鱼腹

时间的景观在早上崩塌，而在晚上
死去的动物们会从植物的果实中纷纷复活
彼此谈论着往日的欢愉

虽然依旧看不懂，但读起来倒是蛮好听，有点像唱歌。于是阿明又顺手翻了一页：

它们从未来过，而你从未离去
为了不为孤独而和解，你要藏起
夜晚所有的隐喻，认真地
与白昼的星球告别，认真悲伤——

阿明以为院子里没旁人，读的时候没有压嗓子，却没想到竟然有人搭腔："小子，唱歌呢？"

是旅馆的老板，面相有五十多岁，身子看着壮实，就是发际线退得太厉害，额顶总是聚着一道反光。他光着上身倚在二楼的护栏边，也不知道看了多久，就只是慈眉善目地笑着："挺好听的。"

"没唱歌，读诗呢。"阿明说。

"诗？那是啥玩意儿？"

"嗯……我也讲不清楚。你说的也对，其实跟唱歌差不多。"

"唱歌好，押韵，一套一套的，好听。"老板摇了摇蒲扇，"对了小子，你和你哥是从八面通来的吧？"

"对。"

"去年这时候，也有一个从八面通来的年轻人，在我这儿包了一个屋，住了半个多月。他也特别会唱歌，嗓子亮，随便哼哼，都跟电视台的歌手似的。就是太忙了，每天天不亮就出门，只有晚上在院里闲聊时才会唱上几句。"

阿明想起了福利院的美术老师。他记得那个老师离开前对他们说过，自己终于筹够了钱，要跟朋友到另一个小镇开美术工作室，去潜心搞绘画，准备一年后冲一个什么国际大奖。之后不久老师就走了，没有办饯别仪式，就只和几个关系不错的护士打了招呼。那时候阿明坐在矮墙上远眺，发现在长长下山路，他一次头都没有回过。

“那他后来怎么样了？”

“后来？这就不知道了，不过听说还在亚布力。我妹夫是镇长秘书，他肯定晓得。明儿他来拿酒，你问问他。”

阿明点点头。老板又和他有的没的瞎聊几句，后来被老婆吼了回去。据说今天可以看到流星，可温度好像又升上来了，阿明不知道要不要在这儿等到路河回来。

四

阿明睡醒的时候，路河已经收拾好了屋子，正蹲在楼下抽烟。

他说夜市鱼龙混杂，事情没有自己想的那么顺利。识货的都想着诈他一笔，不识货的就乱开价，他访了很多家才把那几本书销出去。回来时候是凌晨三点，见阿明已经睡着了，就没吵他。他打算今天中午出发，现在还早，要是觉得乏可以再睡一会儿。不过屋里的空调坏了，想睡个清凉的回笼觉，得靠自我催眠了。

阿明早就没了睡意，洗漱后和路河各泡了一碗方便面，酸辣和红烧，都添了火腿肠。

“我看过你的诗了。”阿明说。

“蓝色那本吗？都是很久以前写的了。”

“那你现在怎么不写了？”

“写不出来。”

“为啥写不出来？”

“不知道。就一夜间，什么都写不出来了，试多少次都没用。没有感觉，没有想法，也不知道怎么落笔。看着以前写的文章就跟看陌生的脸一样。”路河咬了口火腿肠，“可能是被诗神抛弃了吧。”

“哪有这回事。我没信过什么盗神吧，可我就算七十岁了也能撬开这台破车的车锁。手艺全靠自己的。”

路河看着阿明严肃的脸很久，垂头笑笑，看不出来到底听没听进去。

抽完烟，两人花了一个小时检查车况，补充汽油、水和食物。好在旅店附近就有超市和加油站，省了不少工夫。就在阿明把装满矿泉水的纸箱搬回车里时，忽而听见老板扯嗓子叫他名字，说让他去一趟前台。阿明进了门，看见沙发上坐了个头发油亮、戴椭圆眼镜的男人，嘴很快，滔滔不绝机关枪似的讲着电话。老板介绍说这是他妹夫，昨天提过，做镇长秘书的那位，镇里的事儿都得过他的眼，门儿清。阿明“噢”了一声表示会意，就坐在一边，等男人终于讲完了电话，赶紧问起那位美术老师的下落。

“教美术的老师？”快嘴男人转了转眼珠，“叫啥？”

“我不知道他叫啥，只知道他开了一个画画的工作室，在搞创作。”

“我只认识一个八面通来的美术老师，不过他可没开过啥工作室。”

男人说去年国内旅游业旺，尤其东北，互联网炒出个概念叫“冬之旅”，但其实哪儿有冬啊，纯唬人。反正有了产业，不少人就挤破头想上这条船，乌泱泱跑这儿来做旅游投资和开发。那个美术老师也是来做这个的，当时跟着一个叫魏玛·杰森的英国人在锅盔山东边包了块地，想开发成度假山庄，说特色产品极棒，预估正式营业后每个合伙人能拿到七位数的分红。为了这个项目，美术老师把一辈子的积蓄都搭进去了，还亲自给杰森做担保人，黑道白道拉来了不少投资。然而，还没等开工，镇政府就发了文，说杰森是非法用地，要求立刻停止一切活动。美术老师傻了眼，当他去找杰森商议对策时，才得知英国人半个月前就已经回国了。一个人，揣着集来的钱，丢下所有的债。美术老师终于意识到，自己被套路了，从一开始这就是个骗局。什么分红发财，都是鬼话，都是谎言。

“可后悔有什么用呢？合同上都是他的名字，他跑不掉的，只能做替死鬼。”秘书唏嘘一声。

“他没开工作室？”

“没开工作室。”

“那后来呢？”

“后来他在外面东躲西藏半年多，终于筹到一笔钱，靠着谁的关系，总算到了英国。”秘书说，“他摸到杰森的住所，然后朝那个英国人的后脑勺开了一枪。”

秘书走后，阿明蜷在沙发上睡了一会。虽然只是片刻，却硬是做了个噩梦，又黑又冷，被路河叫醒时还打了个透心的寒战。

他们向旅店老板道了别，接着便拐上G10高速公路，重新向西进发。很快窗外就有了新的树，新的云，新的城镇，随着车速提升，这些新的东西又变成了旧的，最后都和那座被叫作苹果园的镇子一样，连带着美术老师，一起消散在后视镜中。

这时，阿明毫无征兆地问：“要怎么做才能穿越世界？”

在那个时机，在已经驶过近四百公里后，这个问题听上去有些滑稽。可实际上阿明的确没有认真想过路河是怎么来到这个世界，要怎样离开，这辆车又要开到哪——这本来跟他无关，他的目标只是省城。就在不久前，他还觉得“八面通的外面”是一个了不得的概念，它那样硕大，大到可能一辈子都只能窥探到其中一角。

可现在他却觉得这里那样窄，窄得透不过气。

路河出了匝道后停下车，点了根烟。世界诞生于语言，理所当然也是用语言连通——他用被熏黑的嗓子说——用语言文字确定想要抵达的目的地，然后沿着一个方向行驶六百七十二公里。在此期间每隔七公里，就要重新确定一次目的地。“七公里”是语言负熵的行进单位，每一个世界其实都是由无数个七公里铺就而成的。当他们抵达最后一个七公里时，自身的负熵值就会与另一个世界产生吸引效应，从而连通道路，打开一道裂缝，或者说是一扇大门。穿过大门，就能抵达另一个世界。

路河将先前用过的笔记本递给阿明，打开，每一页上都密密麻麻写着几个字：宛言的世界。就像以往那样，每过七公里，他都会重新记下这个词，同时小声口诵一遍，确保自己在向着正确的目标前进。

“所以你才一路向西走？”

“也不是，哪个方向都行，只是从八面通向东走六百七十二公里就出国了。”

“那为什么要走六百七十二公里？为什么不是六百七十三公里？”

“我不知道。兴许没有意义，它只是刚好这样生效。很多事都是没有意义的。”

“那白雾又是怎么回事？”

“我也不清楚，确定路线后，走过的地方总是会起白雾，可能是熵增具象化后的产物吧，我把它当成一种警告。不过还挺美的，对吧？”

阿明的目光定格在笔记本上。宛言的世界，他突然有一点好奇，那会是个什么样的世界？

“要一起走吗？”路河又问了这个问题，只是语气里有一些犹豫，“可能会有危险。”

“什么危险？”

“在这条路上走得太久，会加速熵的增长。生命是以负熵为食的，当熵值抵达顶端的时候，我们就不复存在了。”路河说，“换句话说，可能会减少寿命，也可能会被直接抹去，被分解，蒸发，然后消失。”

阿明想起了那个午后的郊外，他亲眼看见路河与这台吉普车一起变成了闪光的碎片。虽然只是短暂的一瞬，但那时名为“路河”的男人的确消失了。他明白过来，或许某一天，这短暂的一瞬就会变成永远。

“就这样？”

“就这样。”

“那你开快点，”阿明说，“趁我还没改变主意。”

在离省城只有二十多公里的地方，他们从最近的道口下了高速公路，然后沿着一条狭窄的土路继续向西。眼前就是最后的七公里。越来越重的泥土和绿植气味扑进他们的鼻腔，连视线也随着进入树林而暧昧起来。绿得发烫的叶片打在玻璃上，扑棱棱的，像是这个夏天在击掌欢呼着什么。很快他们就无路可走了，浓稠的白雾摇荡起来，在车身上悬停了一会儿，便漫向前方的密林深处。

阿明问：“来这儿干什么？”

路河说：“穿越世界好歹是个秘密，总不能在高速上明目张胆地穿吧。”

阿明说：“可前面没路了啊。”

路河说：“有的，有路。在世界的边缘，语言就是路。”

汽车重新发动引擎，路河打开所有车窗，浓雾立刻肆无忌惮地涌了进来。那时天地间的一切界线仿佛都被擦除了，灰蒙蒙变成氤氲的一片。阿明看见路河从车窗伸出一只手指向天空，他的身形模糊难测，但从喉咙爆出的声音却无比嘹亮。

他高喊了一声：“树！”

阿明惊愕地发现那些错落分布的大树，高的矮的，瘦的壮的，都开始向两侧移开。无际的树林里凭空生出了一条路，像在恭迎什么似的，这个世界里的所有生灵都在路的两侧驻足。

路河又喊了一声：“山！”

于是挡在面前的高山也开始纷纷碎裂，然后以不可思议的速度分解成沙砾，黑鸦一般，向苍穹飞漫。

路河最后喊了一声：“路！”

于是阿明看见在大山腾出的地方，一个直径约两米的椭圆状裂口豁然成形。与刚刚撼天震地的巨变相比，它的出现显得轻灵而诡谲。阿明猜出了它的名字，那是“门”，通往另一个世界的门。

“世界由语言铸成。”在那个风雷响动的刹那，少年似乎开始明白这句话的含义了。

“我以为你说的是道普通的门。”他朝路河喊。

“没差啦，门就是门，都一样，都是迈过去就可能回不来的东西。”路河的声音荡过来，“趁现在，阿明，跟这里说再见吧。”

吉普车再次提升了速度，雾被风吹散了，可阿明却僵在那里一动不动。多年后忆起来，他已经不记得自己当时在想什么，可能只是单纯地被这番奇景吓傻了。但有一件事他可以笃定：他不想回去。

吉普车就这样一直开进了裂缝的中心，跃进联结另一个时空的狭长隧道里。与想象中不同，隧道里并不是黑色的，而是一片望不到头的灰白，像散落一地的石膏。可以呼吸，但感觉不到空气，也察觉不到温度。阿明觉得自己的身体被什么东西分解了，空虚占领了心脏，但也只有短短的几秒而已。很快他们就见到了光，与此同时，还有另一种东西落在了脸上。

湿乎乎的，很凉。

是雨吗?

秋

五

向西行进一百公里后，路河踩下刹车，试图重新确认自己的方位。他们抵达这个世界已经两天，视野中依然只有无穷的草原和无穷的雨，燃料和食物都见了底，前方却还是不见村庄或城市的迹象。路河曾借着星位推测出他们目前身处内蒙古东段，十之八九，然而这条信息对他们实在没什么实质性的帮助。

路河瞥了眼油表，然后下车点了支烟。这是个老习惯，从什么时候开始的，记不清了，只知道对缓解头痛很有效。路河已经进行了三次世界穿越，每一次穿越都是对熵增的强制逆转，这种逆转未必是百分之百有效的，可能身体的一部分或者整个儿都经历了瞬时的熵增，因此头晕呕吐总是少不了，甚至某些细胞已经直接分解消失掉了。他当然明白这意味着什么，只是藏不进心，上了路就又只念起远方。

雨下得恼人，看云还有愈下愈大的势头，路河重新钻回了车。在他继续向前寻找道路的时候，阿明躺在后座熟睡。和路河不同，阿明还没有适应剧烈熵化的过程，穿越后要花费很长的时间进行恢复。过去两天他只在吃饭时醒来，说不上两句话就会再次睡过去。外面噼噼啪啪，车内悄无声息。你好，久违的孤独。

路河曾经希望能碰上一两辆过路车，幸运的话便借些燃料，再不济也能探到城市的位置。然而出乎预料的，一路上的行车都像看不见他似的，嘀嘀几声过后便冲破雨帘，趁人未察觉时就擦着雨匆匆闪过。一连几辆都是如此，后来路河站在路上挥手拦截，也没有改变什么，反而惹上一身泥水。

路河以前也遇见过这样的冷漠，如此一想，这个世界倒是和故乡有几分相似。他又向前开了十几公里，见暮霭降下来，就把车停在路边的一座废弃破房里，打算在这儿过夜。今天风大，帐篷支不起来，虽然不怎么舒服，但也只能在车里凑合一晚。路河揉了揉自己的背，在休息前准备向诗神做日常的祈祷，突然瞥见雨幕中驶出一辆大车，意外的，竟在他的面前徐徐停下。

那是一台银灰色的皮卡，车身上划了不少刮痕，不是年头已久就是车主人不甚爱惜。停稳后，有人降了车窗，接着露出一张须发皆白、铺满岁月折迹的脸孔："晚上风大，这儿留不了人，赶紧走！"

老师傅的声音粗犷嘹亮，隔着雨声还能听得一清二楚。路河赶忙问："师傅，这儿附近有城市吗？"

"只有个通辽，要走一百九十多公里。"

"那去不了了，油不够。"

"你能走多远？"

"九十多。"

师傅不置可否，打开车门走过来，顺着窗户扔给路河一个黑色的东西——是台对讲机。

"你先跟我回山上，我那儿有燃料。要是雨下大了走不了，也能扛上几天。"他敲了敲车门说，"路上有几个坑，你拿好这玩意儿，听我指示。跟紧了，这一段没大路，走丢了就找不回来了。"

师傅汉名孙福喜，今年五十七岁，本地人，做物流和运输工作。

孙师傅住在通辽郊外一百公里的山脚下，山叫双合尔阿古拉山，不高，远望像块横长在草原上的顽石。以前山上有座远近驰名的佛家白塔，来参拜和观摩的游客络绎不绝，也是挺热闹一地方。可后来某天天降暴雨，塔被洪水冲塌了，周围的住民也就散的散，走的走，只留下孙师傅一人守着。路河问及原因，孙师傅说没家没眷的，住哪都一样。但凡跑车，去通辽和草原也都方便，就没挪。

哪儿还不是个雨天。

“这雨什么时候能停？”路河通过对讲机问。

“说什么胡话呢？雨咋会停啊？有大雨有小雨，哪有停过的时候。”

“其他地方也下雨？”

“都下，全世界都下，这不就和喝水吃饭一样嘛。小伙子你不是发烧了吧？”

一个总在下雨的深秋世界。不知道这个世界是从什么话语里诞生的，倒是挺有意思的。

“你不是本地人吧，怎么想着来草原的？”孙师傅问。

“来找人的，一个女孩儿。”路河说完忽然想起来什么，取出那张旧照片又看了一眼。果然，照片里是一个大晴天，和宛言一起微笑的是斑驳树影和明媚阳光。看来这里也不是自己的目的地，虽然已经预想到事情不会这么容易，但路河还是暗自苦笑一声。路漫漫其修远兮。

“找人是得去通辽。我儿子在那上学，到那儿了问问他也行。前面三点钟方向有坑，方向盘把稳了。”

皮卡灵巧地避过险地，攀上一道矮矮的丘陵。在逐渐聚集浓稠的黑云之下，一座石土山被镶嵌在弥散的湿气里，影影绰绰的，远望过去像是什么海市蜃楼。这时孙师傅一提嗓音说：“到了。”

孙师傅住在原来景区的服务站里。虽然景区撤了，但服务站东西还在，厨房卧室，自来水加油机，一应俱全。孙师傅平时对服务站保养得好，还定期做检查修理，到现在依旧崭新。屋顶和房梁也做了细致的加固，据说已经扛过五六十场暴雨了，除了留下几道裂纹外完好无损。山风簌雨之间，这里像一座微缩的城池。

路河安置好车子时，阿明刚好睡醒，只是还是虚弱，说不出几句完整话。孙师傅让他先进屋避避风，顺便还泡了杯热黑茶。

路河连同方才的救援一起郑重道谢，孙师傅却大手一摆表示无所谓。这地方的人可能是被雨浇傻了，心冷，只要不是熟人，多小的忙都不出手。这么多年过去，还是没变，他早就看不过去了。

孙师傅大方地给吉普车加满了油，却打消了路河即刻出发去通辽的念头。他说看这黑云的走向，多半是要来特大暴雨。现在出去，要是再撞上草原风，那基本上就只有人仰马翻一个下场。如果不急就在这儿住上一晚，房间和床也够，不用打地铺。路河点点头答应了。虽然希望尽早完成六百七十二公里离开这里，但凭自己在国道上都开不稳的驾驶技术，也确实没必要去搏击风雨彩虹。

回屋后孙师傅简单收拾了一下，通了炉火，打算让他们尝尝正宗的烤羊排。三个人围着方桌而坐，羊排的清香腾起时，屋外刚好一声惊雷，接着便看见细雨加宽加急，不一会儿就成了瓢泼之势。大雨夹着电闪风号，夜晚也露出獠牙鳞爪，竟有点狰狞可怖。孙师傅说这是三个月来最大的一场雨，要是没做准备的屋房，估计已经被冲塌了。不过骤雨来得快去得也快，也就一晚上，明天准疲了。

喝完了羊奶茶，孙师傅披上雨衣，准备再去屋外巡查一遍。

路河借着灯光看照片和背后的诗，这时阿明凑过来问："宛言在这里吗？"听声音他精神好了不少。

路河说："不在，不过应该很近了。"

"我这几天一直在想一个事儿，你说她会不会住在那个第一世界里呢？"

"也许吧，有这个可能。可第一世界和衍生世界，有什么区别吗？对我们来说都是远方，一直走总会到的，有路就行了。"

阿明点点头，看向窗外说："原来雨可以下这么久啊。"

路河说："是啊，我也第一次见。"

阿明说："你为什么要找她呢？既然穿越世界有危险，为什么还要穿越那么多次？你和她又不认识，难道走这么远的路，只是为了完成那个影先生的任务？”

没等路河回答，门外突然传来稀疏的吵嚷声。出了屋子，恍然看见黑夜里现出两个人形，正迎着疾风亦步亦趋。等近了，才听清孙师傅在提着嗓子叫：“小伙子！帮忙救人！”

路河将胳膊挡在眼前，迎上去，看见孙师傅正吃力地搀着一个失去意识的年轻人。那人戴一副金丝眼镜，面相清秀，但额头却有一道明显的伤痕，汩汩红血混在雨水里，乍一看有些瘆人。

诗人怔愣了一下。

尽管完全没有道理，但他好像在哪里见过这个人。

六

夜深许久，男人终于醒了过来。那时窗外雨势不减，可能是不放心，也可能是雨声恼人，三个人都没有睡着。小屋里灯火晃晃，热茶和温酒腾着醇熟的白气。

花了几分钟整理思绪后，男人做了自我介绍。他叫柯焕，是环境保护局下属报社的记者，家住北京，来阿古拉草原是为了调查当地环境异变问题的。因为社里人手不够，这次报道他没有带助理，准备工作也不是很充分，结果一进草原就迷了路。恰逢特大暴雨，柯焕没有办法，只能赌运气似的朝阿古拉山山脚开，不承想半路车轮竟会陷进泥池里，油门到底都动弹不得。他下车查看情况，突然迎面一阵疾风，两眼一黑，接着便什么都不知道了。

孙师傅端了一杯奶茶给他：“你被风刮起的石头敲脸了，幸亏只擦了皮肉，包扎包扎就行了。这要是真砸狠点，像你这种文弱书生啊，小命都没了。”

柯焕长久地道谢。

孙师傅摆摆手示意不必介怀，又问：“你说草原环境异变是啥个意思？是说起雾那个事儿吗？”

“起雾？”

“就几天前，草原东头突然起了一大片白雾，还有个旋涡一样的东西，不过不一会儿就不见了。这事儿？”

路河和阿明彼此看了一眼。想着是不是他们的秘密被人发现了，不过细想又觉得不对，他们的降落位置应该是在阿古拉草原一百公里外，两座矮山的夹缝里，周围是没有人家的。可孙师傅的描述听上去的确像是时空穿越产生的异变……

柯焕礼貌性地摇摇头：“不是，师傅您搞错了，社里是让我报道环境温度骤降问题的。您说的那个……有点玄乎。”

“这样啊。其实我也没见过，是听放牧的老吴说的。那人是不怎么靠谱。”孙师傅起身给火炉添了柴，又温上马奶香酒，“这雨下得躁得慌。难得我这儿这么热闹，也算缘分。多喝点，多聊会。”

路河和阿明向柯焕报了名字，就算是认识了。虽然那种熟稔的感觉挥之不散，但路河思来想去，最后还是笃定只是相貌与熟人相似罢了。马奶酒温好了，孙师傅将它连同牛肉一起端上。马奶酒是将马乳倾倒在皮袋中，由木棒搅拌数日，待乳脂分离而自然酿酵形成。酒色白而浊，有陈香，也略带膻味，外地人通常都喝不惯。但可能是暴雨冷寒的原因，一口马奶酒下去，不但不觉得酸涩，胸口反而涌上汩汩热流。

不过到底不是蒙古汉子，三杯酒一过，路河和柯焕都起了醉意，越聊越是漫无边际。

“路河先生是做什么的？”柯焕问。

“旅人。丢了过去，不知道前方的旅人。”路河说。

“过去可不能丢啊。我们记者记录当下，其实都是为了给未来人保存过去的。”柯焕不露声色地笑笑，“职业直觉告诉我，兄弟两人不远千里驱车来草原，肯定是藏了什么故事的。”

“酒都喝了，是得说点故事，我们这儿的人都爱听故事。”

孙师傅也打趣说。

路河下意识看向阿明。四目相对的瞬间，少年扭头避了过去，试图藏起自己的好奇。

的确，走了这么久，路河竟然一次都没有回望过旅途的原点，只是在梦里，还能时常想起那个布满乌云和钢铁森林的世界。车流无声，人群寂静，如同一池冷水，冰冻融化，融化冰冻，周而复始。如果没有遇到影先生，自己可能也会像滴水珠，沉入池中永远消逝。

行，那就说说吧。

跟影先生相遇的那天，路河正准备用一条绳子结束自己的生命。

他生活在一个四季如秋的世界，和这里一样总是压着厚厚的云，只是很少下雨。那个世界鲜有村庄和小镇，取而代之的是由一座座高楼堆积而成的灰色城市。阳光和雨露一样稀缺，即便是从横在头顶的钢条空隙望过去，也很少能看见明亮的天空。住在城市里的人很少说话，他们习惯用文字交流，即便开口也只是低沉的私语。从安静到缄默，城市越发展就越是将声音吞没殆尽。音乐家流落街头，受诗神垂青的诗人和作家则成为时代宠儿。他们发表作品，媒体连篇累牍地报道，而读者则如丧尸一般逐着风潮购买，追捧，然后束之高阁。

那是个冷漠的世界，路河说，才能可以转化为金钱和权力，但没有人真正在乎其他人说了什么。

路河十五岁时因一首短诗成名。在整整五年里，他都是媒体聚光灯的焦点，是人们在社交网络上谈论的对象。他靠源源不断的新作赢得了一笔可观的酬劳，在上海购买了一套现房，并准备继续保持这样的生活。可就在两年前，在一夜间，他突然写不出诗了。没了灵感，没了热情，甚至还没了勇气。每敲击一下键盘都像是敲到了心脏，没来由的痛苦和恐惧让他不得不落荒而逃。最初的两个月，他近乎疯狂地阅读诗作，向诗神祈祷忏悔，但这一切都无济于事。很快编辑就断绝了与他的联系，媒体陆续散场，“天才少年”成了静音世界里的一个休止符。

他同相恋三年的碧小姐分了手；在公共区域大声吼叫而被拘进刑拘所；还因为心搏骤停被邻居送入了加护病房。路河以为这痛苦漫长到不见尽头，直到接到碧小姐的婚礼请柬，他才恍然大悟自己早已到了终点。在最后看了一眼即将抵押出去的房子后，路河将所有的诗歌和情书付之一炬，然后买来了一条足够结实的绳子。

上路吧。路河决定离开这个世界。

影先生就是在这时出现的。他踢开房门，托住路河的双腿，从腰间抽出猎刀砍断了绳结。在一阵剧烈地咳嗽后，路河认出了这个魁梧的中年男人。影先生是一家名叫“飞鸟夏花”的书店的老板，店开在一条小巷的尽头，有一段时间路河时常到店光顾。可就像这个沉默世界里的其他人一样，除了结账外，他们几乎没有多余的交流。他不知道为什么影先生会出现在这里，更不知道为什么要救下他。

可影先生似乎没有回答的打算。他对路河说的第一句话，是个问句：

“你想过吗？这个该死的世界，为什么是这个样子的？”

路河跟着影先生来到“飞鸟夏花”，后者按动开关打开秘门，一个诡异小屋从黑暗中显现。墙上贴满了没见过的公式和地图，落灰的书籍散乱堆放在一起，墙边还杵着一台破旧的地球仪。如果不是看到书封上的“物理学”“语言学”字样，路河还以为这是某位炼金术师的实验室。

像是时间所剩无几似的，影先生没有给诗人厘清思路的时间，坐下后便将关于语言和宇宙的一切和盘托出，细节相当完满：第一世界与衍生世界，语言与人，世界穿越之门，六百七十二公里……路河从没发现倾听会是这样艰难的一件事，随着影先生沙哑暗沉的嗓音，他的世界观逐渐崩塌，而后又重新建造。他当然会怀疑，可是无懈可击的逻辑和证据，又将怀疑的泡沫一个个戳破，最后只抛给他一个沉重的真实。

“这是个寂静冷漠的世界，因为它是从寂静冷漠的言语里生出来的。”书店老板说，“负熵能量让语言成为物质，第一世界的人类口不择言，而衍生世界则代为承担后果。”

也是在那间秘密小屋里，影先生将宛言的照片交给了路河。他说自己已经累积了太多次熵化作用，无法再进行世界穿越。他希望路河能代替自己上路，将药交给女儿，将她从淋巴癌的死亡绝境中解救出来。

路河没有回应。他转过照片，发现背面写着几行诗：

我们的身体里有两吨疾风
被生锈了的白霜秘密点燃
我将去往陌生的群山、森林和字段
而你却潜入甲虫和牧羊人的梦
就像春天宽恕永恒

路河很难用准确的形容词描述当时的感觉，像是碧小姐在自己的耳侧轻语，也像是在照一面镜子，故人之感袭遍周身，把一切都照得澄明。他熟悉这首诗，虽然这是他第一次接触，虽然他并不知道诗人为谁——可是兀的就有了冲动，他想知道隐藏在这几行字后面的故事。

“这首诗……是宛言写的？”

“不是，我不知道作者。这是她誊抄下来的，她喜欢读诗，但仅仅是喜欢。”

“你为什么选上我？”

“你写诗，你知道语言的力量，你可以走得更远。”

“你没听说么，我已经写不出什么了。”

“对你而言，诗只是用笔写出来的那个东西吗？”

路河怔住了。

“作为父亲，我只能恳求你答应这个不情之请。”影先生递给路河一支烟，“可我也知道你想找回你的诗神，我也知道你其实早就察觉了——在这个荒芜的世界里，是找不到它的。”

这是路河和影先生第一次也是最后一次对话。第二天再去“飞鸟夏花”时，书店已经关门了，招牌也不翼而飞。他在车库里找到了影先生留下的吉普车，药和配方装在钢罐里，连同几箱子书正好好地放在后座位置。可是除此之外，关于影先生的一切，包括他自己，都像是未曾存在过一样无迹可寻。

路河将女孩儿的照片装好，在笔记本上写下目的地，接着启动了吉普车的引擎。秋风冷峻，他朝着太阳的方向行驶，两小时后离开了上海，四小时后离开了原野，七小时后他穿过大门，驶向另一个世界。

路河喝光了马奶酒，眯眼瞥见孙师傅和柯焕一脸的难以置信，阴谋得逞似的弯起嘴角。

“你们信了？怎么可能嘛，都是编的。我是个电台主播，靠编故事吃饭的那种。对吧，阿明？”

阿明眼睛里的路河疲惫而忘情地笑着。和这个夜晚一样，他已经完全醉了。

七

暴雨是在第二天清晨缓下来的。孙师傅和柯焕起了个大早，拾掇一下后便抄上千斤顶下了坡。虽然费了一点周折，但总算是将柯焕的车从泥潭里救了出来。因为要尽快赶到草原完成报道任务，柯焕不打算多留，准备趁现在雨小即刻出发。临行前他将名片交给路河，说喜欢路河的故事，希望以后再有机会见面。说完他钻进泥水斑驳的汽车，仰头叹了句“看样子今天也晴不了了”，旋即消失在绿草和雨纱的尽头。

路河捏着名片怅然若失地笑笑。旅人总是会遇见很多风景，但永远也无法真正拥有。

他和阿明一起吃了早饭。洗刷碗碟时，看见孙师傅换了一身深蓝色的工服，手套皮靴俱全，肩上还披了张褐色的皮制大氅，看着像是要远征山林的猎人。路河不明所以，孙师傅解释说，他要去捞尸。

阿古拉草原附近的山都不高，但可能是暴雨下得频，山上总是会发生滚石和泥石流。平常人不会在山上晃悠，可山脚牧草长得好，时常有牧民到山下放牧，若没注意到雨势，就很可能遭遇了山洪的灾。这里离城市远，政府和抢险队顾及不到，但周围村落的牧民还是希望要回遇难者的尸体，按蒙古族的传统下葬归天。所以孙师傅就接了上山捞尸的工作，找到尸体后将他们交给牧民，来换一点小钱。一开始只是想赚点外快，谁想一做就做了五年。

“这活计很危险吧？”

“山洪发生的时间间隔都比较长，暴雨过了再去就没事儿。”

“我以为您不好赚钱呢。”

“钱这东西，对我是没什么用。可我儿子在上大学，学费和生活费，这我得担着。他妈死得早，孩子从小苦到大的，现在上了大学，不能再苦着了。”孙师傅舔舔嘴唇说，“说起来，跟他已经快半年没见了。明明就一百多公里，可就是没勇气去看一眼，怕一看就舍不得走了。唉，这爹当的，比妈还完蛋。”

路河没来由地想起阿明。至今，他依然不知道自己当时为什么会调头回城，会和黑帮血拼把他救出来。他想不出理由，或许只是不合时宜地血性发作。但倘若时光逆流重来一次，可能自己仍会做出一样的选择。

“他叫什么名字？要是到通辽见到他，可以给您捎个话。”路河问。

“汉名叫孙以翔，他妈给起的。”孙师傅略显局促地挠挠头，“也没什么话，有空回来看看就行。噢，还有，伞别离身。”

仔细检查了吉普车的车况后，阿明决定和孙师傅一起跑这一趟。

孙师傅的行进路线是沿着山脉由北向南，大约走上一个小时，之后将找到的尸体运到吉尔嘎朗镇，在那里稍作修整后，再贴着新鲁高速公路返回。吉尔嘎朗有家汽车配件专卖店，虽然是个弹丸小地，但货物齐活，甚至是十几年前的老型号也能配上。吉普车的雨刷器已经出现裂痕了，若是正好赶上连天暴雨时报废，那基本就成了睁眼瞎，一步都动不了。保险起见，阿明建议还是先换新，再上路去通辽。若是回来得早，大概傍晚就能装好出发，不会耽搁太长时间。

虽然名为建议，但和以前一样，阿明没有给路河提出不同意见的机会。

他们在十点出发。在钻进车子前，阿明从箱子里掏出两本书揣在身上。一本是路河的诗集《月光土地》，另一本是卡夫卡的《饥饿艺术家》。虽然他小心翼翼，但还是被路河敏锐的目光捉到，于是便像惊起的蝴蝶一样扑棱棱跑上了车。他本以为路河会像个女人似的婆婆妈妈半天，然而等来的只有诗人心照不宣般的狡黠一笑。

在等待两人回来的那段时间，路河例行向诗神做了祈祷，尽管一如既往地没有听到回应。然后他小睡了一会儿，做了个乱蓬蓬的怪梦，影先生、外星人、蛇、岛屿，毫不关联的意象缠绕在一起，大幅缩短了这场睡眠的时间。醒来后，好像不适应独处似的，他发现自己竟无法自抑地心慌胸闷。反复思量一会儿，最后他披上雨衣，用铁棍拨开茂密的草丛，摸到了一条上山的路。

阿古拉山不高，路也不陡，但上山过程中路河却险些丧命。在翻过一块石头后，他感觉心搏骤停，全身的知觉在俄顷间涣散，接着便是肉体透明化，逐渐分解为微小的闪光的粒子。如果那时路河能够思考，他一定会意识到这是瞬时熵增效应，而且比以往任何一次都要严重。然而实际上他什么都感觉不到，连向死亡告饶的机会都没有。等到粒子再次聚合时，他发现自己出现在山的另一侧，双手抓着山石，半个身体悬在崖边。他慌不迭地爬回山顶，猛喘几下后，才发现那块浸漫雨水的山石光滑得仿佛不存在摩擦力。

他的慌张为他捡回了一条命。

已经记不清这是第几次了。路河不知道自己还能走多远，甚至能否活着离开这个世界都未曾可知，可能在穿越世界之门时自己就会被碾碎成飞沫。如果是这样，在那之前他能找回诗神吗？阿明该怎么办？宛言的病呢？问题错节盘根，但路河没来得及细想，他的注意力被另一样东西吸引了过去。就在草原的尽头，大片云朵盘绕的地方，有一道横亘在天空中的口子，它横斜歪曲，周围是蛛丝般的纹理，像是玻璃被猎刀划破似的，附近尽是飞舞的碎片。

路河知道那是什么，准确地说，他刚刚经历了一次。

瞬时熵增。这个世界正在经历瞬时熵增。

与第一世界不同，衍生世界的全部能量都源于语言的熵减作用，因此在实质上它不存在代谢或者循环。而根据熵增定律，任何一个孤立的系统，如果没有外界的能量注入，它都会不可避免地走向熵化——衍生世界同样如此，甚至因为本就建立在一团负熵能量上，一旦反作用力不足以压制作用力，更会在瞬间经历成倍的熵化。语言是高度负熵化的，但它并不是永恒的，任何一句话语最终都会变为沉默，区别只是时间的长短罢了。所以理论上，语言衍生出的世界，也会随着熵化而一步步走向崩溃。

幸运的是，那道裂口在十几分钟后开始闭合。虽然路河笃定它还会再次出现，但至少可以证明这个世界仍处在崩坏的初期。倘若当整个天空都是这样闪着光的眼睛，那时这个世界会变成什么样子？

一阵急促的鸣笛声打断了路河。他看见雨帘中出现几辆警车，在孙师傅的小屋前徐徐停下。

路河返回小屋时，门边的胖警官已经等得有点不耐烦了。

三五个人，从警服上的字样可以辨别，都来自通辽市公安局，走了挺远的路。胖警官扫了眼手中的笔记本，问路河：“你就是孙福喜带回来的那个旅人？叫……路河？”

“对。”

“你和孙福喜是什么关系？”

“刚认识。昨天暴雨，孙师傅好心让我在这儿避了一晚。”

“这老头还是这个脾气，真是死都改不了。”

“出什么事了？”

“孙福喜死了。”胖警官阖目摇头，“山洪来得急，他没躲过。”

八

路河狂奔在去往通辽的路上。

他从没想过自己能把车开得这么快，就像从没想过本以为早就冷却的心脏竟然还能这样激烈地搏动。

半小时前，他从胖警官闪烁不清的讲述里得知了事情的经过。出事是在下午两点，孙师傅没有改变以往的路线，也没有突降暴雨的迹象，一切本应相安如常。然而就在他上山寻尸时，好像是被什么东西给催化了一样，那座山毫无征兆地就暴发了山洪。滚石和流水的速度很快，依据现场痕迹模拟，孙师傅是从山上跑回车里后，在驱车躲避时遭了祸。皮卡先是被山洪打飞，然后又被迅速淹没。在这过程中，孙师傅因为被落石击中头部而瞬间死亡。

那个将他们从暴雨里带回来的好人，最终自己被急流带走。

这该死的不讲道理的世界。

路河死死按住胖警官的肩膀，后者几乎能听见他的心脏跳动："阿明呢？车上有个孩子，他怎么样了？"

"孩子？"胖警官反感地挣开路河，"哦，那孩子命挺大的，只受了点儿皮肉伤，没大碍。"

"他现在在哪？"

"市里，被小李送到市医院了。"

"通辽。一百二十公里。一个小时十五分钟。"

胖警官不明所以，路河已经转身钻进吉普车，擦着错落的警车疾行而去。

在傍晚行车并不明智，特别是现在雨声渐浓，一百迈速度的吉普车随时有可能因打滑而跌出公路。但路河顾不上那么多了，他有一种不好的预感：山洪的暴发，很可能与天空中的那道裂隙有关，也许熵增效应就是胖警官口中的催化剂。又或者，柯焕要报道的气温骤降现象也是熵的涟漪。他不确定下次事件会在什么时候发生，得带上阿明离开这里，越快越好。

他将油门踩到底。

穿过两片草原和一座矮山，就在即将抵达新鲁高速时，路河在晦暗的黑夜里看见一个少年的身影。他披着一身亮黄色的雨衣，斜挎着包，右臂伸出，竖起大拇指，显然是一个请求搭车的姿势。那时候雨已经下大了，隔着抽搐般晃动的雨刷器，路河与少年对视了一眼，思前想后，到底还是踩下了刹车，朝少年做了个手势。

少年脱掉雨衣，简单叠成四方后钻进吉普车。他十八九岁，梳着利落的平头，眼角一动就弯成了月牙，路河还是第一次在草原上见到这样清秀的男孩。他将滴水的雨衣装进塑料袋里，然后向诗人伸出一只手。

“赛白努，谢谢您让我搭车。”他说，“我叫孙以翔。”

命运恶意的玩笑让路河如鲠在喉。在近乎两公里的沉默后，最后是孙以翔打破了尴尬。

他说自己是跟着学生物学的同学出来观察昆虫的，结果因为入了迷，没有听见集合令，错过了返程的校车，只能厚着脸皮求人载上一程。那条路走的人不多，愿意停下的更少，他在雨里等了两个多小时才等来了路河。一番感激后，又补充说学校就在通辽市中心，在科尔沁大街放下他就行。

路河瞭了一眼他手机里的照片：“你喜欢昆虫？”

“嗯，从小就喜欢。可高考时候没考上生物工程，现在只能蹭课了。也不错。”

“那你是学什么的？”

“心理学，调剂的，这专业没人报。”

“为什么？”

“因为没前途呗。人类心理有什么可研究的，不就是一个词嘛：自利。”

雨点哗啦啦打在挡风玻璃上，路河又想起昨天的夜晚。

“那你为什么喜欢昆虫？”他又问道。

“这个嘛。”孙以翔打开手机相册，调出一张照片，“我爸以前在云南待过，他说那里的昆虫又多又好看，什么金斑虎甲，钮灰蝶，蛉蟋。后来我吵着要看，他便说草原也有好看的昆虫。越是历经暴雨的，颜色越是鲜艳，长势越是壮硕。你看，这张就是去年捕到长角灰天牛时候拍的。”

路河没有转头。他在犹豫要不要说出实情。

“我爸是个挺奇怪的人。这里没人愿意帮助别人，他就愿意。他说这个世界总在下雨，就是因为受难的人没人帮，苦闷久了，就催出了雨。”孙以翔笑笑，“你说他奇不奇怪，怎么可能有这种事，迷信。”

“听着是挺扯的，像个孩子。”

“就是说啊。”

“可是像孩子也不错，活得轻松，对延年益寿有帮助。他是不是看上去挺年轻的？”

孙以翔的眼神突然晦暗下来。

“可能是吧。很久没见他了，不知道他最近是不是变老了。”

路河犹豫再三，还是没有说出真相。他想现在最重要的是向前，向前，早点见到阿明。

吉普车沿新鲁高速公路向北，在行进三十分钟后，路河又遇到了两个请求搭车的年轻男人。这一次他没有犹豫，短暂交谈片刻，便让他们上了车。两个人都是玩酒吧乐队的，喜好聊天，上车后就一直天扯地扯。路河也努力地附和，本以为这样会缓和这难捱的尴尬，结果却发现不论他们怎样起话题，孙以翔都不再搭腔。他只是盯着手机里的相册，向左滑，向右滑，不知道在找什么。

车里的气氛更加尴尬。

路河无计可施，想着就这么干熬过去，然而十分钟后孙以翔兀地问了一个问题：

“如果所有人都和我爸一样，这个世界会不会就不是这个样子了？”

“可能吧，我不知道。”路河小心翼翼地说。

“我变不成我爸那样，骨子里我和其他人一样，自私冷漠。有时候不知道是该庆幸，还是该羞耻。”孙以翔说。

这一句路河没听明白。孙以翔让他靠边停一下，然后打开车门，在那两个男人耳边小声说了什么，旋即三人一起下了车。在路河尚未搞清情况时，他听见雨声里突然多了几个变奏，嘶吼声与沉闷的击打声交错，但很快便消失了，电光石火之间，像场惬意的即兴表演。

再次见到孙以翔时，他的眉眼间多了几道抓痕。血渍经过大雨冲刷，变成狼藉的一片。

“你知道我为什么会上你的车吗？”长久的喘息后，孙以翔说，“我是要打劫你的。打晕你，把你扔在这草原，然后带走你的车和所有的东西。这样的事我已经做了二十多回了，我知道这样的小案子不会有人上心，更不会查到谁的头上。我知道你想问为什么，我也不知道为什么。我的朋友做过，拿到过好处，那我就也想做。就像刚才我说的，我和其他人没什么不同。”

“可是你没这么做。”

“可是我没这么做。因为我是学心理学的，我会一点儿测谎，或者跟这个类似的东西，虽然没想过会有用上这个技能的一天。”少年意味深长地看着路河，“我知道你说谎了。你知道，无论善意或恶意，说谎的前提条件是在意对方的反应。可是这里的人从来不在乎别人，所以他们从不说谎。而你撒谎，揣测我的情绪，是因为你认识我的父亲，是因为你藏着一个秘密，你害怕讲出来会让我崩溃——”

路河一句话没说。

孙以翔敲了敲手机："我已经知道父亲的事了。他们第一时间通知了我，就在我对着长角灰天牛发呆的时候。你不用担心，我的情绪很稳定，雨让老天来下就够了。我不知道你和我爸是怎么认识的，可是你和他很像，都是这个世界的怪人，能遇见你他一定很开心吧。"

路河依然不知道该做何回应。少年说，后面那两个人也是劫车的，他以前见过他们做事。他没有下狠手，幸运的话，在两人醒来前就能碰上赶来的同伴。

"开车吧。我的学校在市中心，把我放在科尔沁大街就行。"孙以翔笑笑，眼睛眯成一道伤痕累累的勾月。

抵达通辽的时候，城市已经完全被夜色浸没，两个人是在昏聩的路灯下告别的。灵犀相通似的，谁都没有说多余的话，只是像民谣歌手唱的那样，远去的人留下背影，停驻的人奉出目光。路河说，伞别离身。孙以翔一边朝前走一边点了点头。细雨裹着鹅黄色的灯光，这一幕很快便被柔化模糊，被丢进这个夜晚的记忆深处。

再见，再见。

那时路河很想抽一支烟，然而烟盒里却空空如也。

于是他停下完全坏掉的雨刷器，任凭大雨涨潮般扑涌上来，然后就这样隔着一块模糊的挡风玻璃穿越了城市。四十分钟后，他在医院走廊里见到了阿明。阿明的右臂扎着绷带，额头上也有几道明显的伤痕，站在走廊的另一端，乍一看竟有些陌生。

路河走了过去，坐到他身边。

阿明没有看他，声音却忽微而出："我把书弄丢了，有一本还没看完。"

"没关系，我们还可以写新的。"

"那我们可以改变世界吗？改掉诞生世界的那句话，让人快乐起来，让天晴朗起来。”

“你觉得呢？”

“我不知道，你才是写诗的那个。”

可是诗人却说不上来。在那一刻，他发现长久以来盘桓于心的信念竟然动摇了。他不知道自己是不是应该继续做一个旅人，一个冷眼旁观的过客；也不知道就算自己重遇诗神，找回了写诗的能力，又能做些什么？路河给不出答案，而阿明似乎也无意追问。长长的沉默后，两个人在心里达成了一个苍白的和解。

“要走吗？”

“嗯，走吧。”

冬

九

穿过灰白色的狭长隧道后,他们终于又见到了晴空中的太阳。

与设想中的温暖不同，在短暂的晕晃后，阿明最先看到的是蓬松如绵糖般的冷雪，密密实实，覆盖了整条公路的路面。随之而来的就是无孔不入的寒风和凉气，疾行而进，毫无阻滞地就打穿了他们的单衣。阿明下意识打开行车面板上的红色开关，半分钟后又颤抖着按下了关闭——

这辆破车还真是无时无刻不给他们惊喜，比如安装一台只有制冷功能的空调。

他们拐上附近唯一的公路，因为没有更换防滑胎，车速上不去，按照目前冷空气的堆积速度，阿明计算他们会在四十七分钟后冻死，然而路河的脸上没有血色也没有愁色，在用力掰动方向盘的同时还在观望风景。

“没猜错的话……是华北平原，我们应该离北京不远了。”

“不远是多远？”

“两百公里。”

“现在下车，冻死前还有机会挖个坟。”阿明使劲白了他一眼，笃定这场世界穿越之旅就要到此为止了。

然而就像命运作祟似的，在行进二十多分钟后，道路前方凭空出现了一座城市。与草原上的通辽不同，这更像是真正的大都市。还没出下道口的时候，阿明就能看见高耸的写字楼与金融塔，一座座叠在一起，楼荫下是穿行不息的车阵与人流，如精密的齿轮般秩序井然地运行着。这是阿明第一次见到这样高的楼，这样密的人群，也是他第一次知道原来人类可以这样生活——像是初次窥见蓝鲸的蚍蜉小虫，阿明眼睛里填满了变幻的光与色。

经过一路打听，路河确认这座城市叫西平，位置在晋冀交界，北京以西。然而奇怪的是，在他带来的地图上却找不到这个名字，大概是这个世界的独特之物吧。一座幻影般的巨型都市，这在与第一世界一一对应的平行空间里是极为罕见的。实际上刚刚抵达这个世界时，路河就没来由地有一种预感——这里与其他空间全然不同。

但眼下并不是细究这个问题的时候。两人一进城便扑向了最近的旅馆，一家连锁快捷旅馆，价格不算贵，但也与先前住过的街边小店有云泥之差。路河几乎拿出了剩余路费的大半，费尽周折，总算是办好了入住手续，可在上楼前却被一位红衣领班伸手拦住。领班对他们说，放下包，例行检查。

于是四五名保安鱼贯而上。他们搜查了背包、上衣、里衬、裤兜以及一切可以藏东西的地方。

搜查结束后，领班问路河：“信用指数卡呢？”

路河说：“什么卡？”

领班的声调陡然升高：“丢了就是丢了，装什么糊涂。你做的每一件会引起我们怀疑的事，都会在信用指数上执行扣分程序。

如果积分低于五十，你们就会被强制退房。这是临时卡，给我揣好了，丢失不补！”

说完递过来一张硬卡片，黑色的，顶端的小屏幕显示着数字：80。

“那如果降到零呢？”路河问。

“那就是警察的事情了。”领班没好气地丢下一句，旋即转身准备下一位客人的搜查程序。

一个猜疑的世界吗？

阿明已经懒得去想了。

房间比想象的还要局促。两张窄小的单人床，一台迷你壁挂电视机，一张只能放三盘菜的台子，连阳光照进来都会被飘窗上的护栏切成碎片。幸好屋里暖气充足，冲了个热水澡后，他们总算活络过来。

“现在怎么办？”阿明问。

“下午我去趟书市，还剩点书，能换点盘缠。另外还能打探一下这个世界的情报。”路河说。得了解这个世界瞬时熵增的程度，他可不希望阿明再卷入到什么事故中。不过这些话他都放进了心里，没说出口。

“那我要做什么？又把我扔在这儿？”

“嗯……我有一个计划，也许你能帮上忙。”路河凑过来，“你看……”

就在这时言语被突然掐断，碎片飞溅起来，屋里只剩下电视机花屏的嗞嗞啦啦声。

路河再一次消失了。

这一次他整整消失了十分钟。在这十分钟里，阿明的担忧变成焦躁，焦躁变成恐惧，恐惧又变成空白。在他近乎快要忘记如何呼吸时，碎片终于汇聚成了人形。可是他没有想到，历经死亡归来的路河，开口竟然是这样一句话：

“我见到宛言了，我们没走错，我们没走错。”

路河说，他看见宛言坐在一张白色写字台前，手里捏着里尔克的《梦中加冕》，屋外是垂落下来的青绿柳条。她梳着马尾辫，跟照片上一样，看着文静，如果背景不是那间阴沉的病房，她可能看上去会更加可爱。在她的手边置着一沓未寄出的信，借着暖色灯光，路河清楚地看见了收件人的名字：父亲，亲爱的父亲，遥远的父亲。

路河不确定那些信是不是属于影先生的，但至少可以确信，这里和宛言的世界相邻。他之所以能够窥见这一切，或许就是因为在散逸成粒子时，已经穿越了连通两个世界的大门。不管怎么样，这都是个重要的情报，尽管刺探情报的过程并不好受——路河还没完全讲完，就因为虚弱而倒在了床上。

路河肯定要睡上很久，在他醒来之前，阿明不打算自讨没趣地瞎捉摸。他从书箱里挑了几本年代久远的旧书，离开旅馆后在附近的胡同里打听一番，便摸到了几家收旧玩意的小店。西平虽大，但城市功能区分得很细，金融街是金融街，小市是小市，道路指示详细直接，他几乎没怎么迷路就找到了目标。尽管他在路上已经做了准备，但进店前心里还是灌满了忐忑。一直以来，阿明都觉得讨价还价是门高深莫测的艺术，你来我往，刀光剑影，如武林高手过招。像他这样道行尚浅的嫩头，能否招架得住尚未可知。

直到进店后他才发现自己的担心完全多余。店老板对阿明的报价没有半点异议——但也仅仅是对报价。

“你这书从哪来的？”

“朋友收藏的。”

“看你这小孩流里流气的，怕不是从图书馆盗的？”

“不是。”

“你有信用指数卡吗？没带？骗谁呢？”

“我说的都是真的。”

“一八八七年版？这书有过这版吗？不是伪造的？”

“你买还是不买？”

总算完成这笔交易时，已经到了傍晚。出门后阿明使劲摇了摇险些爆掉的脑袋，踩着城市斑斓的灯光原路返回。他想路河大概已经醒过来了，如果路河没有再晕过去的打算，明天的筹钱工作还是交给他来做吧。仅仅一天，这个世界让阿明感到精疲力竭，他想尽快离开。

尽管他并不知道下一个世界是否会更加糟糕。

转过胡同拐角后，阿明蓦地看见旅馆前聚集了四五辆黑色的SUV，其中一辆还写着“押解”两个字。几个身穿制服的壮硕男人拦在旅馆前，看热闹的路人在他们周围层层叠起，渐渐形成一个不规则的同心圆。随着制服壮男一声口令，同心圆哗地散出一个缺口，阿明看见他们从旅馆押出一个意识不清的年轻人，一番拳脚后，将他推搡着塞进了汽车。路人们似乎心满意足，在引擎发动前就愉悦地自行离去。

“路河……”

阿明下意识去喊诗人的名字，然而声音还没跃出喉咙，就被一双粗糙的大手堵了回去。

十

浮冰的冷水打在脸上像是刀刃剜心，路河几乎是尖叫着醒来的。

借着模糊不清的视线，他辨识出潮湿的墙壁、闪着冷光的铁质桌椅、捆在身上的绳子，以及拎着铁桶、全副武装的执行者。他们没有戴面具，但脸上却不见一丝表情，仿佛包裹灵魂的不是血肉而是坚硬的金属。

见路河苏醒，执行者转身敬礼，随即退入阴影。与此同时，强光台灯亮起，铁桌后出现了一张鹰般消瘦的脸。

“很抱歉用这样的方式请你过来，还请见谅。毕竟，我们刚刚度过了艰难的一周。”

男人开口说话，嗓音平静而略带磁性，但抛过来的目光却极具压迫力。仅仅是对视，就让路河如同窒息。

“自我介绍一下，我叫于树杨，边境管理局局长。”男人面朝执行者的方向说，“在接手这个职位之前，我有过很多有趣的经历，有一些他们听过，有一些没有。当然，这并不重要，我们都不重要。在这间屋子里，这个世界上，重要的人只有一个——那就是你，路河先生。”

“你知道我的名字？”路河瞪大了眼睛。

“天才诗人，少年成名，却在一夜间失去了写诗的能力。自杀未遂后，摇身一变，成了一个世界穿越者。不得不说，你的故事要比我的更加精彩。如果我是苦于取材的导演，现在一定会激动得热泪盈眶。”于树杨冷酷的脸上闪过一丝笑意，但很快就被替换成了愠怒，“但我不是，我是边境管理局局长，我得守护这该死的世界。”

在路河还为男人突如其来的变脸困惑时，一沓照片被散乱着丢在他眼前。

照片上是破损的房屋，塌陷的地面，断裂的山谷，汹涌而出的岩浆，以及残破溃烂的尸骸——繁复而惊悚的图景充斥了诗人的整个眼球，他的神经被什么东西猛烈摇晃，这让他难以思考，头脑里只翻滚着“灾难”两个字。

“这个世界正在崩溃。”于树杨不知什么时候走到了路河面前，在与诗人只有几厘米的距离向他耳语，“我们尝试了很多努力，但均以失败告终。瞬时熵增难以阻挡，你知道的，我们能做的就只有舍弃这个世界。而能够救我们命的，只有你，路河先生。”

“我不明白。”

“你必须明白！”于树杨毫无征兆地拎起路河的衣领，在他耳边大声咆哮，“告诉我你是怎么来到这里的！告诉我穿越世界的方法！告诉我！”

路河没有躲避局长咄咄逼人的目光。两个人四目相对，火花在诡异的沉默中跳跃迸射。

“失礼了。”许久后于树杨放下路河，退回到那张被他踢翻的椅子边，将其立好，“我希望这是一次真诚而有效的谈话。在做出最后回应之前，我允许你提问，路河先生。”

“你为什么会知道世界穿越的事情？”想了一会儿后，路河问道。

“很简单，因为我们有一位共同的朋友。”

“这不可能。”

“你这样觉得，是因为我们身处不同的世界？放弃这可笑的常理吧，常理不过是第一世界的人用来自欺欺人的玩物。你我都清楚，在衍生世界里没有道理可言。”于树杨冷笑一声，“你认识的那个人，十五年前曾经路过这里。因为做过太多次穿越，那时他正承受着瞬时熵增的痛苦，而严冬的低温又让他病痛缠身。如果没有遇到我的母亲，或许他会直接死在支雾湖的冰面上。”

于树杨露出灼人的、扭曲的表情。

“影先生——如果他还叫这个名字的话——早在很多年前就是个穿越者了，他根本不属于你的世界。那时他寄住在我乡下的老宅养病，也是那时，我从他口中得知了这个世界的真相。之后我花了很多年的时间去消化和理解，毕竟这是个听上去极其荒谬的说法，谁会想到自己只活在另一个人的言语里呢？当然，真相并不会因为我们的拒绝做出改变。我最终相信了这一切，相信了连年的风雪、被强制量化的信用值以及世界注定毁灭于熵增的命运，都是因为一个混蛋在错误的时间说了一句不该说的话。然而，我能做的仅仅是像个小姑娘一样哭嚎而已。那个人并没有告诉我穿越世界的方法。十五年，我就这样痛苦地清醒着，被这个世界困了十五年。”

他抽出一支香烟，起身给路河点上。

“我是个耐得住寂寞的人，但这个世界不是，它马上就要死了。所以路河先生，我们的时间很紧迫。告诉我穿越世界的方法，之后你就可以自由地再次上路，局里甚至可以给你提供一部新车。这是笔划算的买卖，不是吗？”

路河抬头看他：“得到方法后，你要做什么？”

“这还用问？”于树杨颤抖着将手中的烟盒捏成一团，“带上枪炮，去新的家园，去见见那些真实人类。”

“这是个疯狂的计划，只有于树杨那个疯子才会想出来。”

领班说完故意停顿了一下，然后满怀期望地看向阿明，像是在等待某种认同的出现。自他将阿明带离边境管理局的监视范畴开始，少年就没有说过一句话。领班是理解这种心情的，任何一个人在了解边境管理局和于树杨的真面目后，都会花上很长的时间来整理那种惊讶和愤慨。与自己救过的其他目标相比，阿明的情绪已经稳定得不可思议了。这个十四岁的孩子有着超越成年人的成熟，而领班心里清楚，成熟只能由苦难铸成。

领班以为阿明需要更多时间，没想到少年突然开了口：“边境管理局到底是什么？”

领班说：“负责一切与世界安全有关问题的机构，每个国家都有，在某些地方他们的权限甚至超越了领袖。重大自然灾难、低信用值犯罪以及境外势力军事入侵，这些都在边境管理局的控制范围内。简单地说，在这个世界里，他们扮演着至高裁决者的角色。”

“那管理局为什么要抓我们？”

“因为你们是外来者，你们身上有于树杨想知道的东西。”领班的面色掠过一抹忧虑，“于树杨痴迷于世界穿越已经很长时间了，也正是由于边境管理局无限制地做裂隙实验，才加速了这个世界的崩溃。”

“裂隙实验？”

“世界性的瞬时熵增，会在某些地方出现裂口。这些裂口既是世界瓦解的征兆，也是连接另一个世界的通道。十年前第一个裂口出现时，于树杨否决了环境保护协会建立隔离区的提案，甚至为了实现自己的计划驱逐了整个协会。之后，他募集了一批专攻空间理论的科学家，对它进行了长达九十天的实地实验。”领班叹了口气说，“他们希望借助那个裂口打开世界之门，但最终实验以一场大爆炸和三十条人命收场。可这没有阻止于树杨撬开裂隙的想法，之后每出现一个裂口，他都会利用职权继续进行实验。那是个不达目的誓不罢休的疯子。”

“为什么你会知道这些？”

“拿到边境管理局的档案资料并不难，一群刚愎自用的家伙。”

“所以，你应该不是一个普通的领班吧。”阿明狐疑地看向男人。

“自然保护协会被驱逐后，部分成员成立了自发性组织‘森林同盟’，致力于反抗边境管理局的危险行径。我是森林同盟的会员之一，确切地说，是西平区域的负责人。”领班说，“至于领班的工作，只是一种伪装。不过，也全靠这个伪装，才让我能在例行检查时察觉到你们的特殊身份。如果再晚一些，可能连你也会被他们带走。”

领班的话完全正确，但此时比起道谢，阿明更关心那个邋遢诗人的处境。

“他们会对路河做些什么？”

“这要看他说了什么。如果于树杨得到了想要的信息，那他会毫不留情地处理掉无用的渣滓。如果你的朋友足够聪明，他应该会料想到这一点。”领班的嘴唇微微翕动，“如果信息没错的话，他会和我的盟友们一样，被关进城郊的特别监狱，消磨精神，直到受不了刑讯而开口。希望他的命够硬。”

阿明不再作声。领班拿出一块白面包，抬手丢给他。

“我们已经谋划了一次营救行动，但还需要一些准备，包括你所知道的信息。在此之前，好好享受这个冬天。”领班突然笑了，“明明是个外来人，我却找不到任何怀疑你的理由。信赖的感觉真好。”

“信赖的感觉真好。”阿明喃喃自语。

窗外飘起雪花，柔软而冰冷。停在街角的老旧吉普车沉默着，像是已经沉入了梦乡。

十一

还有十五分钟，路河就度过狱中生涯的第一天了。

他不知道这座监狱的具体位置，也不知道自己是否仍身处西平。在被押解到这里时，他被一副头戴显示器隔绝了视觉与听觉，留给他的只有一部循环播放的浪潮影像。从上车到抵达监狱，他一共听到了一百四十三声海浪声，但这并没有对距离测算起到什么作用，因为每段影像的长度都是随机的，能够收获的只有宁静大海本身。

在强制换上囚服后，路河被丢入了一间四人牢房。牢房里有两名囚犯，一个光头，一个瘦子，两个人对路河的到来似乎没什么兴趣，懒懒地瞥了一眼后便又重新阖目。这样的气氛持续了一个上午，直到典狱长例行查房时，向路河建议谨慎考虑一下局长的交易后，两个人的脸上才滚过一道奇异的表情。即使在这座关押特别囚犯的监狱里，能够让于树杨真正上心的人也屈指可数。会让恶魔耿耿于怀的，不是天使，就是另一个恶魔。

他们很快跟路河搭上了话。两个人都是反抗组织森林同盟的成员，确切地说，是潜伏在边境管理局内部输送情报的卧底。三个月前，他们的身份暴露，为了确保不会牵连盟友，两人主动选择了入狱。尽管他们一口咬定是单独行动，请求处刑，但于树杨并没有相信他们的意思。那个疯狂的男人一定在密谋着什么，这让两人惴惴不安。

路河坦白了自己的身份和入狱经过，但隐瞒了有关世界穿越的部分。光头显然对他的话有所怀疑，但基于同为受害者的立场，没有进行深究。之后的三天，路河一直与他们在一起，彼此分享经历与想法，虽然无法理解森林同盟的反抗理念，但至少其他方面算得上投缘，其间瘦子还买通他的秘密线人替路河邮了一封信。那是写给阿明的，路河迫切地需要确认少年的安全情况，这也是入狱后唯一担心的事情——希望这封信能够顺利送达。

除此之外，狱中生活要比想象中简单很多。查房，劳动，受训以及一个半小时的自由活动时间。路河如之前一样向诗神祈祷，在深夜里还会尝试在脑海里写诗。同盟二人组曾经表示出对诗歌的好奇，但也仅仅是好奇，在听完路河诵出的艾略特的《荒原》第二节后，就直接向梦魔叛变投诚了。路河想笑，不知道是笑他们还是笑自己。

这样的平静持续了一周。

一周后的某个雪天，在结束上午的劳动后，路河接到了典狱长的语音指令，让他到西区的小花园会客。小花园是典狱长的专用迎宾点，大约一百平方米，栽着桫椤、山茶、棣棠等几十种稀有植物——它们大多都受过昂贵而复杂的先期培养，才得以在这个四季严寒的世界生存。典狱长在这里面见过投资商，受过褒奖，也接过秘密任务。多年过去，站在典狱长身边的副手一个个消失，独有这些植物野蛮生长，像杀不死的癌细胞。

在狱警的指示下，路河拨开绿萝的藤叶，在一方精致的白石茶座前见到了来访之人。

“我说过，我是不会放弃的，路河先生。”没有任何惊喜，飘雪之下，是局长狡黠而阴沉的面庞。

“我也说过，你从我这儿什么都得不到，局长。”路河坐在于树杨的对面，两对眼瞳冷冷相对。

“如果你是担心我们进军第一世界的行动会伤及你的宛言，那大可不必。”于树杨舔了舔唇上的雪片，“我知道影先生的嘱托，也清楚你自以为是的使命。可实际上，你救不了她。”他停了一下继续说，“衍生世界的时间流转速率与第一世界不同，就在你不断穿越的时候，第一世界很可能已经过了一年甚至十年。等你抵达时，那个女孩也许早已经死了。既然注定是一场徒劳无功的旅途，为什么不让它变得有意义些呢？”

“不试试怎么知道结果？”

“你认为一个没几天活头的女孩会比一个世界的人重要？你不像是个不明事理的人，路河先生。”

“协助你去入侵和屠杀另一个世界，就是对的吗？我不这么认为。”

“第一世界的人口不择言，我们就要代为承担后果，去生活在一个注定死于熵增的世界，这公平吗？”于树杨提起了声调，身上的雪花被摇晃落地，“他们不值得被拯救！他们都该去死！你经历过的悲剧还不够吗？”

“除了战争，一定还有别的选择。”

“别的选择？”

于树杨睥睨诗人良久，最后长吁一口气，朝身后的执行者做了个手势。

“你知道这个花园为什么会修在这里吗？因为在这里能看见

一条小路，一条没有出现在图纸上的路。”

乍然一声枪响。路河循声望去，恍然看见光头露出一个难以置信的表情，接着便重重跪倒在地。殷红的血从弹孔中流出，很快就漫过小路，与惨白的冷雪混合在一起，鲜艳得让人想吐。

路河感觉身体的某个部分被冻结成了冰。他喘不上气。

“找到那个孩子也只是时间问题。希望你再好好考虑一下，沾了鲜血的手就真写不出诗了，大诗人。”

于树杨起身，穿过漫天飞雪径自离开，只留下路河孑然伫立，像座永远醒不过来的冰雕。

走过幽暗昏暝的回廊，管理局局长推开办公室的大门。伴随门锁发出的清响，茶座上的人影也微微一动。房间炉火渐熄，杯里的咖啡见底，来访者应是已经等候多时。

“我记得我没邀请过你。”于树杨没有迎宾的意思，径自走向办公桌。

“看您的表情，事情似乎进行得不顺利。”来访者声音滑腻，像被抹了一层厚厚的黄油。

“不顺利？如果你当初真正得到了穿越方法，而不只是野狗一样偷偷跟着他们，还会有这些事？”

“局长您这就高估我了，我只是个记者，不是搞谍报的呀。”

“尾随跟踪，偷拍窥视，试图拿公众人物的自杀照片博头条，这也算是记者？”于树杨冷哼一声，“听着，我对你没有任何兴趣，如果不是那些有关路河的情报，你毫无价值，我甚至懒得亲手处理你。”

“当然，可这就是交易的意义，不是吗？”来访者阴沉地笑起来，“那个落魄的男人迟早会坦白的。即使事情有变，我的手里还捏着一张底牌。我相信，不久之后您就会得到您想知道的一切，也希望那时您能信守承诺。”

于树杨知道他想要什么。带着足够的金钱和支票，回到他的世界，博取名声，得到权力。这种只活在虚幻世界里的渺小虫子，他已经见过太多次，现在连踩死的欲望都没有。他轻蔑地扫了来访者一眼，眼神里已有了逐客之意。

幸好来访者有双还算敏锐的眼睛，他重新穿上了大衣。

“跟着那个天才诗人穿越了这么多世界，却只有一次把酒畅聊的机会。可惜呀，可惜。”

柯焕煞有介事地喟叹一声，转身走进长廊。

阿明如约抵达了指定位置。

他比原定的计划提前了二十分钟，这让他有足够的时间跟这个世界做最后告别。按照森林同盟的计划，在他们对监狱发动正面攻击的同时，自己会和潜入小队一起抄到后方，接到路河后便踏上那条六百七十二公里的穿越之路，永远离开这个世界。这个计划被敲定时，同盟会议间里亮着明灭不定的灯火，数对眼眸中闪烁着坚定与信念，看上去有些浮夸。阿明不明白同盟为什么要帮助他们，领班解释说，谁都不愿看到一场注定会带来灾难的战争，而避免战争的关键，就是让世界穿越的秘密永远消失。带他们离开这里，就是一场伟大的胜利。

那时阿明问：“那你们呢？这个世界不是正在崩塌吗？”

领班用他刚刚学到的诗句回答：“如果海洋注定要决堤，就让所有的苦水都注入我心中；如果陆地注定要上升，就让人类重新选择生存的峰顶。”显然，他们已经做好了选择。

傍晚将至，星月低垂下来，整个原野的积雪都映出光芒，连那座阴森监狱也被冬夜化妆成了乐园。没来由的，阿明又想起了见到路河之前，自己在福利院里枕过的霞光和夕阳。明明都是记忆，此时却意外模糊，好像已经是别人的生活了。

约定的时间到了。

阿明扣下信号枪的扳机。耀眼的信号弹划破雪夜，原野上响起了冲锋号。

十二

骚乱开始的时候，路河正浸在禁闭室的漫漫黑暗里。他又一次梦见了宛言，梦见她在与一个高大的人影嬉戏，梦见她接到了癌症确诊通知书，梦见她孜孜不倦地给父亲写信，以及她波浪般的头发一根根掉落。这次的画面比以往更加清晰，可在经历那么多死亡后，路河已经很难再用怜悯的表情去面对女孩。他现在只有一种渴望，就是抵达宛言的身边，亲眼去看看这个普通的、不幸的、真实的人类，去听她读自己最爱的诗，去告诉她，她有多么迷人。她身上的光点远比她的灾难夺目，她有趣的灵魂亦比脆弱的生命可贵。可在那个第一世界里，似乎没有人真正懂得，宛言唯一的倾诉对象就是已不在身边的父亲。路河甚至会想，对于女孩来说，真正希求的是治愈病症的药，还是一颗灵魂相通的心？他很想再追问下去，然而当啷一声，画面戛然停止，无际黯淡中射进了一道亮光。

眼球的刺痛让路河不得不逃窜闪躲，半分钟后，他才勉强看清站在门口的人影。那是身着制服荷枪实弹的战士，虽然使用的枪械和装备明显不匹配，大概都是从敌人手中掠夺而来，但已经足够说明他们是执行高危任务的精英。而在他们的身边，还有一张路河熟悉的黝黑面孔。他端枪凝视着诗人，眼神混沌而复杂。

路河本以为他会挨上几拳，或者吃一颗子弹，这样的复仇理所当然，毕竟他害死了一条人命。然而瘦子最终什么都没做，他只是收敛了眼神，在第三声炮火炸开前向路河挥了挥手，示意他跟上。

监狱里已经乱作一团。

跟装备精良的管理军比，森林同盟的正面火力远远不够。一开始的计划，就是用重火力制造骚动，扰乱管理局的作战判断，以此给营救小队制造时机。在路河之前，已经有一批森林同盟的成员被救出，这也就意味着管理局很快就会觉察到自己中了调虎离山计。一分一秒都不能浪费，他们必须在前方部队回头杀过来之前脱身，否则必死无疑。路河显然也明白这一点，他紧紧跟随营救小队，按指示躲在掩体后，看打前锋的瘦子举枪射击，回身闪避。两个人的目光有过几次交会，但谁都没有说话，枪炮的轰鸣成了这个世界里的唯一旋律。

在穿过 B 区牢房时，一名队员被流弹射穿了心肺，他轻轻飘起，然后毫无重量似的倒在地上。路河瞪大了眼睛，但他来不及惊愕，瘦子将他一脚踢进了掩体。在拾取阵亡队员的武器后，瘦子将同盟袖标扯下安放在他的身上,开枪射杀藏在高处的狙击手，旋即把路河拖进了楼梯间。整串动作就在闪光之间，直到确认处境安全，瘦子才像溺了水似的，大口大口地反复喘息，仿佛心脏都要从喉咙跳出。

然后他对路河说了第一句话："下楼，有人接应，走。"

路河说："一起走。"

瘦子决绝地摇头："C 区还有要营救的目标，我的任务还没完。"

"时间不够了，你会死的！"

"我不怕死，光头也不怕，我们怕的是没有人相信我们做的事情是对的。没人相信，死得就轻了。"瘦子看向路河，"再说，我不会轻易死的，我还没活够呢。这个世界虽然一直冷得要命，跟光头的冷笑话似的，可我就丢不下它。"

"走吧，你的路还没到尽头，找到那个你想要的世界吧。"

路河没有机会说下一句，便被瘦子抬脚踢下了楼，耳朵里最后听见的是铁门被关闭的沉重声响。

离开监狱后，路河在两名接应者的护送下抵达了山后的撤离点。在一群全副武装的队员中，他终于又一次见到了阿明。阿明倚靠在吉普车旁边，瘦弱的身体似乎突然长高了，变得像个大人。就像预想中的那样，阿明抿嘴看着路河，眼神里塞满了言语，但最后还是选择了沉默。可是对诗人来说，这已经足够了。阿明没事，没有什么比得知这个消息更值得高兴的。

在换上御寒的棉服后，路河见到了刚刚赶到的领班。正面部队正在撤退，没有时间做重逢的寒暄，领班迅速向路河说明了逃离线路、路上唯一的补给点以及适合打开大门的穿越地，接着便又一次跳上了汽车。在临行前，领班特意补充说，千万不要告诉任何人穿越世界的方法，包括他自己。这个秘密埋得越深，所有人就越安全。

“对不起。”路河说。他不知道该为谁道歉，瘦子，光头，还是这个注定会死去的世界。

“为什么要为别人的选择道歉？能够相信一件对的事，在这个怀疑的世界里，不是已经很足够了吗？”领班最后说了跟瘦子差不多的话，“完成你选择的路，去找你的女孩，找你的诗神，找你的答案。”

风雪淹没了最后的短暂告别，路河知道他已经没有什么可去挽留的了。

他钻进了吉普车，阿明也已经做好了前半段旅程的驾驶准备。引擎发动时，这台破旧的吉普车像是剧烈咳嗽了一声，把所有的旧的、老的、死去的、丢失的都咳了出去，焕然一新似的在瞬间把车速提升到八十迈，森林同盟被甩到车尾之后，路河依稀捉到他们跟来的目光，裹着巨大的失落，但同时也充盈着希望。是祝福吗？他不知道。

“宛言的药和配方都在。”阿明认真地凝视前方，“我把那些书留给他们了。”

“没关系，我可以写新的诗了。”路河把揣在怀里的黑皮本掏了出来，皱褶的页面上铺满字迹，歪歪斜斜。

“那还要继续往前走吗？”

“我想把它读给宛言。”

阿明点点头，没有说话。

路河又说：“你见过大海吗，阿明？”阿明摇摇头，于是他继续说：“我以前去过海边，见过大海和浪潮，可从没有真正注视过它。直到在被押解的路上，在虚拟的视觉里，我才第一次听到潮声，第一次见到无穷无尽的蓝，第一次知道世界上有这么纯净的东西。”

平原柔和的线条逐渐显现，背后声音渐息，他们已经逃离了枪火。

“一切结束后，我们一起去海边看海吧。”路河说。

吉普车一路向东。它毫无眷恋地越过山川和雪原，只在更换驾驶员时停下过一次。

路河有很多话想对阿明说，可他知道这不是一个好时机，他更希望把这些话留在抵达之后。他们已经行驶了五个小时，六百五十公里，还有几十分钟就会结束这段沉默的旅途。然而让路河没有想到的是，最先打破沉默的不是世界之门，而是四野突然冒出的引擎声。

路河和阿明同时僵住了。

后视镜里出现了一支满载枪炮的车队，巨大而沉重的军用吉普野兽般奔踏过雪原，死死咬住吉普车，从高空看就像一场食物链上的捕杀。于树杨端坐在猎场的中心，他已经失去了所有表情，只是冷漠地注视着逃窜的猎物。显然他没有兴趣再玩下去，他要得到他想要的东西。

压迫感让阿明难以思考。他不知道管理局为什么会出现在这儿，他们的路线应该是极其秘密的，没有经过一个哨卡，没有走国道，也没有做任何停憩。除此之外，即便途中被人发现，除非于树杨一开始便脱离战场咬住了路河的位置，否则绝对不可能跟上他们的速度。如果是这样，那于树杨是怎么得到情报的?

困惑没有延续多长时间就得到了解答。先前那个声音又再次响起，经过短暂的回忆，阿明认出了它的主人。

“我们又见面了，大诗人，还记得我吗?我们认识的，不不不，不是那个雨夜，在更早之前，在我们的世界。”柯焕探出天窗的上半身舞动着，像在享受冷风似的，“不记得了?也难怪，至少你曾经是个红人，而我一直都只是个无名记者。”

路河陡然间明白了一切。他终于知道初见柯焕时为什么会觉得面熟，知道他接近自己只是为了给吉普车安装GPS定位，知道他用这个情报与于树杨做了笔交易。一杯马奶酒，一个夜晚根本改变不了贪婪，柯焕想要的只有钱权名望——路河在故乡见过太多这样的人，他本以为上路后会与他们永诀，却没想过仍有摆脱不掉的幽灵。

对柯焕来说，路河始终都是价值连城的鱼肉，寻觅千里后，终于在这里找到了砧板。

可就像困兽无暇嗔怪牢笼，眼下的糟糕处境也让路河顾不上这个人渣。他心里清楚，以现在的车速不出十分钟就会被堵截包夹，他们会被再次羁押，而这一次阿明将会成为他的软肋，于树杨将倾尽手段逼他开口；而如果继续向前，打开世界之门，则会将这些追兵一同带进第一世界——这很可能成为战争的源头。不，不仅仅如此，就算他们奇迹般脱逃，当另一位旅人抵达这里时，于树杨仍会窥探到复仇的机会。这是个没有尽头的循环。

而路河想结束这一切。

在近一分钟的挣扎后，诗人下定了决心。他让阿明装好宛言的药和配方，又将自己写满新诗的笔记本丢了进去。与此同时，他松下油门，吉普车由一百一十迈降速到六十迈，变成了一头缓步穿越树林的麋鹿。

“你要干啥？”阿明心里腾起不好的预感。

“最后的七公里你得自己走了。”扯下一页后，路河将记录目的地的本子塞给阿明，“看见前面那棵大树了吗？跳下去，躲好。我把他们引开的时候你就向前跑，一直跑，在门打开前别停下。”

“我不明白。你到底要做什么？”阿明急切地问。

“替我去见宛言。然后在第一世界等我，我们一定会再见面的……”

等我从地狱回来的时候。

路河不合时宜的傻笑让阿明不知所措。这时汽车驶过树林，车轮溅起的积雪散成一片雾濛，路河悄无声息地打开车门，在将阿明推下车之前，他说了最后一句不像道别的道别：

“去春天吧。”

阿明像跌倒的兔子般滚进了雪堆，大树成了他的伪装，晕晃的视野里一辆辆野兽车从身边疾行而过。而远方的吉普车重新提升了速度，变得狂暴起来，像是在倾尽余下的全部能量。

路河凝视着前方。

“这是最后的祈祷了。如果你能听见的话，诗神，请回应我。”

他在心里默念一句，然后掏出笔，在被扯下的一页上快速地书写。纵列，横列，很快整张纸就被一个词填满：

死亡。

大军再次追上。路河放空了自己，就像遭遇瞬时熵增一样，他的心里只有一个念头，他口中呢喃的也只有一个词——毁灭——他要带他们走向毁灭。而就在越过树林后，在看见前方凭空出现的闪光裂缝时，路河知道自己将如愿以偿。

那是一道新的世界之门，像是在回应什么，它毫无道理地诞生在七公里的负熵能量中。而就在距离那道门几百米的地方，跳跃的浪花反射日光，像在唱一首欢快动听的歌谣。

路河径直冲进了光芒。

十三

死亡的感觉很奇妙。像全身都浸泡在了无垠的海洋里，只是没有浪花，也没有风，甚至连温度都感觉不到。路河不知道自己是否睁着眼睛，但的确能看到那一片灰白色的荒原，记忆的影像像摆动的浮萍，一会儿幻化成了花，一会儿又成了树。随着时间和空间的概念重新进入大脑，他终于确认这里并不是天国或者地狱，更像是先前穿越过的连通世界的通道。他决定醒来，而迎接他的是一个闪着光芒的人形虚影。

“我听见了你的祈祷，旅人。”虚影说。

“你是诗神吗？”路河问。

“是，也不是。我的身份是亚季文明的第十一号观测员，在过去的两百年中，我一直负责监控与评估负熵引爆实验对宇宙造成的影响。这与人类所称的‘神’并不相符，但你所释放出的所有信号，的确送到了我这里。”

“那为什么你从来没有回应？”

“并不是我没有回应，而是它们还没送达。我身处多重宇宙交界的监视塔上，这里的时间概念与其他宇宙并不相同，我向监视区域发出的每一条信息，都会被时空进行多次折叠和换算。如果数据无误，我向你发出的第一条信息将在 27653 个小时后展开，41031 个小时后送达。”

“我死了吗？”路河看了看自己。

“从理论来说，你只是被熵化了，但我无法精准描述这与生物死亡的区别。”诗神回答。

“你刚刚说信息会被折叠，那为什么现在我可以和你直接对话？”路河不解。

“因为你现在位于热寂宇宙。”诗神毫无感情的声音陡然停顿了一下，“是熵值达到最大，一切能量流动都停止后留下的荒土，所以这里实际上不存在空间和时间的概念。现在你看到的，既是我尚未离开时留下的投影，也是宇宙之外监视塔上的我本身。”

按照诗神的解释，这里原本是一个质量较小的、孤立的口袋宇宙，也是亚季文明最初的故乡。在经过漫长的时间更迭后，宇宙内的熵值达到了顶峰，这里开始产生热寂效应。能量耗尽，生命成了灰土，所有一切都化为荒漠。亚季文明最后选择跳跃到另一宇宙，但他们清楚，所有宇宙都会不可避免地面临同样的命运。于是经过投票表决，亚季文明在第一世界进行了负熵引爆实验。但实验并没有如预想般实现熵增逆转，反而催动了高负熵能量的物质化。其中最为显著的，就是人类的语言——这种熵性极低的信息流，在实验的影响下促成了多个衍生世界。而诗神的工作，就是监视这些衍生世界是否会对宇宙整体产生威胁，并及时做出干预。

“过去的几百年我一直在研究人类语言。它们很有趣，既是情感的，又是信息的，而且可以直接作用于物质本身。一段语言，既可以揭示真相，又可以掩盖事实；既可以让人类诞生出新的生命，又可以让人痛下杀手。这在我们看来是匪夷所思的。”诗神喟叹说，“我能够解读包括象形文字在内的所有语言，但有一种东西我始终无法理解。”

“是什么？”路河问。

“诗。我无法理解诗，它不与人类的情感一一对应，但它又不是谎言。比如‘欢笑着的痛苦’，我听过这样的形容，但我无法对它进行归类，也不知道它产生了什么样的能量波动。特别是在收到你的信息，了解诗的诞生后，它更加令我费解。”诗神说，“所以我决定分离一部分精神来监测你的旅途。先理解诗人，再理解诗。”

“那现在我走到终点了。你的结论是什么？”

短暂沉默后，诗神开口：“我获得了一些认识，但应该远谈不上结论。诗，诗人，这种奇异语言与它们的创造者，你们的存在对于宇宙究竟有何意义，我想我只能看到一个轮廓，却无法清晰说明。”

路河说：“我一直在想，如果一个世界诞生于杀手的邪佞狂言，那个世界会是什么样？那里的人会怎样生活？或者说，那里还有生活可言吗？”他转过头，看向熵化后的管理局车队，像一尊尊被烧毁的蜡像，“我之前一直在寻找答案，但和你一样，一无所获。可是就在路上，就在某一天，我好像突然明白了。”

诗神发出莹莹的光，像期待着什么。

“宇宙不讲人类的道理，但诗却永远属于人类。如果一个世界诞生于一首诗歌，那个世界又会怎样呢？”路河笑起来，“就像有熵的地方就有负熵。即使人类总要遭遇灾难，但同样我们也可以创造幸福，不是吗？”

在长久的沉默后，诗神提起嗓音，没有情感的它竟然流露出了一丝快乐。

“虽然我没法把它记录成最终的结论，但这是个不错的答案，诗人。”

路河起身，看向无尽苍白里的唯一一处黑暗。

“那是门吗？”

“按你们的概念，是的。在热寂之前我们打穿了从其他宇宙引能的通道，但它没能阻止灾难。”

“可以去第一世界吗？”

“理论上可以，但你身上的负熵效应已经消耗殆尽。即便成功抵达，你也很难再作为有机物在那个世界生存。”

“会变成什么？”

“我不知道，也许是一张纸，也许是一支歌。”

路河点点头。在环顾一圈荒凉和冷涩后，他再次迈开了脚步。他感觉到诗神的目光正在自己身上游移，但它没有阻止他。在这个一切能量都归于虚无的宇宙里，诗人的脚步变得异常飘忽缓慢，像是白纸上的一只蜗牛。可这对他来说并没有什么关系，因为在这里时间已经死去，空间也只是幻影，他的行走是这里唯一的力量。

他终将抵达。

就在路河越过黑隙的同时，阿明跑完了最后的七公里。

冗长的灰白一瞬而过，少年的眼前是一个未曾遇见过的季节。山岳与河海相拥，冬雪还停在树梢，天空之下却已尽是烂漫日光。这个世界是如此的惊奇啊，路河想，或许他永远也不会注意到笔记本里多出来的那张诗页。

阿明的信

这是写给你的第三十九封信，路河。和过去的三十八封一样，它不会被寄出。

距离我们道别已经过去了十年。我知道这是一段漫长的时间，但我始终没办法真正捕捉到它的长度。不知道为什么，在我的记忆里，与你旅行的短暂时光那样清晰，在这个世界里的日子反而十分模糊。我仍会想起你来到小镇的那一天，那辆破旧的吉普车，那几个装满书的烂箱子，那颗被你扔在路边的烟蒂。还有什么呢？嗯，还有一直滚烫的太阳，有剪不断的雨，有被冬天挽住的原野。我们就是在那告别的，是你把我赶下了车。那时我吃了一大口的雪，很冰，好像从身体到灵魂都被冻结了。你知道我记仇，再见到你的话，我一定原样奉还。

对了，我有讲过之后的故事吗？

我找到了宛言所在的医院，在重症病房见到了她。虽然她不再拥有扎起马尾的长发了，但她依然恬静而美丽。其实我一直都没有说，在第一次见到宛言的照片时，我就知道她是我见过的最好看的女孩儿。可是一个小孩子和落魄诗人谈女人实在太奇怪了，况且好看的也并不仅仅是她的外表，对吧？我见到她的时候，她正在读书，因为病痛，她全身颤抖，要集中精神才能勉强看清书上的字迹。我为她读了一段诗，然后向她讲述了你的故事。她的表情很飘忽，我不知道她是否真的听得懂，但在看到你的新诗后，她还是向我微笑了一下。是感激吗，还是希望？我分辨不出来，那个微笑其实是给你的。

我和宛言相处的时间并不长，我甚至没有机会多为她读几首诗，她就已经离开了。我其实已经预料到了这个结果，但可能是因为莫名其妙的侥幸吧，在路上的时候我没有告诉你。那瓶药被检测判定只是普通的葡萄糖，那个配方在抵达这个世界后也变成了乱码，根本没办法阅读——从一开始，这一切就是一场幻梦。而交给你这些的人，其实也是幻梦的残影。宛言曾经跟我说过，她的父亲在她十五岁时因公殉职了，她一直很怀念他，给他写了很多信，就像我一样，尽管她明白父亲永远也接收不到。我猜，就是这些信和思念，在负熵能量的浇灌后变成了影先生。他和我们一样生活在衍生世界，但不同的是，他为了挽救女儿而诞生，他是天生就拥有旅途的旅人。

在影先生的负熵能量消耗殆尽时，他将他“寻求”到的一切交给了你。它们从来都不是能治愈绝症的药，但它们却是宛言漫长思念后接收到的唯一回应。在去世前，她相信了我说的故事，她说这样就足够了，真好，真好。

我们的旅行最终还是找到了它的意义。这样就足够了，不是吗？

宛言的葬礼结束后，我开始真正接触这个世界。和我们去过的地方不同，这里有四个不同的季节，有和八面通一样的日光，有阿古拉山的雨，也有从未见过的月亮。这里的人复杂多变，他们不再是千人一面了，谎言，真实，恶意，善良，有的时候这些东西可以在一个人身上同时出现。我花了很长的时间去研究他们，但直到现在也并没有真正理解。

也许人类的本性就是让人费解的。

这个世界有着能量的新陈循环，在我到来之后也再没有出现过裂隙，对于衍生世界是灭顶之灾的熵增，在这里只是体现为衰老和无序。所以对于这里的人来说，生活大多是琐碎庸常的，特别是在这个时代，散落在各地的只是虚空和无聊。于是他们靠着绯闻和八卦，靠着在微博上的谩骂，靠着声与色来打发时间。可他们根本不知道，这些没有意义的言语会创造出怎样悲哀的世界。这里是一个巨大的酒池，可对于衍生世界来说，却是猩红的血池。

孙师傅就是被他们杀死的吧。

这是个意义荒芜、无可救药的世界。我曾经这么想，但是幸好，我遇见了一些和你很像的人。他们试图让这些真实的人类不再被物质挟持，不再耗费灵魂的重量。他们写书，做节目，做公益，勇敢地发声，哪怕只能擦出一些微小的火星。在这个世界里可以做的事情很多，但每一样都要走上一段漫长艰难的路。

我决定加入他们。我开始写诗了。

所以你看，我现在的语气越来越像你了，文绉绉的。这也没什么不好，至少，我离你更近了。出版第一本诗集，做第一次讲座，被冠上天才诗人的名字，这些路你都走过，对吗？然而最后呢，你其实什么都没有改变，荒谬的依然荒谬，冷漠的依然冷漠。你变成一个落魄的流浪汉，抱着一个虚无的幻梦，像荷马史诗里的奥德赛，去往第一世界，去往我们共同的故乡。

可是，这不就是诗人的意义吗？

我会继续给你写信的，路河。这个世界不应该忘记一个曾给出过答案的人，我也不愿弄丢你。有时候我总是会想，或许你就藏身于某一页诗里，以你真正的样子活着。看着我，看着这个庸常无聊但仍值得爱的世界。

如果是这样，能告诉我一个小时后的新书访谈我该聊些什么吗？为此我已经头疼好几天了。

只是开玩笑的，但我确实该走了。哦，对了，我现在住的地方能看见一片海，很蓝，周围开发成旅游区了，有不少人在沙滩上晒太阳。你提过的海，也是这样吗？

下一封信再见了，路河。那辆吉普车还在你身边的话，替我照顾好它，也许有一天我们会再次上路。

尾声

二〇〇九年九月十二日

@**夏**：这孩子真可怜，这么重的病还这么乐观。大家都来帮帮她啊//@**秋**：马克一下//@**冬**：卖惨的骗子吧，骗捐款的，我见得多了，都别上当//@**救助之声**：今天发声的患者叫@**宛言**，是个十七岁的花季女孩，两年前查出身患晚期淋巴癌。她说她很喜欢读书，尤其喜欢读诗，希望能借这个平台和大家成为朋友，一起聊聊喜欢的诗歌。

二〇一〇年三月二日

@**宛言**：我很喜欢阿明带来的诗，我把它写在照片上了，我会永远记着它//

@**宛言**：谢谢你，路河//

2018年4月初稿

2022年12月修订

繁花将尽

楔子

去年冬天，我跟小叔一起返回乡下，去收拾高祖父留下来的老宅。

宅子坐落在一片浅水塘边，建材是高祖父找专人定制的，老人去世后一直空着，这么多年过去，除了积些灰尘风霜，依旧屹立坚挺。这次是当地要开展新的区域规划，老宅拦住了公路，才不得不拆除，为它送行的任务就落在了我和小叔身上。屋内一片空荡，剩下的多半是些再也不能用的日用品，还有一些残缺的装饰物，唯一值得一提的是在书房某个角落，我们发现了一台保存完好的旧式电子阅读器，纸张大小，通电之后竟奇迹般地打开了，里面记录了一位陈姓侦探所经历的一件往事，洋洋洒洒上万字，描绘之细致，不知是杜撰还是确有其事。回到学校后，我们在旧闻博物馆网站上查到了故事的后续：这位侦探后来涉嫌多起故意杀人案件，不知出于什么原因，审判并未公开，侦探的最终结局，以及这些案件的详情，都查不出半点信息。如一滴墨汁，消融于往日江水。

小叔很快对这个故事失去了兴趣，我却好像被吸入其中，一直念念不忘。后来借全家团聚的机会，我跟家中仍在世的老人聊起此事，老人们语焉不详，只道高祖父曾经确实有一位要好朋友，与他结识时就孤身一人，逝世时是高祖父为其操办的葬礼。但此人与侦探是否为同一人，以我掌握的信息无法得出答案，也再没有其他途径继续探索。所以我将这个故事完整贴在此处，以期有相关线索的读者能够帮我还原故事全貌。

需要特别声明的是，这则故事记录于百年之前，当时新国处于一个名为“语言变乱”的特殊时期，每个人所持语言迥然不同，与我们现在所使用的语言更是大相径庭。我用一台早已停产的AI翻译机将其翻译为可读文本，但读起来仍诘屈艰涩，为了方便理解，我对其中细节进行了润饰，删去了一些不可辨明的描写，但所述事实与行文方式均保留原样，未做任何修改。

一、雨夜歌声

二〇五九年的一个傍晚，刑警杜德威支开同行队员，独自乘公交车前往东郊城中村。前几日接连下了整夜的雨，到了清晨倏然瘦成柳丝，被秋风带起，横斜着落在车窗上，将连街的电子招牌和持伞的行人洇成淡影。杜德威要找的是一座二层商住独栋，一楼门市因市容整治自上月起便关门大半，二楼公寓还偶有亮光，人影在窗帘缝后隐约明灭，招摇着引人一探究竟的诱惑。杜德威不着急上楼，燃起一支烟，抬眼打量四周。他身材矮小，圆润敦实，全身的锋利都长在了一双眼睛上，不仅敏锐，还仿佛兼具听感，只一扫，静默画面也有声音浮动。巷尾长吠的流浪犬、匆匆轧过泥浆的摇滚机车、修车工腰间扳手的微弱反光……十五米内的一颤一动悉数落入这双好眼中，杜德威确认身后没有“尾巴”，这才踩上台阶。

侦探事务所位于二楼最里一间，上楼直走即是。但因住户常年在走廊两侧堆置垃圾杂物，久不收拾，空气里浮有一股酸臭味，来多少次都忍不住擤一擤鼻子。晦气！话虽如此，杜德威并没有为侦探迁居改址的打算。穷困不总是一件坏事：得到的越少，索要的越少，多余的财富只会滋生多余的想法。

除了多一道门，事务所根本就是走廊末端延出去的一截阑尾，狭窄逼仄，灰尘四散匍匐，等待被一双油亮的皮鞋唤醒。正对窗户的位置是一张木制办公桌，紧挨着的是一个同样材质的书柜，原本装饰着五本旧时代留下来的纸书，后来其中两本被侦探拿去垫平桌角。最醒目的是一张双人休闲沙发，占据房间总面积三分之一，一条毛毯、一床夏凉被和一件黑色风衣堆叠在一起，合力埋起一个鬓发斑白的男人。他上身赤裸，背朝上平趴，戴着台耳钉式翻译机，一只手耷拉在外，高高矮矮、颜色各异的酒瓶在沙发边列成一队，像是为这只手备好的琴键。

听见有人来访，男人晃悠悠地坐起，露出背上的横疤、那条被风衣盖住的胳膊以及手上的黑色左轮。他将枪丢进风衣兜，随手从地上抓过一瓶酒，猛啜两口，却只有醺醺然的酒气灌入咽喉。杜德威拉了张椅子坐下，摸出没抽完的半截烟。

“有阵子没见你醉成这样，又到小池的纪念日了？我没记瓷实。”

“案子？”侦探不应话茬。他今年四十八岁，脸上的褶皱僵而深，不像由岁月自然勾出，而是被过往斧斫而成。

“命案。给你五分钟把酒醒了，翻译机调好，每个字儿都得听清了。”

“你直接说起吧，已经醒了。”

“葛兰，听说过吗？”杜德威也不兜圈，把烟摁灭在地板上，从皮夹里取出一块电子墨水屏，“缇丰控股的高级副总裁，三号员工，身价上亿的精英，尸体于今天上午六点二十二分在公寓里被发现。死亡时间初步推断是凌晨一点十五分到五十五分之间，是雨下得最大的时候。公寓门没有被破坏迹象，窗户下方有些从外部打开留下的刮擦痕迹，凶手可能是借雨声掩护，上至二楼，从窗口入室，葛兰防备不及，被锐器割喉毙命。手法相当老练，现场只尸体附近有一摊血迹，指纹更是半枚没留。”

“凶器？财物？”

“没找到。推断用的是常规尺寸的匕首或短刀，右手持器。财物有遗失，值个万把块吧，但最值钱的两枚戒指和一条镶钻腰带倒给剩下了。”

“谁发现的尸体？他女人？”

“跟老婆分居两个月了，一个人住在公司给他配的私人公寓。发现尸体的是早上来接他的司机，也是他报的警。地址，我瞅瞅，九区第十二街道 0015 号。”

“九区？那不是您辖区吧。”侦探挤挤眉，说，“杜警官不是最恨越界吗？这肉是有多大的腥味儿，您这老狐狸都冒上险了。”

“是不太合规矩，截人官运财路折寿。但这案子后头有故事，真钩出条大鱼也不能白白送人。你我都这岁数了，奔头不多了，这险得冒。”

“入室抢劫能钩出什么大鱼，您是觉睡得少了？”

不用翻译机的隐喻联想识别，杜德威也辨得出侦探话里夹枪带棒，但眼下用得着这老狗，犯不着跟他使倔。他拿出手机，调出段音频，搁到桌上：“跟葛兰一起被发现的还有一首歌，用旧式录音机放了一晚上，琢磨是凶手留下来的。你先听一遍。”

按下播放，先是一段咝咝啦啦的杂音，继而有模糊女声渐起：

Salut，Salut
对于不可言说的，我们报以沉默
Salut，Salut
对于不可言说的，我们予以欢歌
今夜我在这里
今夜我在这里

侦探说：“什么意思，杀他的是个艺术家？”

杜德威说："你把翻译机摘了再听一遍。"

"摘了？"

"摘了！"

侦探没闹懂这什么名堂，但见杜德威的表情不像玩笑，也就依话照做。音频重新播放，女声又起：

Salut，Salut

对于不可言说的，我们报以沉默

Salut，Salut

对于不可言说的，我们予以欢歌

今夜我在这里

今夜我在这里

侦探感觉自己被寒意噬咬，血管里的最后一点酒精也被驱走，随额顶虚汗化入空气。一件不可能发生的事在眼前实实在在地发生了：这是一首不需要任何翻译的歌，由一套不需要任何翻译的语言写就。它进入耳朵的方式，与经过翻译机转制后截然不同，像流溪卷携大海，耳膜只是轻微震颤，却从这震颤中听出风雷波涛，有诗人在浪中素衣挥毫，写出的每个字自带清亮发音，随水流沉下，化成草木，自血肉里破土成形。他听不懂词与词连缀出的隐喻，但每词每字的含义，他却听得不能更明白。

"Salut，法语里的'你好'和'再见'，以及'祝你健康'。法语，法兰西共和国，明白吗？全新国能听懂并复述法语的只有两个人，都是中央语言研究院的副主任，天才中的天才。可现在呢，就过了一晚，连你都成精英了。"

一旁的杜德威发出一堆呜呜呀呀的怪叫，侦探没心思猜，只顾舔舐瓶中所剩无几的酒精，好让心跳平复下来。他现在明白杜德威口中的"大鱼"了，那是他无法想象之物。六十年来，这个国家的政治、经济、文化、军事乃至每个人的吃穿用行，公众之秩序准绳，社会之世俗常理，都以“语言变乱”作前提。那是腐朽了的、退化了的根，却也是为整整十亿人塑形的子宫。可现在一切都将改变。这些披着优美旋律的词句，翻过来就能看见引线，一点火星，十亿人认知中最坚不可摧的部分就将土崩瓦解。

侦探可能不关心这些炸掉的脑袋，但他厌恶麻烦，而眼前的这首歌就是最大的麻烦。

侦探重新戴上翻译机，看着杜德威说：

“你确定要碰这案子？”

“说实话，是有人想让我碰。”

“有人？”

“价格已经谈妥了，很大一笔，分到你这儿也是一个很可观的数字。知道我底细的人不多，了解我兴趣的更少，这委托人肯定也是个人物。”杜德威满面红光地说，“就算没这档子事儿，我也会咬上一口。想挖它的人少不了，哪怕只是搞清是哪些人，也是份值钱名单。”

迟疑了一会儿，侦探说：“我只是个酒鬼，成不了大事。你找别人吧，杜警官。”

杜德威不置可否地笑笑，好像早知道会得到这样的回答，从皮夹里捏出一个黄色信封递过去。封口印着警察局的剑盾徽章，里面是一块软面墨水屏，侦探只抽出半截，看见一张身份照，旁边写着“陈雀”两字，便脸色铁青地放了回去。

杜德威仔细擦去皮鞋上的灰粒子，起身走到门边：“十二年前那起案子，调查报告到过我这儿，销毁前我存了两份，都在终端里，这是其中之一。证人两个，已经谈好，也留了保险，万无一失。证物是不好处理，好在年前证物科意外起了场火，烧得七七八八，关键证物——那支钢笔——现在由我保管。这事儿办完，报告和钢笔都是你的，皆大欢喜。就别麻烦旧案科重启调查了，公诉啊，庭审啊，大家都折腾。这话你能明白吧？”

杜德威离去后，陈雀感觉双腿发软，身子一斜陷回到沙发里，仰头看着结在电风扇上的蛛网，上头黏着被啃噬分解的飞虫残肢，而猎手不知所踪。他霍地起身，摸出衣兜里的左轮手枪，大步走到窗边。不远处，刑警队长正提着他的浑圆腰身，轻快地走过马路。

陈雀举起枪，食指搭在扳机上瞄了很久，直至杜德威的身影完全没入黑夜。

二、侦探

二〇一一年六月，陈雀出生于新国东北部一座未正式定名的小镇里。彼时距当局发文，正式宣布“语言变乱”时代的到来已过去十五年。实际上，若按照学界的普遍看法，将一九五九年的北方战争作为语言腐化和分歧的肇始，这一声明公布之前，新国已经经历了三十七年的母语危机。在一整代人的“补救”和“挽回”后，新国的民族语言终于不可避免地被送入了黄土。从此国人将各持一种与生俱来的“独语”，同时在基因层面永远失去自然学习其他语言的能力，这一事实在历经半个世纪的惶惑、愤怒和无可奈何后，终于为大部分民众所接受。当九位部长站在镜头前，以各自语言宣布这一声明时，不过是为一段早已死去的历史轻轻推了下棺盖。

陈雀出生后第四年，在省城教物理的父亲遭学生举报，被校方驱逐后返回故乡，从当地农业协会购置了一块土地，准备作为农民在此处生根。跟他一起回来的还有陈雀的祖母，时年已有七十九岁，精神与身体一同朽去，搬入镇子后神志越发涣散，加之她的独语发音怪异，渐渐的人们不再愿意围聚在她身边。祖母去世前的最后几年，只有年少无忌的陈雀时常探望，也只有在面对孙儿时，老人会表现出不可思议的清醒，从那张仿佛早已锈死的口中吐出一件件往事。祖母说，她本不会嫁给陈雀的祖父，不会生出陈雀的父亲，也不会像株野草一样死在这乡间莽原。她年少时就早早成名，拥有叫人妒恨的文学禀赋，古诗今词，小品壮赋，每一样都能写进肌骨。二十三岁那年，北方战争打响，她被时任文化部部长的沈京春邀请进入文艺研究室，作为智囊协助确立全国战时文艺的创作方向。那一年她的声望达到顶峰，年末晚会上，国家领导人亲自握着她的手，将一支镀银钢笔交给了她。祖母说，之后余生，她都只是在追逐那一刻的残影。次年春天，战争情势急转直下，国内瘟疫流行，能源紧缺，语言分歧现象也是在那年露出征兆。在这场史无前例的混乱里，祖母和许多同龄人一样患上了失语症，直至十年后才生长出新的、独属于她自己的语言。而那时，这个国家里已经没有了文学的位置。她与生病期间照料她的建筑师结了婚，生了一双儿女，在对已崩塌的旧时代的怅惘中，走向自己的衰老。

陈雀长到十一岁时，祖母终于讲完了所有故事，再说不出一句话了。当年六月的一个晚上，已经鲜有清醒时刻的祖母突然从床上坐起，在夜色里独自走了近两公里，最后登上高崖，将余生化入轻轻一跃，消失在大海悲悯的涛声里。

几天后，人们将她从海中捞出，放入灵柩，与她的遗物一同火化。在被烧为飞灰之前，陈雀找到了那支钢笔，笔身银黑相间，如暗夜流星，美得十分高级。陈雀对这支笔很是珍视，一直随身携带，直到多年后他窃车未果，慌乱之际将它刺向了车主的颈动脉。

祖母去世后不久，父亲意识到此生无法成为一个合格的农民，便将土地转租出去，着手计划新的营生。那时人工智能产业势头凶悍，基于人工智能内容生成和超大型数据库的翻译机技术已经成熟，基本满足民众不同层次和场景的交流需求，几成生活之必需。作为核心延伸产品，内嵌翻译 AI 的软面墨水屏技术也在解决成本问题后，取代纸张成为主流书写介质。父亲和母亲决定返回省城，到一家大型墨水屏生产车间寻求机会。临走前，父亲规划好了陈雀的未来：这个国家的文化事业并未死去，只是被蒙上灰尘，翻译机和墨水屏技术会擦去这层阴翳，将之唤醒、升级。他希望陈雀接续祖母的未尽之路，在这片蓝海中做出一番事业。

在父亲打制的棋盘上，陈雀按部就班，学习基本通识课之余还接受了传播学专项辅导。成绩不算顶尖，但也并不难看。如此平稳度过五年，某一天他突发奇想，拿出祖母的镀银钢笔，对着墨水屏呆愣许久，自言自语了一句：

“这怎么写？”

从此不再上学去了。

陈雀突然的叛逆不出意外地惹恼了父亲，但那时父亲已被提拔为车间第一工程师，想着再有几年自己就能投工建厂，将来能给儿子留一份尚且厚实的家业来打理，便也渐渐想通，任由他去了。其实陈雀在镇里最为撒欢那几年，也没有做什么出格事，不过是每日从东荡到西，偶尔顺走些小吃，上房时扒掉几块瓦片罢了。镇里人说，远远见了陈雀，感觉他是个空了心的草梗，在找什么东西给自己填上。

二〇三三年，二十二岁的陈雀与小他一岁的女孩钟嘉慧结了婚。钟嘉慧长得娇小，说话声音也小，陈雀一开始并不喜欢她，两人的感情是在婚后升温的。陈雀之所以跟钟嘉慧结婚，是因为她的父亲钟勇。钟勇是一位武装直升机飞行员，训练驻地只跟镇子隔一条河，某次飞行训练中飞机出了故障，不得已在海边迫降，无线电系统跟着报废，一筹莫展之际，看见林子里走出个男孩，趿拉着夹趾拖鞋，胸前还抱着个工具箱。这是陈雀跟钟勇第一次见面。那之后，钟勇时常来镇里看望陈雀，教他飞行员的训练方法，陈雀也一度将成为飞行员列为自己新的人生目标，然而每每站上高地，他总会想起自己的祖母，舌根酸苦，再不能往梦想迈出一步。不过在这期间训练出的探听和观察能力，也为他后来成为侦探添加了养分。在得到基地正式定址的通知后，钟勇将妻女都迁到了镇上，但他本人却在一次侦察任务中再次遭遇引擎故障，以此生最快的速度坠入山谷。陈雀来到两人第一次见面的沙滩，上了炷香，叩首三次，说：“勇哥走好，我会护你家人。”

这个誓言没能实现。钟嘉慧生产后患上了一种罕见的造血功能障碍症，无药可医，身体每况愈下，最终在六年后的一个冬夜发病去世。陈雀没有出席葬礼，他将烈酒一瓶瓶倒入浴缸，身体潜下去，把自己浸溺在酒精和黑暗里。当时他的儿子陈池透过门缝目睹了这一切，转身跑去敲响邻居的门。

被捞回来的陈雀变得沉默和易怒。他不再去父亲的工厂，也无心养育孩子，酗酒度日，终于在第二年八月，他沾染上了赌瘾。“语言变乱”后，政府对博彩业的管控空前严格，因为人类过往认知中的逻辑概念，像是“属、种、类”，或是“远、近、长、短”，都随着语言的肢解而变得模糊，难以在众多独语中建立统一含义，甚至在某些人的语言体系里干脆不存在描述此类概念的词汇。唯有一种概念例外，就是“数字”。在这片各说各话的浩大喧嚣里，只有数字保持着精准和确定，指涉直观清晰，政府将首都改名为“第一市”的原因即在此。但对数字的依赖和崇拜，也孕育出更为顽固疯狂的赌徒。尽管法规严苛至极，地下博彩仍屡禁不止，高端赌场的荷官甚至经过资质选拔和专门训练，将独语发音锤炼得优美动人，让人无从抗拒。陈雀像所有赌徒那样，在数字的抛掷、坠落、显露和落定的回环往复中，自数量的恒定和概率的善变里收获无上满足，继而再迎接巨大的失落。他的空心终于被填满了。在将儿子送到福利院寄养后，陈雀中断了与家人的联系，变卖家产，在一场豪赌中赌上一切。

那一场他输了个精光。没有人会允许一个赌徒赢。在众人的嘘声里，陈雀缓缓抬起右手，叫来了放贷人。这是多米诺骨牌的第一块，是他下半生的开始。那之后所有的盗窃、抢劫、欺诈、逃亡、错杀与悔恨，都在他录入手印的那一刻被写定。

二〇四四年九月，涉嫌多起犯罪事件的陈雀在第一市东郊的桥洞中被警方逮捕。白晃晃的手电光下，他只剩一把枯骨，不成人形。两个月后，法庭进行非公开审理，陈雀盗窃罪、诈骗罪、故意伤害罪等多项罪名成立，数罪并罚，被判处有期徒刑十五年。被告席上的陈雀没有显露出惊慌，取而代之的是惊异和不解：检察院提起的公诉书中，有几起已经立案调查的案件没有被提及，其中也包括那起致人死亡案。这很奇怪，因为事后陈雀出于恐慌曾返回过现场，目睹了那支钢笔被警察装入证物袋的全过程。

他本应被判处极刑的。

服刑期间，陈雀在六区监狱的探监室里第一次见到了杜德威。他穿着便服，身上有呛人的烟味。示意在场狱警回避后，这位刑警队队长摘下对讲机，只说了一段话：“你会服刑十年。十年后你会成为一名注册私家侦探，经营一家侦探事务所，办公室地址是第一市东二十区1329号。届时我将是你的委托人、老板、合作伙伴以及唯一的朋友。这是一桩交易，但你应该会接受。420209，430811，451202……这些你能明白吧？”

这些数字是犯案日期，陈雀领悟，那些案件并非因疏忽或遗漏才从公诉书中消失的。往后的日子里，他有足够多的时间和机会去了解这位陌生的刑警队长，他的过往、风格与手段，以及摆脱他所要花费的代价。但了解得越多，陈雀就越清楚自己的处境：绳子已经捆紧，傀儡是没有选择的。

二〇五四年春，陈雀经批准被提前释放。交情不错的狱警目送他出门，犹豫一阵后又追上去说：“有两件事儿还是应该让你知道。”陈雀仔细听着。狱警说，在陈雀逃亡的那些年里，他的父母也到处找他，想让他自首，可人没找到，找人途中遭遇交通事故，不治离世。陈雀问，“还有一件呢？”狱警说，他的儿子陈池，在被送往松山福利院的第四年因高烧惊厥夭折，邮件寄到了他的旧址，监狱接收后一直按着，没忍心告诉他。陈雀说："我懂了，谢谢。"

狱警走后，陈雀在门前坐了很久，发现自己终于无处归去。他从身体里掏出那个回荡了十年的地址，拦下一辆出租车。路上微风涌进来，陈雀突然感觉整个世界春光普照，处处都有鸟鸣，眼睛也忍不住跟唱起来，忘情地洒出几滴热汗。他走上楼梯，推开事务所的门，在失去至亲、理想、责任与自由后，坐上了那张为他准备好的椅子。

同一时间，一位青年记者通过多年的暗访调查和资料查证，将陈雀的经历写成了一篇深度报道，机缘巧合落入杜德威手中。杜德威用了些手段，让这位记者最终放弃了发表的想法，但报道的原稿杜德威一直没删，得空时还常常翻看。杜德威觉得自己身上还是有些文人风雅，不是完全的大老粗，对文章佳作惺惺相惜也是应该，小小隐患也不乏生趣。只是这篇报道的尾声部分遗漏了一些至为关键的信息，还是稍有遗憾。

杜德威抿了口茶，正准备从头再看一遍，兜里的手机突然响了。

三、委托人

杜德威带来的现场照片跟他的推测相符：凶手提早设伏，待至深夜暴雨，撬开窗户，快速杀死葛兰后，将其平放在地上（因而血液没有溅洒），然后在两分钟内匆匆收敛财物（遗漏了最值钱的物件），留下播放器后原路离开，临走前复原了窗户上的锁，但没有仔细清理痕迹。不算那首神秘乐曲，作案手法本身陈旧甚至乏味，不过依循求异思维，陈雀还是设想了两种可能：其一，葛兰在毫无防备下遇害，除了遭凶手突袭，也有可能是与凶手相识，自己放松了警戒；其二，凶手留下贵重财物可能并非因为疏忽，而是故意伪造成入室抢劫，掩盖真实作案动机。如果沿这一方向思考，葛兰的人际关系就成了案件的关键。

陈雀一条条梳理葛兰的个人资料，依情杀、仇杀和商业纠纷这三种普遍作案动机，将他的人际关系分成三类，整理出一份含二十六人的密切关系者名单。就葛兰的身份而言，这个人数少得有些不可思议，可能是他不喜社交，也可能是因其他关系不可告人而被他藏匿。陈雀在此处做了个标记，将目光拉回到人数最多的“商业纠纷”一栏。缇丰控股在新国人工智能产业中排名第四，旗下有九所科学实验室，上百条生产线，正式员工六万人，企业核心资源主要集中在对人工智能与人脑电波交互学习系统的研究上，而葛兰正是这块业务的总负责人。帝国舵手身后总要埋着几双觊觎的眼睛，葛兰的行事风格又强硬果断，以威严立身，跟合作方、竞争对手和下属常有冲突。据一则报道，葛兰主持的两次大型并购案都相当惨烈，标的公司多名高管在愤懑中出局。恐惧和愤怒一经结合，最易诞出杀意，有人愿意铤而走险也就不奇怪了。不过跟葛兰打交道的都是生意场里的老狐狸，最避讳血染到自己手上，多半会借刀杀人，雇凶或是教唆，调查范围都会大上好几倍。杜德威不会给他这么多时间。

陈雀看向“情杀”一栏。葛兰的司机尤乐向警察透露过，公司早在三年前就为葛兰购置了那所私人公寓，一直空着，两个月前葛兰与妻子分居后才搬过来。葛兰不愿声张，知道这件事的寥寥无几，除了尤乐和他本人，就只有他的妻子郑瑶。换言之，知道案发当晚葛兰会身处公寓的也只有这三人。陈雀在“郑瑶”的名字上画了个圈。只凭一个不确定的动机就把她列为嫌疑人，多少有些鲁莽，但弄清楚两人分开的原因，兴许能在葛兰的人际网里辟出一条捷径。无论如何，至少比从商业项目和竞争对手查起来轻松。

他给汽修店去了电话，老板说耗子请了假，应该又去三门馆子了，下午才能过来。陈雀向老板要了耗子最新的手机号，打过去，没人接，就发了条语音信息：一万块，查出前天晚上九点到凌晨一点这十个人都在做什么，精确到小时；或者把葛兰家的地址给我，八百。时限都是今天之内。另外，想想你妈，别再赌了。

已经十点了。陈雀把一摞空酒瓶码好，用袋子兜着带下楼，丢进垃圾车。垃圾车每天都在，轮胎一直是干净的，好像压根儿没有发动过，可垃圾却每天都被实实在在地消化了。陈雀从它旁边走过，钻进一家没有招牌的早餐店，喊了声掌柜，要了份包子米粥。柜台上放了台电视机，音乐频道，正在重播太阳乐队昨晚的演唱会。隔壁桌有两个年轻人吵得很凶，细听，是在讨论太阳乐队最伟大的作品究竟是哪一首。戴眼镜的年轻人说，最伟大的一定是《永恒》，那是词作与旋律配合得天衣无缝的作品，其融洽，甚至不需要翻译机翻译，就能让所有人从音符里获取共鸣。留长发的年轻人则反驳说，不不不，《永恒》坏在了它的标题，用脆弱易碎的人类语言去概括恒久无限的精神，这本身就是一种消解，他们最好的作品是一百零九号歌曲，他们拒绝为之定名，歌词也是完全由人工智能随机生成，无限宽广，无限自由，可以永永远远传唱下去却不腐朽，这才是属于太阳乐队的音乐。

陈雀听说过这个乐队，毕竟近年他们几乎占领了所有媒体的音乐版块，想不知道反而很难。他也听过几首歌，但他太老了，没资格做评价。他快速吃完早餐，付钱离开时，电视里的主唱已挥臂谢幕，可两个年轻人的争论还在继续。

回事务所的路上陈雀接到了电话，不是耗子打来的，而是东城警局的号码。

“可还顺利？”电话里杜德威粗着嗓子问。

“这事儿没那么快，杜警官你应该知道。”陈雀说。

“当然，我不是来催命的。委托人刚发来一条线索，我查了一下，结果吓了一大跳。”

“委托人？”

“这人真不简单，一点儿没错。”

“线索是什么？”

“葛兰不是第一个被害人。”杜德威说，“两个月前，八区的别墅区也出过一起命案，现场跟葛兰案非常相近，一具倒地的尸体、一台旧式录音机和一首见了鬼的歌。只唱了第一句词，音质也差，几乎听不清，但确实是同一首歌。”

“为什么新闻没报过这事儿？我是说，不涉及歌的部分。”

“因为受害人身份太敏感，跟上头大有关系，别说新闻，案子压根都没到警察局，直接被巡查组和军队拦下了，消息全面封锁。我不知道那人从哪儿得到的消息，但我跟当时出现场的几个娃子确认了一下，确实有这么个事儿，密级也的确高得离谱，我花了大价钱才撬开他们的嘴。”

“他们还知道什么？”

“没多少，一见军队的人全吓跑了。只有一个娃子看见冰箱上贴了张墨水屏，像个日程表，晚上八点那栏写了个‘研究会议’，但没写具体研究个什么。”

陈雀想问这个被害人跟葛兰有没有交集，但转念一想杜德威多半不会知道，问了也是白问。他潦草地应对几句，表示等见了郑瑶，就让耗子探探这条线。杜德威嘟囔说：“也得探探那委托人的底，不能糊里糊涂被人耍了……”可话没说完电话就断了，可能是又被局长拎走了。

回到事务所，陈雀在网上翻了翻两个月前的新闻，跟那起案子相关的一个字儿都没有。意料之中。合上电脑的时候，耗子终于发来消息，只有一行地址“第二区第一街道 99 号”，不知是巧合还是宿命，跟葛兰的公寓刚好隔第一市中轴线对称。陈雀看了眼表，十一点半，警察应该已经结束了对郑瑶的第一轮问询。至于她会不会回家，就得赌一把了。

陈雀给耗子回了一句“晚上去看看你妈”，披上大衣，走到门边时身后忽而传来嘤嘤鸟鸣，桌上的电话响了。

“陈雀警官？”电话另一头是个女声，独语听上去属于常规型，不算复杂，翻译机只用了两秒就完成了初始转制。

“我是陈雀，但不是警官，只是个侦探。”陈雀歪歪扭扭地把一条胳膊伸进袖管。

“对，我就是需要一个侦探。有位警官朋友跟我说你能帮上我的忙。”

“杜警官？”

“不是，我不认识哪个杜警官。你是姓陈，对吧？”

“我姓陈，是个侦探。不过现在有点儿不方便，有件私事要处理。”陈雀看了眼表，“不着急的话，您可以下周再打过来，或者那位好心的警官兴许也能帮上您。”

“我就在附近，午后家庭西餐。十五分钟就好。你知道这儿吧？”

“我知道那儿，但我现在确实不太方便，如果……”

“我坐一楼最里面那桌，靠窗。”女人打断陈雀，固执地说下去，“我穿卡其色的毛呢外套，系红色丝巾。现在人不多，应该好找，或者你也可以问问服务员。我叫郑瑶。”

四、秘社与玫瑰

西餐馆在两条街外，红色砖墙，矗在一派晦暗和潮湿的街区里，旁边种了一棵树，叶子已经发黄脱落，稀疏地黏着，可陈雀见过它夏日时是如何的青绿。他一直想给嘉慧开一家这样的餐馆，窗明几净，树要种在庭院里，夏天时小池可以上去逮知了。他曾这样许诺，可最后却连一块砖一粒种子都没给过他们。

郑瑶很好认。她看上去不算年轻，眉眼都已微微垂落，但并不显老，脸颊的线条依旧立体，妆容也自然得恰到好处，既不寡淡也不过分艳冶。她的衣服配色很吸引人，但最显眼的还是身上的饰品：两枚造型繁复的钻戒，纯金外壳的耳坠式翻译机，脖子上的项链也同样是灿灿金光。不过左手手腕上仅有一条红色编织绳，挂着一颗水晶球珠子，里面有一株还没完全绽放的微型玫瑰。

“郑女士？”陈雀走过去。她身上有股好闻的槐花气味，不浓烈，但细嗅又能嗅出甘甜，跟陈雀的味道截然不同：他像块被扔进酒缸里的糟木头。

“陈雀先生。”郑瑶礼貌地笑笑，“请坐，喝点什么，调酒还是啤酒？”

“不用了，谢谢。我是个酒鬼，不能喝酒。”

陈雀在郑瑶对面坐下。餐馆里只有稀落落的几桌，多数是家长带着孩子，有个小男孩把脸埋进通心粉里睡着了，他的母亲正举着梳妆盒补妆，不时朝郑瑶瞟几眼。

陈雀说：“葛兰是您丈夫，对吧？”

郑瑶点点头：“对。昨天之前我还是葛太太，现在是郑女士。”

“节哀顺变。”

“谢谢。介意我抽支烟吗？”

“不介意。你想找我帮什么忙？”

“我的委托内容最后说，您有问题要问我，对吧？先从问题开始吧，反正最后都是一个事儿。”郑瑶从烟盒里抽出一支烟，点燃，咳嗽了两声。夹烟的姿势很生疏，应该是最近学会的。

陈雀说：“好，的确有问题。你和葛兰是因为什么分居的？”

“我们没法交流了。”

“没法交流？”

“对，不是没有时间交流，也不是不愿交流，是没法交流。”郑瑶强调说，“我和葛兰是那种搭档型伴侣，就是比起浪漫，我们更追求默契。事实上，恋爱和结婚头几年我们的确做到了。在埃及度假时我们玩过一个游戏，卸掉翻译机，只用肢体、眼神和表情来交流，其他什么都不管，就这么一起穿过沙漠。你知道这有多危险，我们是瞒着导游团偷偷跑出去的。而结果是，我们活了下来，用三天完成了挑战。没几个人能做到，对吧？”

“嗯，难以想象。”

“问题大约是一年前出现的。”郑瑶说，“不知道为什么，我们之间的谈话里出现了很多……怎么说呢，叫‘白点’吧，意思就是总会遗漏或忽略掉什么东西，起初是一两个词的含义，后来是整句话的逻辑，再后来连感情色彩都体会不到了。就像两台机器人交流代码，而代码还是错的。起初我以为是我们对彼此不再感兴趣，心不在焉，可后来发现不是，我还是跟以前一样爱着他，他也一样。这么说您能明白吗？”

“不是很明白。”

“我不知道该怎么解释。这么说吧，就是只要跟葛兰有关的表达，不管是关于他的话还是对他讲的话，我的认知就会缺失一些东西。其实您很想问，明明丈夫遇害了，这个女人为什么还这么冷静，对吧？”

“可能你是性格比较坚强的那一类女性。”

“这就是问题。我是很爱哭的，来的路上我还为一只脏兮兮的流浪猫哭了一会儿。”郑瑶说，“可想到葛兰的死，我却什么感觉都没有。我盯着自己的眼窝一整晚，而里面根本一丁点儿泪都没流过。”

陈雀在墨水屏上记了一句，说：“现在明白了一点儿。请继续。”

“葛兰认为问题出在我们的语言上。不是有个说法，说我们的‘语言变乱’还没结束，每个人的独语都可能会进一步恶化吗？我觉得是放屁，但葛兰很信。他开始一次次地更换我们的翻译机，连那些半代升级的骗人玩意儿都要买回来，结果呢，什么用都没有。我试图劝他，但他好像被这个念头吸住了，怎么都拔不出来，后来甚至说服董事会将人工智能与脑电波的交互学习往翻译机应用上偏移，每天跑实验室，没日没夜地研究。”

郑瑶停顿了一下，从肺里挤出一朵烟云：“他想造出新的翻译机，可我知道，他更不想忍受一回到家里，就只能跟我保持沉默。”

“所以他才搬出去？”

“原因之一，没错。另一个原因是他加入了一个研究语言的机构。还是应该叫协会？我搞不清，只知道他是核心会员，要参加非常多的线上讨论会，非常非常多，每次都会把全息图铺满整个客厅，密密麻麻，到处是难懂的数字和表格，好几次我都以为是我的翻译机视觉扫描功能坏掉了。”

“组织，研究会议”。陈雀又记了一笔。

“后来，他跟我提出了搬出去的想法。他花了很长时间解释，我也花了很长时间理解，才明白他说的是研究就快有突破了，很快他就能解决我们的语言问题，让一切恢复原状。所以他需要一个能让他更专注的地方。”郑瑶说，“我放他走了。那是我最后一次见到他。”

陈雀预感郑瑶就要说到她的委托了。他叫来服务员，为她点了一瓶酒，白葡三号，他常喝的那款。这其实是一款柠檬酒，但“葡”这个词现在本来也没有固定意义，也许在调酒师的独语里它就是柠檬。幸好酒的味道不会随名字改变，郑瑶喝了一小口，表情松弛了一些。

陈雀继续话题：“为什么葛兰要在家里参加讨论会呢？他应该有很多场地可以用吧？”

“他不想让别人知道这件事，老尤都不行。他们的会议也不允许旁观，我只偷偷听过一次，与会人的头像都是虚拟的，每打开一份文档都要所有成员输入密码。”

“他们在讨论什么？”

“完全听不懂。”

“所以这个研究组织的成员，我是说参加会议的那些，也知道前天晚上葛兰会在公寓而不是在家，对吧？”

“我不知道，您才是侦探。”郑瑶把烟扔进酒杯，打开手包，从里面取出一台笔记本电脑，硬屏，专属定制的实体键盘，非常稀罕。她将电脑放在桌上，用指尖推给陈雀，随后又点燃了一支烟。

“葛兰总会随身带一台这样的电脑，从某个军用供货商定制的，他搬出去之前换过一次，这是换下来的。您拿去吧。我没有打开过，但我觉得里面应该有能帮上你的东西。”

陈雀没有接，只是抬起头。谈话以来他第一次直视郑瑶的眼睛，红褐色，很普通。

“所以，你想让我调查葛兰的死跟这些人有没有关系？”

“不对，”郑瑶否定说，“那是警察做的事。而且我丈夫已经死了，不在了，知道他为什么死，又有什么意义呢？我们总说水落石出，可真拿起这石头，就能把洞填上吗？不，我想查的是另一件事。”

郑瑶抬起手腕，露出那条显眼的红色手链，轻轻摇晃，水晶球珠子里立刻簌簌地落了雪，化成红色玫瑰上的一点白。“水晶球里的玫瑰蓓蕾，出自一部很老的电影，我和葛兰上学时都是影迷，这部电影看过很多遍。但其实那些比喻、象征什么的，我们这些话都不会说的新国人根本理解不了。”郑瑶的眼睛里泛起难以察觉的光晕，“搬出去之前那天晚上，他不知道从哪又找出了这部电影，我们坐在一起，似懂非懂地看着那些黑白画面，等到电影结束，眼睛都已经湿润。他抱住我，什么都没说，将这条手链戴在了我的手上。那是一年以来唯一一次，我好像听懂了他。”

“我想知道他为什么要送我这个。这就是我的委托。”她最后说。

五、高塔学会

键盘有五十六个键位，键帽用激光雕刻出半圆和弧线，长长短短地穿在一起，不知道是作为词根还是作为音节，也可能都不是。如果不是为了让另一个人学习使用，音位和构词法这类规则也就没了意义，这些符号也许只是葛兰在思想里随意扎起的绳结。

外接的屏幕键盘没法建立完整映射，只有方向键和数字键勉强可用，幸好眼下也只需要这些。硬盘里存放着上百个文档，毫无规则地铺在桌面上。陈雀按创建时间重新排列，最早的文档创建于三年前，最新的文档创建于八月十六日，葛兰搬到公寓前一周。百分之九十的文档都是学术论文或实验报告，里头充斥着艰深术语：雅各比问题、语言及文学场、鳞介类熟语泛用、维特根斯坦语言游戏、社会退缩型儿童与反语……其中一些报告中的文字翻译机甚至无法识别，应是用已经消亡的新国民族语言写成，影印后自旧时代流传下来的。一座迷你语言博物馆，陈雀想，或者说——墓地。

浏览近三个小时后，陈雀意识到这样下去对查找异常毫无帮助，因为对他而言每一个文件都属异常。他给自己倒了杯山红葡萄酒，冷静片刻，开始浏览其他文件。相比起来这项工作要轻松很多，陈雀很快就发现了不同寻常之处。他用统计插件调取出所有文件的打开频率，居首位的是一个命名为《公民凯恩》的视频文件，有一百二十二次，但奇怪的是，这个视频文件并不能正常播放。陈雀想起耗子曾卖给他的文件破译助手，权当一试，接入后启动自动查找，最后竟以一种未知图片格式将其打开。

那是一张精度极高的照片。照片背景是一片山林，繁茂葱茏，云雾环绕，朝霞自一侧贯入，纷纷洒洒降下桃红色的光泽。前景站着的五人年龄参差，前排是一位白发老者，其后的两位应与陈雀年龄相仿，年纪较轻的葛兰手持阳伞站在最后。他们身处松涛绝景，却全都正襟而立，表情肃穆，好像面前是深渊狭口，必须慎之又慎。

除去葛兰，其余三人里只有那位白发老者不算面生，浓眉笑眼，有几分像旧时代壁画里的弥勒尊佛，陈雀总觉在哪里见过。他试着在记忆里检索，一无所获，最后还是不得不将老者照片截出，花费二十分钟和五瓶山红葡萄酒的酒钱，从智能识别系统里找出了他的身份：罗日熙，中央语言大学语言心理学院教授。

一九八九年出生，第一市本地人。早年辍学，三十五岁时自考进入中央语言大学，四年后进入硕博连读班，其间多次在国家级核心学术刊物上发表论文，在儿童语言习得研究上做出过重大理论突破，四十六岁时由副教授破格直升为教授，其后头衔与日俱增，除中央语言大学语言心理学院副院长、国家语言研究中心主任、文艺理论研究会副会长外，还是多个群众性学术团体的名誉主席。多年前陈雀在铁桌前吞咽传播学考试要点时，罗日熙的照片便屡屡现身于教参中，三十年过去，他终成一方学术泰斗，而当年憧憬他的少年则胡子拉碴，在凶案被害人的遗物里翻他的履历。

不然呢，陈雀想，让一个酒鬼爬上讲台吗？

语言学在新国是门显学，这毫无疑问，以罗日熙的地位，有他列席的官方学术中心或研究学会准入门槛应该极高，尤其面对葛兰这样的商界公众人物，为避免学界诘责，资质审查更是严格，不大可能被吸纳。但民间自发组建的学会或学术性团体就不同了，一般只要兴趣浓厚，有一定学术理论基础即可加入。而罗日熙也要考虑身为学者的公众属性问题，择一些民间学会作为客座教授或名誉主席，常常露脸，许多事情都会好做下去。到此为止思路算是畅达，之后却再难走下去了：仅公开资料显示，罗日熙加入的民间学会组织就有七个之多，陈雀将注册会员名单翻遍，没有找到葛兰的名字，应该是以非注册会员形式进入的。但每个学会的非注册会员数量少说都以千计，假设他挨个登门拜访，应该三分之二的门铃都还没按就会累死。想快速定位，就要搞清每个学会的议题和方向，从差异性入手。

靠自己解决绝无可能。能找谁帮忙？陈雀想起那位教他传播学理论的老师，蓬头乱发，戴一副浑圆的眼镜，可教起书来生气盎然，每次开课仿佛都是他对知识进行的一次朝圣。陈雀曾听父亲说，他辍学后不久老师也离开了镇子，凭一身虔诚与激情，在语言和传播学界争取到了一席之地，自然也了解这诸多学会。如今他应该已经退休，但多少会惦念与知识相伴的日子，也许此刻正在案前抚摸过往，等待别人唤起。陈雀立刻抄起电话，刚按下两个数字，又放了回去。

如果我真这么做了，他想，早晚有一天会后悔到把自己给崩了。

电话最后还是打给了杜德威。陈雀将目前的线索和推断全数交出，表示自己已经束手无策，进一步深挖只得借用警方的力量。杜德威盘问了一些细节，确认都对得上号，就约他两个小时后在市游乐园大帐篷门口见面。这不是平常的碰头地址，但陈雀没有多问，大脑已经拥挤不堪，将杯中酒一饮而尽，便倒在沙发上蒙头睡去。

他做了个梦，梦境细长纤瘦，一会儿浅淡一会儿浓郁，牵着他的双脚向前，人流、灯光、气球、冰激凌，然后是祖母、小镇、飞机、妻子……画面最后停驻在一个写有他名字的座位前，他的儿子陈池等在那里，戴着生日王冠，脸颊还有抹白色奶油，笑着朝他挥手。他伸手过去，可什么都没碰到，只在指尖留下一点微微的凉意。这时一只粗大手掌从另一侧爬上他的肩膀，现实的重力也随之压下，陈雀坠落在地，清醒过来。他发现自己被一群孩子围在表演秀的观众席里，台上正在演唱太阳乐队的一首成名作，坐在他旁边的男孩情绪亢奋，在声嘶力竭地跟唱。隔一个座位，杜德威满脸涨红地说着什么，最后伸出根手指，指向剧场出口方向。

“现在的狗商人，”从大帐篷里出来，杜德威立刻啐了一口，“什么‘成人礼主题秀’，五个小时！两千块！从默剧到动物剧到动漫剧，最后放了太阳乐队的歌，又是该死的太阳乐队！这算什么成人礼。小混蛋学上得不行，吃我的钱一套一套。”

陈雀没作声，他还在努力恢复神智。最后一杯酒喝得太急，烧坏了脑子，已经记不得自己是怎么走到这儿的，但坐在旁边的那个男孩应该是杜德威的儿子，几年前他见过一次，当时还没这么大。

“说正事，”杜德威找了条长椅，说，“你觉得现在可以排除郑瑶？”

“是。我相信她。”

“好，我相信你。那就说说另一个方向。”杜德威拿出一块墨水屏，“罗日熙参加的七个民间语言学会里，有一个叫作‘认知语言学会’的，会标是个塔，也有人叫它高塔学会。注册会员有一百多人，算是中型规模，二〇五一年成立以来，公开学术讨论会做过九十八场，讨论的是人工智能和符号意义什么的，问题不大，有问题的是他们的经费来源。”

杜德威将墨水屏递给陈雀，继续说：“民间学会的经费来源一般就那么几种，一是会员的会费，二是某些私营企业的赞助，三是相关政府部门的项目资助，像当地的教育局、文化局什么的。但这个高塔学会的经费是谁资助的呢？商务部、司法部、国安局，这不算完，甚至还有军方。这说明什么？”

“高塔学会名义上是个民间学术组织，实际上是在为政府做事。”

“对，而且有一定的密级，这些经费全从第三方账户走账，半年一换。要不是之前有个账户涉及纠纷，局里留了档，真看不出猫腻。”杜德威说，“照片上另外三人我也过了一遍，库里和网上都没留下信息，应该都是涉密人物，兴许那个一号受害人就在这照片里呢。”

陈雀沉默一会儿，说：“文件做过检测么？葛兰打开那么多次，不是为了怀旧吧。”

“技术科的娃子说他给那张图片编码后，发现里头藏了个十二位的输入框，应该是一个加密链接入口。试了局里的几个解码机，没用，强度太高。”

“能绕过去吗？”

“臭小子们的青春期能绕过去吗？不能，这个也一样。”

“所以，眼下罗日熙是唯一的突破口。”

“是突破口，但真想接近他，还要从他嘴里套出话，不比拿枪顶着国安局那些大人物的脑袋容易多少。参与国家机密项目的学术泰斗，啧。”

“不试咋知道。”

“肯定要试，但也别瞎试，方法还是有的。”杜德威说，“罗日熙有个重点培养的学生，叫路醒，是个天才少年，二十九岁就当上学院副教授了，平日跟罗日熙走得很近，老头参加个啥都带着，不如从他入手。这个路醒也挺有意思，特热爱分享，甚至自己掏票子租场子举办学术沙龙和聚会，每次来的人都不少。你看，明天下午就有一场。”

“地址给我吧。”陈雀说。

“二十八区第四街道 0221 号。你不会错过的，”杜德威嘴咧上来，“那儿是个酒吧。”

六、酒精沙龙

这是一家小酒吧，一张两米半的吧台，吧台前有六把高脚凳，酒架上的酒显然是按点单频率排列，拿取方便，但全无美感。酒吧窗户被漆成了暖黄色，这是全屋唯一的装潢，其余部分直接用灰白水泥碾过，墙上还有几块凹陷，积进尘土，变成焦黑冒烟的弹坑。陈雀以前来过这样的酒吧，他有个标准：如果酒不错的话，会称之为“裸体天堂”；如果酒很糟糕，就叫“陈雀侦探事务所”。他去过几次“天堂”，但“回家”的次数更多。

陈雀特意晚到了二十分钟，演讲已经开始了，舞池里摆满廉价的塑料凳子，有三十多张，像霓虹土壤里长出的白色霉菌，上面落着一株株神情专注的菌伞。听众大多数是大学生，间或掺杂着西装革履的中年人，零零落落还有些老者，出门前特意整理了眼角旁的皱纹。陈雀费劲挤进人群，在靠吧台角落的位置找到一个座位，点了一杯推荐特调。透过缝隙他勉强能看见同心圆的中心，一个发色微红的年轻人站在那里，手里的麦克风像根指挥棒，陶醉地指挥着乐团。陈雀想仔细看一看他的样貌，耳朵却不受控制地被他的演讲先拽了去。

“语言是一场战争，”年轻人说，“语言是人类向自然发起的战争。以双手造就武器，凭火焰穿行兽群，自山洪暴雨的无序中刻下时间，从深邃幽暗的夜晚里习得互助，人类的主体性是在一次次血腥的原始暴力中确定的。语言是最后一场战争，自语言始，人类最终从诞生并禁锢他们的大自然子宫中剥离，‘世界’和‘自然’不再混沌地叠加，‘世界’的疆界被划定，人类将他者与非人之一切驱逐至‘自然’。人类开始驯化语言，同时也被语言驯化。起初它是我们思维的绳索，之后变为我们的喉咙，再之后变为目和耳。人不再有一时一刻能脱离语言而裸身于自然中，我们被驯化成譬喻与修辞的孩子。自此之后，我们不再用唇齿鼓出天上的轰鸣，而直接称之为‘雷电’；不再用眼睛贮存地上的缤纷，而直接命名为‘鲜花’。地上湍急流淌的是音节，火山咆哮喷涌的是语词，在莽原上奔跑的则是章节与段落。语言学家洪堡特这样总结：‘人只能在语言中思维、感知和生活。’我们甚至无法回忆语言诞生前的那片混沌，因为这回忆本身也由语言造就。有位诗人曾写过这样一句话：‘孩童越过言语的藩篱，却只从过去中听到一片寂静。’”

年轻人在这里停顿了一下，喝了一小口酒润喉。陈雀感觉胸口的一团气松开，剧烈咳嗽一声，引来了一些目光。酒保将调好的酒递给陈雀，可不等他举杯，演讲又开始了：

“下面我想说说另一场战争。一九五九年十一月二十一日，一位新国边防长官在作战室烤火时接到一封皱巴巴的信，信上沾染着尘土和泥巴，拆开后只看到一行字：‘昆兰意图于二十二日凌晨两点发动入侵。’这位长官立即将此信息汇报给了上级，上级的回复于当天晚些时候抵达，也只有一行字：‘即刻进攻。’这两行字交织缠绕，引发了后来我们称为‘北方战争’的军事冲突。它只持续了短短两年，却影响了两代人，造成这一切的关键人物之一是时年五十九岁的文化部部长沈京春。沈京春是演唱戏曲出身，但更热衷文艺形态研究，其关于戏曲道德性的论述得到前任部长大加赞赏，这篇论文也成为他后来主管全国文化和语言建设工作的基调。在新昆两国首次交火后第三十三天，由沈京春亲自主导的战时语言改革运动正式展开，当天下午各大媒体同时收到政府通知，要求在报道中避免使用‘战争’一词，应以‘军事冲突’和‘军事摩擦’代之，主语要严格限定为军队和武装力量，不得随意扩大。该通知下发后第二十天，也就是新昆军事冲突开始后第五十三天，第二兵团成功突破防线，占领了昆兰南部约一百九十公里范围内的村庄城镇，与此同时第二封政府通知也抵达电台报社，即刻停止使用‘冲突’和‘摩擦’等词，口径统一为‘反击行动’或‘特别行动’，主宾代词的使用也放开限制。令人意外的是，从官方到媒体到民间都没有遭到阻力，这种转变几乎在一夜之间完成。千年来形成的词语指谓，在那天被轻松敲出一条纹路。”

“然而之后过了两个月，战争情势发生了变化。第二兵团进展缓慢，昆兰反击汹涌，战争进入僵持阶段，最高领袖表示要做好演化为常态战争、全面战争的准备。为了消除民众在未来动员中可能产生的抵触情绪，沈京春决定以‘小步快跑’的方式，提前介入民众日常用语。首先，他认为‘战死’或‘牺牲’等词负面性过大，应以更加正向和亲切的词汇取代。经研究室智囊们的讨论，最后将其改为‘归国’，既有荣归故土的豪情，也有家人团聚的亲情，十分得当。自此之后，该词便成为英雄专属，海外学子不得再用。就这样，一九六〇年二月至五月，沈京春完成了对三千五百多个类似词组和表述的改造，之后大幅降低官方通知的频次，转而培养提拔文化业界的领头人，将语言改革工作进一步下放，目的是激发民众主动改善日常用语的活力。其间效果最为显著的，是当年五月末开始的军事拟人化和萌化风潮，这一风潮消解了军事术语的威严性和准确性，使其指称与事实割裂，从而实现自然融入日常用语的目的。如对 P60 重型坦克的称呼，就经历了从最初的‘军王 P60’‘铁子’‘坦哥哥’到‘六六’的变化。历史博物馆保留文献里有这样一首儿歌可以作为例证：‘学舅舅，开六六，打到昆兰吃肉肉。’”稍做停顿后，年轻人继续说，“这之后，词语的国别化运动也达到了高峰。这一运动主张以公开规范或约定俗成的形式对词语进行区隔，‘理解’‘客观’‘包容’等中性词或褒义词，都被归入昆兰国籍而遭到史无前例的排挤，被耻笑为叛徒和走狗才会使用的语言。相反，‘战斗’‘熊性’‘集体精神’等词则被默许为新国人的民族品质，开始大量泛滥。这种分裂和互斥对语言的破坏相当直接，许多语言学家认为变乱自国别化运动真正开始。但有意思的是，那一年昆兰所研发的第二代人工智能内容生成系统‘兰之光’，却被视为影响并启发新国人工智能产业实现跨越的扳机，其称呼反而越过了国别而获准通行。当时的媒体这样呼喊：新国的‘兰之光’何时出现？”

现场响起一阵酸涩笑声，继而引发了短暂的讨论。陈雀趁机小啜一口酒，味道不错，但他的舌头已经被耳朵搅乱，没法给出更精确的评价。

我今年四十八岁，他暗想，还从没醒着听完过这么一大段演讲。

等讨论声渐息，年轻人重又开口。对这段历史的讲述锈蚀了他的咽喉，声音已经微微喑哑，但脸上依旧带着不知从何而来的从容。他继续说下去：“一九六一年春天，新国迎来了它的至暗时刻，从战场上蔓延而来的真菌性传染病席卷了全国，同时能源产业泡沫也在这时破裂，造成的结果就是在大量病人激增时，医院却连维持机器运转的电力都没有。在充分分析国内外形势后，领袖决定重启跟昆兰的停战谈判，开始将注意力从战争转移至抗灾。沈京春敏锐地嗅到这一转向后，立刻对弥漫民间一年之久的军事化用语进行再引导，转而大规模用于医疗救援和能源开掘工作，设置了一系列固定语言形态：‘打倒毒王、守护资源最后壁垒、争取救援斗争胜利。’这些举措依然有效，但此时的民间语言场已经混乱不堪，长句被大量压缩，形容词被固化为标签，不明其意的‘梗’被一遍遍重复，在一片混沌里是没有威权可言的，沈京春不得不承认本轮规范化行动未达预期。一九六一年十二月，停战协议签订前四十一天，他最后一次发出公开倡议，希望用‘白侠’与‘黑侠’来指称奋战一线的医疗救援人员和能源开掘工人，侠之大者，为国为民，完美无瑕。但这项提议没有引发太大涟漪，因为就在那一个月后，爆发了人类历史上绝无仅有的大规模失语。”

现场有人掩面啜泣，有人捂住耳朵，其他人保持缄默。

“彼时生活在新国境内的七亿居民，五分之四均患上了失语症，从一九六二年至一九七〇年，全国上下一片寂静。剩下的五分之一，以及从失语中痊愈的人，所持语言都被我们称为‘独语’的个体语言系统替代——真正意义上的‘语言变乱’自此开始。实际上，‘变乱’一词曾遭到许多人的反对，其中也包括当时已身处癌症晚期的沈京春。反对者们最后拟定了四个备选词，‘变革’‘分歧’‘分化’和‘疏离’，但这些词语来不及讨论就已经被放弃，因为大部分人的独语已经无法辨出其中的差异了，一切无意义，一切无价值。这就是世界的终结。语言破碎处，万物不存在。”年轻人吁了一口气，又笑起来，“语言的污染、分歧、冲突终会导致灾难，沈京春的威权政策助推了这一个过程，但究竟是不是他点燃了这根引线，我们也不能铁口直断。毕竟至今仍然有许多人认为，这其实是昆兰投下的基因武器。”

演讲结束前，现场主持人提问道：“路醒教授，您认为新国的民族语言有可能重建吗？”路醒摇摇头，只说了一句：“在那一天真正到来之前，我们只能保持沉默。”

沙龙进入自由讨论阶段后，酒吧倏然活络过来，觥筹交错，学生、上班族和老人不再彼此区分，浸泡在同样的烈酒和谈话里。在这个时代与同好畅聊是一种奢侈，没有人愿意放弃这个机会。唯独陈雀待在原位没动，手指掠过桌上放着的半杯酒和口袋里的枪，找出杜德威为他准备好的台词，磕磕绊绊地练习起来：

“您好，路教授，我是一个八岁孩子的父亲。我的孩子去年患上了非常严重的失语症，是由心理原因导致的，我知道您的导师罗日熙教授是儿童语言心理学领域的专家，恕我冒昧，我有几个问题……”

他停下来，咬着杯边将剩下的酒倒入肠胃——味道的确不错——然后径自走向舞池，粗暴地将围住路醒的人群拨开。人们惊呼几声，安静下来，齐齐望着这位闯入者。路醒也抬起头，跟他四目相对。那是一张少年的脸，像陈池。

“您好，路教授，我是一个八岁孩子的父亲。我的孩子……”他停下来。

我在说什么！我没这个资格。

不对。

“我叫陈雀，是个侦探，我是为了葛兰来的。”

年轻的教授只惊讶了几秒钟，无人察觉时便恢复如初。“抱歉，一位故人。”他向旁人一一道歉说明，将他们劝离，然后转身走向陈雀。

“这里最好的酒只在九点以后提供。”他说，“您应该还想再喝几杯，对吧？”

七、一滴烈火

路醒是九点十五分时回来的。他换了身衣服，咖啡色连帽卫衣、牛仔裤和一双蓝白色的复古帆布鞋，脸颊有淡淡的须后水味道，薄荷味。他今年只有二十九岁，相较于年龄，他的外形还要更加年轻，但如果仔细盯那双眼睛，只能从中寻获老成和历练。他走到吧台旁，点了两杯名叫“咿呀”的晚间特饮，杯顶是奶白色，中间是橘红，杯底则是浅浅的棕色。他将其中一杯推给陈雀，说这款酒的名字是他起的，“咿呀”是个很奇特的词，百分之八十的人的独语里都有这个发音，但它们的含义各不相同。在路醒的独语里，“咿呀”的发音接近“蒲公英”，而在陈雀那里，它的意思是“回忆”。

两人碰了杯，而后各自咽下一口。路醒问：“怎么样？”

陈雀说：“对我来说有一点烈，我一般只喝山红葡萄。”

“为了保持清醒？”

“算是吧。我戒过很多次酒，反反复复，可每年这时候都会功亏一篑。所以我就后退了一步，既然做不到不喝酒，那就别喝烈酒。”

“我可以给您换一杯。”

“不必，就这杯吧。我这个年纪没多少机会经历第一次了，第一次喝叫‘回忆’的酒，第一次听语言学沙龙，感觉都还不错。”

“说起这个。”路醒说，“既然您是来查案的，我也一定会将我知道的告诉您，夜还很长，在这之前我们不如先聊些别的。”

“比如什么？”

“比如您对‘语言变乱’的看法，从侦探的角度。”

“我没什么看法，我是那种跑来跑去碰运气的侦探，即便我是个哑巴瞎子，运气好的时候真相也能砸在我脸上。这些事我不懂。”陈雀停了一会儿，才说，“不过我可以讲讲我认识的一些人。我的祖母将沈京春视为她的伯乐，她一生要追随的伟人，甚至动过嫁给他的念头，直到最后跳海前她都是这么想的。我想她真应该再撑一撑，活到一百二十岁，然后来参加今天你这个沙龙。”

“我倒觉得，抱持幻梦逝去也许不算坏事。”

“还有一位老师，很多年前他教过我，早就不联系了，但他说过的一些话我还记得，大意是听懂一句话的意思，不代表听懂一句话本身，这是两件完全不同的事。他举了一个例子，百年前有位作家写过的一句话：‘我家门前有两棵树，一棵是枣树，另一棵也是枣树。’他说在旧时代这是一句名句，不少人专门靠研究这句话过活，可是现在，翻译机传到我们眼睛和耳朵里的，就是‘门前有两棵枣树’而已。它为什么伟大？没人懂。”

“隐喻。”路醒说，“语言诞生于隐喻，但翻译 AI 的生效却是建立在抛弃隐喻的基础上。我们为了听懂说话，而扔了文学；为了听懂歌曲，而丢了词句；为了让自己站起来，而卸掉了一条腿。”他续了一口酒，脸色开始泛红，“但变乱摧毁的不仅仅是隐喻，对于一些人来说，它摧毁了自己的全部。您知道‘死鸟’吗？”

陈雀说不知道。路醒解释，变乱后生成的独语大体可分成两类，常规型和独偶型。前者是指词汇、发音构成、语法结构等都与旧语言相似，或仍属于屈折语、黏着语和孤立语中的一种，持这种独语的人约占总人口的百分之八十五。而剩余的百分之十五，他们的独语与旧语言有极大差异，思维模式也全然不同。这些人不常见，但这不代表他们不存在，就像生物学家路易斯·托马斯谈过的“死鸟效应”：城市里总能见到飞翔的鸽子和海鸥，却绝少见到死去的鸟，仿佛这些鸟会在临终之前躲进群山一样。这只是一种错觉，实际上仅仅是因为这些稀少的死鸟被我们本能地忽略了。

路醒举了几个例子：几乎所有人类语言都包含与、或、非、若、若且唯若这五种逻辑符号，但有些人的语言里只包含其中三个。如果他们可以仅用三个逻辑符号就能完成思考，那么他们将成为超越整个人类族群的天才。但如果不能，那么在他们面前放上两颗鸡蛋都能让他们脑袋爆掉——大部分人是后者。还有一些人，他们的语言里没有指陈一类事物的词，却有许许多多的指陈个性和状态的词，单单是“水”，就有“流动的水”，有“静止的水”，有“被冻结的水”，也有“被水獭尾巴溅起来的水”，每种“水”都有一个专门的词用以表达。这种语言让他们不关注类别或范畴，而更加关注个性及个性之间的细微差异。他们的世界不够整齐和高效，却比常规语言使用者的世界丰富得多、精确得多。但不幸的是，这个世界独属于他们，无论他们如何努力，其他人都无法理解其中一分。

“语言瓦解后，我们就终于是一个一个孤立的个体了。”第一轮酒结束，路醒这样说，“我们生活在一场共同的孤独中。”

第二轮开始前陈雀去了趟卫生间，蹲下呕吐了一阵。烈酒在烧灼他的胃，但真正的问题其实是头痛。这个叫路醒的好像握有什么魔法，或者用的是另一套语言，一发出演讲就叫人非听下去不可。陈雀不懂什么语言学，可那些字词如此清澈，行进得毫无凝滞，越过翻译机直接跳入耳中似的，径自肆意挥毫，逼着他也跟着附和高唱。对，就像那首歌……但又不太一样，至少翻译机上的翻译进程显示是正常的。陈雀洗了把脸，决定尽快切入主题。

回到吧台，他问："你是怎么认识葛兰的？"

路醒说："我更想知道您是怎么知道我认识葛兰的。"

陈雀说："我看过他的电脑，葛兰把你的论文都做了特殊标记。我赌了一把。"

"您运气的确不错。"路醒笑了，"大概半年前，导师想让我作为客座讲师加入认知语言协会，我和葛兰就是在那时候认识的。当时他正在摸索脑电波与认知能力关系问题，对于脑电波如何转换为语言很感兴趣，就主动找我攀谈。我对葛兰印象不错，觉得他有学者的求知欲，性格也坦诚实在，就把所有可能帮到他的研究发现送给了他。不过，后来我发现认知语言学会跟其他组织一样，只是试图重建巴别塔，却不去思考它为何倒下，所以我婉拒了导师的邀请，跟葛兰也断了联系。"

"重建巴别塔？"

"重建统一语言，结束'语言变乱'。"路醒说，"主持人提出的那个问题，记得吗？"

"你当时没有给出答案。"

路醒没回应，向酒保要了两杯淡口酒，说："认知语言学会的一些成员，包括我的导师罗日熙，对这一目标都相当执着。他们的研究途径和细节在形成结论之前都是保密的，不过要我猜的话，葛兰应该是将重建关键放在了翻译机的效能上。"

"郑瑶也这样说过。他妻子。"

“翻译机的效能取决于它的大型语言模型，这一模型是经过对海量语言信息的学习构建出来的。但对新国来说，理想状态下的翻译 AI 需要对十亿种独语进行解析训练，这无论是从技术上，还是效率上都不可能实现。”

“所以？”

“我想葛兰的计划是将翻译机从外接式改为植入式，与大脑直接相连，将人脑电波加入语言学习进程中，或者说让人工智能参与到左脑的语言控制中，依据大量的脑电波信息交换来构建模型。”

“如果成功了呢？”

“翻译机就将彻底取代我们的语言中枢。一颗语言上的‘人工心脏’，您可以这么理解。”

葛兰在研究新的翻译 AI，葛兰死了。两种可能，第一是他的研究即将成功，高塔学会的其他人因为贪欲或者妒忌而起了杀心；第二是他的研究注定失败，而政府觉得他已没有利用价值，将他和他的研究化作养料供给他人。这两种都说得通。

陈雀在心里给麻绳系了两个结,但他不准备把这些告诉路醒。

“你觉得他会成功吗？”他问。

“我不知道，罗老师应该觉得不会。”路醒喝得极快，酒杯再一次见底，“他更倾向于乔姆斯基的理论，也就是生成语词和句子是人类的先天能力，独立于经验和外部影响。哪怕是当下的新国人，这种能力也只是被遮蔽而不是消失。但人工智能呢，不管它进行如何深度的学习，都只是在功能性上尽力模仿这一能力罢了，对语气、情绪、语体这些限制性条件没法做到充分理解。语言一经翻译，就注定缺损。”

“原来如此。”

“认知理论甚至认为，认知影响语言结构，过分相信人工智能，将对语言的认知全数让渡给机器，反而会有激发认知失调和失语的可能性。我没记错的话，葛兰跟妻子发生交流问题时，刚好是他着手做脑电波和学习模型研究的时候。”

陈雀蹙起眉：“你是说……他不是为了解决他和他妻子的问题而去改进翻译 AI，而是因为对 AI 的痴迷才导致问题出现？刚好反过来？”

路醒说：“有这个可能，这只是我的推测，您姑且一听。不介意的话，我去打个电话。”

已是深夜十二点，酒吧里陆续有人离开，街上的电子招牌一个个熄灭，远处的星子一颗颗亮起，酒精推着它们在陈雀脑海中飞散旋转。他想起那颗水晶球和里面的玫瑰，玫瑰艳丽，白雪无暇，他现在有了一个解释，但他并不想将它讲给郑瑶。再等等。他收起这个念头，然后点了两杯“咿呀”——他现在应该能熟悉“回忆”的味道了。

路醒回来后，两人开始第三轮。他们一个太年轻，一个太老，都不是千杯不醉的年纪，这应该是今晚最后一轮。陈雀决定问得大胆一些。

“你说罗日熙应该不会赞同葛兰的方向，”他说，“意思是他有别的方向？”

“这也是在收集线索，陈叔？”路醒说。

“我替我自己问的，虽然很可能酒一醒我就忘了。”

“您有孩子吗？”

“有过，还活着的话，应该和你差不多大。”

“抱歉。”

“嗯。”

路醒停了一会儿，说：“罗老师很看重儿童学习语言过程中显现出的认知能力。在旧时代，有些孩子可以轻易地听懂一门他从没接触过的语言，继而依据这种语言掌握其系统下的知识。他认为这是一种化学过程，使用的是化学信号，可以提取和复制。但这一假设始终没有验证的机会，一直到二〇四一年，他才终于遇见了一个特殊个体。”

“一个孩子？”

“一个八岁男孩。他的感官和语言控制系统很特别，对语言产生认知行为时，大脑中会显现出清晰的化学信号。这就像一个数学公式一样，让认识语言变得有迹可循。他的独特跟他的大脑构造有关系，但除此之外，还因为他抛弃了自然生成的独语，用了一套由面部肌肉、手势和声音组合形成的语言。这前所未闻。据说这套语言是他跟父亲玩耍时两人一起创造出来的。”

“所以，这个孩子成了罗教授的研究对象。”

“对，研究持续了四年，但最后没有完成。”

“为什么？”

“四年后他从松山福利院的楼顶跳了下去。”

“松山福利院？”

“对，那个叫陈池的孩子。”

陈雀的酒杯悬在半空。

“咿呀”不是“回忆”的意思，他想起来了，它的意思是“烈火”。

八、父与子

陈池出生时五斤七两，头发浓密，双颊涨红，眼睛的轮廓很像陈雀。那时陈雀被护士从走廊拎进产房，矗在陈池跟前，眼睛不知道往哪放。钟嘉慧躺在床上说，你当爸爸了啊。陈雀说，是。她又说，你抱抱他。陈雀这才伸出汗津津的手，在裤腿上使劲抹了一把，战战兢兢地将陈池从护士怀里接过来，胳膊上隆起的肌肉硌得孩子哇哇哭。护士取笑他说，抱铅块呢？

后来陈雀跟狱友讲这段故事，说当时感觉到的不是兴奋和喜悦，而是恐慌和焦虑，脑子一片空白，就想撒手跑掉，他攥那么大劲儿是为了克制住这个冲动。狱友分析说，是有这么个说法，说妈妈怀胎时就已经跟孩子建了联系，蹬个腿，踢下肚子，就能真的感知到。可男人不行，没有这层联系，孩子出生时先想到的是多了份责任，是对过去生活一去不复返的担忧。这个是正常的，尤其你当时还那么年轻。父亲和孩子的感情萌发在养育过程中，当你已经习惯了他只需要母亲而不需要你时，某个晚上，他半睡半醒地勾住你的手指，叫一声“爸爸”，这时候你才真正意识到你有了个儿子，他需要你，而你也会爱他。都是这样过来的，明白吗？陈雀说是，我知道得太晚了。

钟嘉慧确诊患病时陈池只有一岁大，对母亲尤为依赖，可偏偏喂奶、换尿布和陪玩的工作都落在糙汉子陈雀身上，一父一子都不乐意，一个唉声叹气，一个哭哭啼啼。陈雀心底时常跳出一股怨怼，想把妻子在产房染病这件事开罪给孩子，可冷静下来又觉得自己太过自私和懦弱，不像个男人。这两种想法始终拉扯，钟嘉慧病情好转时这怨气便松开，病情加重时就又拧紧。陈池的第一声“爸爸”来得不是时候，陈雀歪着脖子躺在那，装作没听见。

父子关系有所缓和，是在陈池四岁时候。大概是天性敏感聪慧，也可能是环境催化，孩子模模糊糊地理解了母亲的病痛和避人不见是缘何而来，还有父亲对自己的冷淡又是出自何处。他一夜之间便不再哭闹，把渴求和愿望都装在心里，锁紧了。钟嘉慧病重需要静养时，他就只在自己房间摆弄玩具，给每辆玩具车命名，给每块积木编号，好像只要自己隐身了，父亲就能专心照顾他真正爱的人。陈雀再愚笨，时间久了也能看出孩子反常，猜到其中缘由，那绷了三年的绳结也就不再那么结实了。他纠结了几天，还是在一个傍晚走进儿子的房间，刚想开口，陈池冲他做了个“嘘”的手势，说妈妈在休息呢，会吵到她的。陈雀坐下来，跟儿子共享了一会儿寂静，看着他一一报出玩具的名字，编出一个个小故事，突然灵光闪烁，提议说我们以后就用表情、手势和一些小小的声音来打信号，这样就不会吵到妈妈。陈池好奇地摸了摸耳朵上的儿童翻译机，说，可以做到吗？陈雀说，不试咋知道。

陈雀依稀记得老师讲过，二十世纪有个语言学家提出过一对概念，说符号的存在是随机和任意的，而语言通过“能指”跟“所指”对符号进行范畴上的约束，才使语言有了指代意义。对应关系往往是在同一文化中由“约定俗成”而来，是同一语言使用者可以共同理解的，然而新国人的独语对符号的约束是孤立的、天生的，同时也因为被剥夺了对“语言—符号—实在”，即通过语言到达符号，再从符号理解实在这套逻辑思考机制，对于约束法则的高度总结和转译只能交由 AI 算法进行。但即便如此，还是存在一些例外，像点头、摇头等极为简单的肢体语言，对大部分人来说含义是相同且固定的，只不过它们只能作为信号，而无法形成词汇。因此，父子俩放弃了创造音节或词汇，而直接从创造简单句开始。没有词汇也就不存主谓宾的结构，他想通过肢体、声音和表情两两组合，从功能角度，直接创造出不可拆分的句子，比如“快来吃饭了”，只要实现“来吃饭”这个动作即可。学习语言的方法也简单，完全通过父子两人一次次的试错和磨合。这个过程相当艰辛，但并不是完全没有成果。他们成功磨合出第一句简单句耗费了一个月，第二句亦然，可第三句仅花了两个星期。很多年后陈雀回忆起来，觉得对这种语言的认知过程，很像从黑暗里洗出一块玻璃，一开始是漆黑一片，而后是模糊轮廓，之后渐渐出现镜面的光泽，能看清里面的两张笑脸了。

陈池对取得的进展相当亢奋，陈雀表面没说，心里也觉得不可思议。他让陈池给这种语言定个名字，陈池思考了足足一周，才将其命名为“漂流语”。陈雀问为什么，陈池说他觉得现在的语言是笼子，只会把人关在里面，定在原地，这不对，语言应该像小河一样，把一个人推到另一个人身边去。陈雀说，好，就叫“漂流语”。

尽管这个词在陈雀独语里的意思是“在深水中失去一切”。

到了第二年春，父子两人可使用的漂流语已经达到了一百句。在陈池的启发下，陈雀对之进行了改进，用意义更明确的数量词来取代旧语言里的程度副词，比如“热一”就是稍稍不适，“热七”就是得赶紧打开空调。这项改进意义重大，让信息精准性和效率都大幅度提升，两人的默契程度也随之增长，远远看上去终于像对亲父子了。一年后，钟嘉慧去世前告诉陈雀，她有时从痛苦的梦境中醒来，虚弱地睁开眼睛，看见丈夫跟孩子对着挤眉弄眼，手指比比画画，不时发出嘘嘘呼呼地吐息，像是在争论，结果以陈雀落败告终，从冰箱里取出一盒冰激凌交给陈池，作为对方获得的战利品。她那时在心里痴痴地笑，忽然就冒出想活下去的念头，哪怕多一天也好。陈雀说，那你别走。钟嘉慧说，你们到底在说什么呢？陈雀说，小河，把人推到一起去的小河。

钟嘉慧去世后，陈雀在烈酒池里晃荡一回，像是失忆似的，把漂流语忘了个精光。陈池再跟他晃动胳膊、小声低语，他只觉烦闷和气恼，受不了时便吼道：还有什么用呢？你妈已经没了！然后又说，你不该把我救回来的。陈池不知是否真的听懂了，不再作声，沉默着返回自己的房间，回到自己搁置多年的玩具堆里。只有当陈雀喝得烂醉，趴在沙发上不省人事时，陈池才会从房间里出来，展开随身揣着的蓝色毛巾，擦去父亲嘴边的呕吐物，在热水里泡几分钟，挂好。然后，他把地上横七竖八的酒瓶一个个摆在窗台上，用漂流语给它们依次命名：“呀呀”“咿呀”“呼呼”“哩啦”。哩啦不好，爸爸喝下去就会晕倒。

词汇，陈雀恍然从回忆里惊醒，那时陈池就已经创造出了漂流语词汇——他原本觉得不可能存在的东西。

“你觉得……孩子真的能创造出语言吗？”他看向路醒。

“罗老师说按当时掌握的资料，那对父子创造的语言其实并不规范，尤其是父亲的表达方式，很多时候都跟约定的范畴不同，也就是说根本就是错误表达，但那个孩子似乎有消除误差的能力，依然可以按照正确的语句理解。”路醒说，“这种语言之所以能够使用，至少在它还没有完全完善时即可使用，原因在于孩子，而不是父亲。”

“他很特殊……你说过。”

“是的，而且生活遭遇过重大变故。这也是一种触媒，影响甚至可以是决定性的。”

“比如？”

“比如失去原生家庭。”

警察局的调查记录显示，罪犯陈雀是于二〇四一年十一月的一次高倍赌局中首次梭哈失败，接触放贷人后开始逃亡和犯罪生涯的。这一记录并不准确。在这半年之前，他就已经在一次赌局中将赌资悉数挥霍，一夜之间身无分文。对，那是五月份，五月二十九日。他被赌场赶出来，回到家，小池正在睡觉，他不想进去，就坐在自家门前台阶上。乌云拢过来，雨滴一颗颗砸在身上，他在自己的脑袋里疯飙乱撞，犹豫着该不该拿出房产证做最后一搏。这时有人轻拍他的肩膀，睁开眼，四个持黑伞的高大男人自上俯视，脸色被雨气洇成山石般的青绿。站在前面的男人递过来一张墨水屏，介绍说自己是松山福利院的招生主任，姓孔，想跟他聊聊陈池。

“松山福利院名为福利院，实际是带有寄养性质的专门学校，以把在某些领域有独特天赋的孩子培养为国家栋梁为目标。您看这是介绍。”孔老师说，“陈池在之前的普及教育测试中的成绩十分优异，在语言学方面是棵难得的苗子，院长亲自写下招生邀请，希望您将令郎送至我院就读。我们会为您提供一笔丰厚的入学基金，您考虑一下？”

当天晚上，陈雀推开儿子房间的门，跟他并排坐在一起，不知道如何开口。陈池却先说话了：“爸爸我听到了，我会去的。我会好好学习，你要照顾好自己呀。”

开学那天陈池拥抱了陈雀，小声说他会写邮件的，随后就拉着自己的黄色拉杆箱上了校车，在陈雀的眼睛里变成一个方块，一个黑点——这是他对于儿子最后的记忆。后来陈池的确写过邮件，很多封，寄到了旧宅绑定的邮箱地址，陈雀逃亡后便无人查收。两年前杜德威将这些邮件作为委托报酬交给了陈雀，可他太过怯懦，一直没有打开。

回到事务所，陈雀键入地址，将几十封尘封的信笺一一展平。他半醉半醒，伏在一条黑暗的小河旁，熟悉的声音穿过流水缝隙而来，他侧耳倾听，是小池在向他讲述过往：福利院很大，院子里有一棵大榕树；教语文的老师很喜欢讲故事，总逗得他哈哈大笑；他在教室里过了生日，吃了草莓蛋糕，还有老师亲手做的长寿面；他结交了一对好朋友，两个人是双胞胎，长得很像，都很有趣；他改进了漂流语，把它分享给了朋友，希望他不要生气；他们发现了一个洞，钻出去在山里玩了一天，天气很好；他们不让他见朋友了，说是为他好，也许是之前的事被发现了；他很痛，不想再戴那个铁环了；他想他，他什么时候会来看他呢；他收拾好了行李，请再等等他，他就要回来了。

声音在这里戛然而止，那是二〇四五年九月八日。一天后，陈池从福利院的楼顶坠下，而他们谎称他高烧夭折。

九、往事

陈雀出狱前一年，市政府关闭了松山福利院，教职人员如鸟兽散，如今只剩一片落在高山绿草间的砖瓦乱石，唯有招生邀请上的那个名字在陈雀脑子里刻了十几年。中午他收到耗子发来的信息，才感觉喘上一口气，像从肺叶里起出一颗钉子。他仔细地刷了牙，将昨夜的酒精漱成一口黑水吐出，随后抄起桌上的话筒。

接电话的是招生主任孔令鹏本人。多年过去，他的声音已不再锋利，拖着长音，听上去十分疲惫。陈雀没有表明身份，只报了杜德威的警号作为证明，说是受警察委托，想了解一下当年入学松山福利院的几个孩子的信息。听到这句话，孔令鹏明显有所提防，说起话来支支吾吾，含混地答了几个问题，直到陈雀问起是否招收过一位使用自创语言的孩子，他的记忆好像突然醒转过来。

“是你……我记得你的发音！”他喊起来。

“是我。”陈雀没否认。

孔令鹏想要立刻挂掉电话，但在这之前陈雀已不紧不慢地念出了他早就准备好的台词：孩子的上下学时间、妻子的午休咖啡馆、老母亲所在的病床号码……他不需要说太多，精准的信息越是简短切得越深，血流得越少越是致命，这是杜德威教给他的。果然，电话那头陷入了沉默，能听到两片嘴唇在微微翕动，半晌后孔令鹏才嗫嚅着说了一句：“我对不起你，陈池爸爸。”

孔令鹏告诉陈雀，二〇三五年，时任中央语言研究院第一研究所所长的罗日熙提出，建议在位于第一市北郊的松山福利院增设重点观察班，自全国选拔招收在语言方面有独特天赋的三到十岁儿童，观察他们语言的习得发展过程，为他的儿童语言认知理论提供实质性数据，帮助他找寻突破点。这项建议得到了官方批准，研究院和语言发展委员会共同为其提供经费，但最初几年的成果并不显著，即便是独语极为接近旧语言，或者对语言展现出极高敏感度的孩子，其认知发展过程也非常模糊，像从一极翕然跳到另一极，没有规律可循。项目进行到二〇四一年，包括罗日熙本人在内，一众研究员都已萌生退意，但陈池的出现扭转了这一切。据罗日熙后来的研究简报称，他认为陈池至少拥有三种极为罕见的生理特质：第一，他的大脑在通过语言形成认知的过程中，其化学信号非常清晰，这一点其他孩子身上也出现过，但陈池的更加直观；第二，他拥有一种极强的移情共感能力，换言之，就是一种近似读心术般的对他者的理解力，这一能力是通过语言结构显现出来的；第三，以上述两点为基础，他和父亲陈雀创造出的语言“漂流语”促使他与独语剥离，在实践上真正开始第二语言的学习。最艰难的一坡已由他自行跨越过去，这让研究员们喜出望外。

罗日熙认为陈池的认知能力发展曲线已趋平稳，关键在于环境触媒的选择。经数月观察，他发现陈池与同区的一对孪生兄妹接触时，脑内化学信号变化最为剧烈复杂。他从数据库里翻出这对兄妹的资料：哥哥廖天泽，当年十岁，独语是常规型，具有一定的共情能力，但更显著的是逻辑关系处理能力，已达成年人水平。妹妹廖天木，独语属独偶型，其语言成分里缺少“我们”“他们”等这一类复数词，但整体上与常规独语差异不大。性格活泼，好动，跟哥哥截然相反。兄妹俩出生不久就遭到父母遗弃，也可能是这一点让陈池心生怜悯。怜悯与恐惧永远是触发共鸣的最佳催化剂，希腊哲学家亚里士多德几千年前就已如此结论。罗日熙授意教师和看护人员制造机会，让三人成为亲密朋友，试图通过建立情感连接的方式，推动漂流语下一步的建构和完善。

效果是惊人的。这项观察自二〇四一年三月开始，到二〇四二年三月整一年时，廖天泽和廖天木都已掌握了漂流语的基本交流方式，在沟通和思考效率上远超其独语，尤其廖天泽原本就已突出的逻辑思维能力得到进一步发展。这充分证明这种语言是可学习的。至于陈池本人，则产生了更加喜人的变化，他在实质上开始剥离对漂流语语言结构的依赖，转而凭借对情绪和非理性意志的高感共鸣，逐渐理解所有语言的共性结构，不需要借助翻译机就可以听懂授课老师和看护人员的指示。在当年六月的研究总结会上，罗日熙将陈池身上的这种特性颇具浪漫地命名为“翻译家”，而他做出的展望是，最终由一批翻译家孕育出无须翻译的“通用语”，不仅为新国建立新的民族语言，而且因之无需翻译和高效认知的特性，最终将取代旧国语成为世界性语言，这片沉睡的土地将咆哮着醒来。会场响起激烈的掌声。得知这一消息的看护人员也难捺喜悦，抱起正在玩填字游戏的三个孩子跳起舞来。陈池没跟上脚步摔了个跟头，廖天木指着他笑个不停。

“可接下来的事，连我这种人都觉得残忍。”孔令鹏颤抖着说。

为了加快研究进度，尽快爬上第二道险坡，校方将陈池从混住区里隔离出来，开始对他进行一种类似深脑刺激术的电波实验，试图将他所掌握的语言结构规律彻底数字化或图像化，由计算机加以转译，成为一套可学习和复制的知识系统。这项研究遭到了部分专家反对，但院长和罗日熙都相当坚持，认为一定程度的牺牲对于科学和国家来说是必要的，也是必须的。自此众人噤声。按计划，陈池每日会接受六个小时以上的深脑刺激，之后是各种认知测试，其强度与日俱增，对身体和精神所造成的负荷连成年人都无法承受。每日下午，陈池痛苦的呻吟声都会按时响起，那道特制隔音门仿佛变作纸浆，那声音直接贯入心肺，不少看护人员在做了数月噩梦后申请辞职。剩下的人则随时间渐渐对叫喊声麻木，只当作是伐木工人手中的电锯轰鸣，一想到这是项必要而光荣的工作，也就不那么刺耳了。

私下联系是不被允许的，兄妹俩只能在规定时间探望陈池。他们起初发出强烈的抗议，绝食过一小段时间，后来甚至公然对教职人员使用暴力，廖天木在一次冲突中打断了一位男教师的鼻梁骨，后者当场倒地，她还几度试图追击，最后被廖天泽勉强劝下。罗日熙得知后作出批示，认为这种失控是可以理解的，不要强硬阻拦，维持一定的情感刺激也许有助于研究进行。他又一次判断对了，在与廖家兄妹重聚后，陈池的精神状态有所好转，开始正常饮食，三人间的交流方式也有所变化，动词使用率提升，名词大幅度减少，基本不用形容词，似乎是一种优化。有记录员称，他曾目睹三个孩子使用过一种新语言交流，翻译机不支持翻译和记录，但的的确确与漂流语有所不同。尽管研究人员都在等待罗日熙一锤定音，但私下里他们笃定这就是“通用语”的萌芽。

孔令鹏说：“我们以为这么多年的付出终于要见到结果了，但后来才意识到，那一晚的巨响才是现实。我们都是刽子手，却懦弱得连刀都不肯拿起。”

陈池的死没有人料到，其中也包括廖家兄妹。事情发生当天，三人还在图书馆一起待了很长时间，讨论旧时代的连环画的制作工艺，分别时意犹未尽，约定第二天不见不散，看上去一切都很正常。然而与两人分别后，陈池就从监控画面里消失了，校方立刻组织人手搜寻，数小时依然无果，直到有人喊了一句：“抬头！”众人这才发现站在楼顶上的陈池。他穿上了入学时的旧衣裳，拉着那款黄色拉杆箱，朝所有人挥了挥手，扬声说：

“Salut！”

这是个法语词，后来在场的多名研究员回忆，这句话是不需要翻译的，它是真正意义上的通用语。只是它实在太过短暂，最后一个音节还未发音完全，就被生命逝去时的沉重闷响声取代，文字碎成骨头，语意溅为鲜血。校医飞奔着赶来，但谁都知道为时已晚。

“院长伪造了一份缜密的死亡证明，又出面劝家属——也就是您的父亲母亲——放弃看孙儿最后一眼的想法，只将骨灰交给了他们，后来听说撒在了您故乡的大海里。”孔令鹏说，“这件事过去不久，上头撤换了院长，停掉了罗日熙的研究项目，我也是在那时离开的。”

陈雀放下电话，沉默了一会儿。他很想来一杯酒，烈酒，可他才刚清醒没多久。

“廖天泽和廖天木，那两个孩子后来怎么样了？”他问。

“受了很大刺激，尤其廖天木，好像是患上了躁狂症。院长准备先她送到精神康复中心试试，可在转送之前她就失踪了。”孔令鹏说。

“失踪了？”

“是，这些年我一直留意她的消息，可什么都没找到。那孩子可能……”

“另一个呢？”

“廖天泽的情况要好很多,做了一个月心理治疗,基本恢复了。不过他的语言能力也不再成长了。后来他被一对做生意的夫妇领养，去了北方，那之后我就不清楚了。”

“明白了。我问完了。”

“我那会儿能管的只有教务，这些研究……我阻止不了。我想过，不行。”

“知道。”

“我对不起你，陈池爸爸。”

“够了，抛弃他的是我，不是你，对不起轮不到你说！别再道歉了！”

陈雀扔掉电话，在心里嘶吼了一声，抓起手枪，打开保险，子弹上膛,然后又放下。他将那些邮件翻出来,从头到尾看了一遍,接着是松山福利院的新闻，然后是刚才那一通电话的录音，像不停饮血的蝙蝠，只有吞食这些东西才能让他活过来，可这些还不够。他披上大衣冲出去，坐了一个小时的公交车，去到那家无名酒吧。他需要再跟路醒见一面，从他嘴里多撬出一两个“陈池”，活着的也好，死了的也好，他需要这些。可当时忘了留电话，他只能等。

他在吧台坐到深夜，谁都没来。

十、杀意

早上四点开始杜德威就打来电话，来电记录堆了两整页，但陈雀不打算接。他冲了个冷水澡，肚子上都是肉，啤酒浇灌的脂肪，还有血案铸造的肌骨。他小心地刮去胡茬，从枪里卸下三颗子弹，挑了件棕色皮夹克，把枪和子弹都放进兜里。电话铃声停止了，取而代之的是走廊里愈来愈响的脚步声，下一秒，门被推开，刑警队长气喘吁吁地从缝里挤出。

“这是要出门？”他一屁股坐下来，瞪着陈雀。

“是。”

“你电话是报废了还是怎么着？”

“调查有进展我会告诉你的。”

“你要上哪儿去？”

“去找罗日熙。”

“你搁这儿跟我开玩笑？”杜德威脸色骤变，“大白天的你去哪儿找罗日熙？去大学，当他学生面堵他？然后呢？是逼他把那些国家机密吐出来，还是直接给一梭子？”

“我没开玩笑。”

“我能理解，老陈，但你听我一句，从长计议。那个一号受害人的身份我给挖出来了，李康中，卫生部科技教育司司长！这案子水位有多高，能明白吗？要这么简单当初还用得着去找那个路醒？”

“我找罗日熙不是为了这事儿。”

“这是一个事儿。高塔学会，忘了？李康中也在葛兰照片上头，地中海那个，他从来没在公众场合露过面，但只要跟医疗健康沾边的都听说过他。”杜德威说，“这个李康中是高塔学会的非注册会员，也是学会经费审批的实际管理人。这不算完，他本人是生物学博士出身，跟葛兰一样，他也参与了那个语言重建工程，还提出了一套完整方案。”

“你想说什么？”

“别装糊涂，我想说什么你不知道？杀人动机！这俩人就是因为这个被杀的！”

陈雀没作声，在门边跺了跺脚，然后折回来拉开抽屉，去找那条两年没戴过的条纹围巾。

杜德威烦躁地站起来。“什么方案我没记住，电脑放车里了。你跟我一起去个地方，路上我跟你说。”他拉着陈雀往门口走，“真去大学堵罗日熙，也得等教室开门！”

杜德威的车停在楼下，靠在湿漉漉的街边，挡泥板和车身溅上了泥渍，应该刚刚从泥水里碾过。这是辆两厢多用途车，上的真牌照，所以杜德威很少开出来，就怕被人盯上。车里也蒙了一层淡淡潮气，安全带插孔里黏着水珠，杜德威扣了几次总算扣上，捡起一旁的便携电脑，给陈雀让出副驾驶位。

“在这儿。”他打开电脑，说，“就目前我们知道的，高塔学会的那四个核心成员里，李康中是最激进的一个，按他自己的话，要用最直接高效的手段重建统一语言。这话里‘语言’是次要的，‘统一’是主要的。剩下的你自己看吧。”

杜德威发动引擎的同时将电脑递过来。文档不长，陈雀从头扫过一遍，耳中响起裂石摧山般的轰鸣，神经霍地一下被震醒。葛兰寄希望于以人工智能替代左脑和语言中枢，李康中的方向与之截然相反，他提出以介入的方式对言语发声器官与听觉系统进行改造，将一套官方选定的语言压缩为遗传密码添加至基因表达过程中，并从环境入手干预基因调控，确保产生设计好的表型。目前的基因技术水平还不足以完成这项计划，但他预计技术会在两到三代后臻于完善，而此时的工作重心是要择选出一套表达最为完善、发音最为优美、信息传输效率最为高效的指定语言系统。这套语言要经过缜密的评估，经过足够样本量的实验测试，并由政府成立的专门小组审核盖章。这项工作的责任主体是卫生部科技教育司，但为了体现公正和专业，李康中在高塔学会组织过几次研讨会，遭遇了一部分学者的质疑，争论点聚焦于伦理和道德，他们认为从基因层面植入所谓官方语言，有悖于人的自然选择权，是一种威权行径，走的是一百年前沈京春的老路，这是不能允许的。李康中对这些意见嗤之以鼻，他这样发问："我们重建巴别塔，是为了在这荒唐的混乱中开辟秩序，不是吗？"现场无人反对，于是他又说："有秩序就要有服从。"

"这资料也是委托人发来的？"陈雀问。

"哪能，大部分是我挖出来的。"杜德威顿了一下，"除了名字。"

"委托人的身份？"

"没进展，比李康中还难查，但可以确定是个有背景的大人物，也许是政府的人。"

陈雀沉默了一会儿："给我支烟。"

杜德威说："没有，别在车里抽，我还得带我儿子出去兜风呢。"

车子已经驶出城中村，埋在头顶的乱搭乱接的电线消失了，一会儿闪一会儿灭的电子招牌也再看不见，灰色的、金色的大楼从地平线上拔起，宽敞的环路上塞满形状各异的汽车，也塞满了形状各异的语言，它们一起堵在同一条路上。陈雀忽然想起路醒讲过的那句话："我们生活在一场共同的孤独中。"

"杜警官，跟这些大人物打交道，你高兴吗？跟这些个葛兰、罗日熙、李康中？跟踩死一只蚂蚁、打掉一个小偷、处理一个赌徒，是一种感觉吗？"

"你这是在说啥？"

"我是赌徒、酒鬼和混蛋，我也是你的傀儡、打手和笑话，我不配有美好晚年去挥霍，也不配有家人朋友去惦念，我被耻笑时不会有人可怜，我被干掉了也不会有人救我一命。这些我都不在乎。可你把我扯到了这该死的案子里，用那该死的一支钢笔，我这只臭蟑螂开始认识什么商业精英，认识语言学教授，认识司长，然后发现这些重建什么国家之塔的大人物在拿我的儿子做实验。这个国家每个人都自说自话，都是咎由自取被剥夺沟通能力的残废，可其中一些残废还要拿另一个残废的儿子做实验。杜警官，你说我现在应该关心什么？关心是谁把这个混蛋司长连同他的混蛋计划一起埋了，关心我会不会也被一把刀抹了脖子，还是关心怎么让罗日熙亲口承认他做了什么？”

杜德威半天没说出话。他调查了陈雀十几年，对这个人的半个人生了如指掌，这些话哪怕是醉成一块烂肉也从没陈雀嘴里蹦出来过。不过杜德威也清楚，这件事陈雀迟早会知道，知道了就一定会这样，人性如此设计，并不奇怪。陈雀是条老狗，但终归有过儿子。

杜德威挑了条近路，在一个没有标牌的岔口进入小巷，穿过一扇敞开的铁门后放慢车速。他在露天停车场里找了个位置停下，对面是一栋十层的旧式住宅楼，房龄大概在十年以上，墙面已经有些斑驳。他招呼陈雀下车，用遥控器打开单元门。

两人进了电梯，杜德威按下“6”。陈雀问他：“这是哪儿？”

杜德威说：“我家。”

陈雀说：“来这儿做什么？”

杜德威说：“没人知道这个地方，局长都不知道，你是第一个访客。拿着。”

陈雀接过来，无须用眼睛打量，手指提前认出了那支钢笔的重量和质地。他想问杜德威这什么意思，可电梯刚好到站停稳，杜德威按了下遥控器，斜对面的门叮了一声后打开。他把着门边，朝陈雀斜了斜眼。

客厅没有想象中大，白色墙面微微发黄，墙上挂着一台电视，一张灰色沙发横在对面，杜德威的儿子正坐在上面看动画片，神情之专注，甚至没有发觉两人进来。杜德威让陈雀找地方坐，用桌上的咖啡壶给他倒了杯咖啡，然后径自走进卧室，躬身从里头拽出来一个半米见方的塑料盒子。“都是你的了。”他对陈雀说。

“什么？”

“调查记录、案卷、证据单……所有我用来逼你做事的东西都在这儿。没有备份，都在这些墨水屏里，我信不着那些个服务器。你要是想就地处理，小区里就有个碎屏机。”

陈雀没说话，也没动盒子。

“我知道你信不过我，老狐狸杜德威，都这么叫，我以前做的事对你也挺过分。但你现在知道我家的地址了，我儿子在这儿，我老婆也在这儿，我赚那些赃钱也都是为了他们。现在我把他们的命交给你，要是我耍你，你直接进来崩了他们，大门密码是33662，没改过。”

“这案子就对你这么重要？你宁愿花这么大代价？”

“有件事你应该知道，当年有人给我们打过匿名电话，举报松山福利院涉嫌虐待儿童，接这案子的是我和我师父。我们是便衣去的现场，但他们好像知道我们要来，证据隐藏得很好，什么都没查到。后来我还想再去一次，但我师父说我又犯了毛病，局长也想大事化小，加上举报人再也没联系上，最后就以证据不足结案了。这事儿我记到现在，但没敢告诉你。”

“你现在也不用告诉我。”

“我可以留着这些东西，我本来打算再让你帮我做个五年六年，你是这块料，但比起这个，我得先阻止你把自己弄死。局长当时的那个意思，就表明上头有人不想把这张纸揭开。你一个半条腿插进黄土的老头，冲动血性一回，又能得到什么？”

“我不是冲动。照片上五个人，现在已经死了两个，第三个会是谁？如果罗日熙被杀，我才是真的什么都得不到。我也许会弄断他几根肋骨，但在他坦白一切之前，他得活着。”

“好，很有道理。但是，第一，你得跟我一起行动；第二，不能去大学，我有他私宅的地址。今天是星期三，他七点半下课，之后会在附近的市场逛半小时，八点左右到家。我们在那儿等着，之后是当劫匪、当警察还是当杀手，再说。”

陈雀想了一会儿，说：“地址发我，七点五十分在那儿见。”

说完他把钢笔放进衣兜，混在三颗子弹中间，起身往外走，杜德威追过来问：“走了？”

“动画片快结束了，陪你儿子吧，杜警官。”

“资料不带走？”

“留着吧，我不在乎。”

陈雀走楼梯下楼，原路返回。他认出这里是第十三区，看过电视上的介绍，但从没来过，也就是说这里没有他熟悉的酒吧。他踩着落叶晃来晃去，接到杜德威发来的地址后，才在附近找到一家绿色招牌的酒吧，吧台是用血檀打的，有股青草木味道，混着一点点奶味。他靠墙边坐下，要了一杯绿茶。酒保对他挤眉弄眼，但他并不在乎。他确实应该来杯酒舒缓下神经，可是眼下更需要的是保持清醒。

他在酒吧里消磨了一天，耗了四杯茶和一杯咖啡，借它们留住自己的座位，也借它们不让自己乱想。店里有台播放机，放什么他听什么，先是一段新闻，棚户区拆迁改造、巨型商业复合体开业、新药临床试验取得良好效果。而后是音乐频道，还是太阳乐队，但鼓手好像换了人，点儿踩得有点急。陈雀小声跟唱了一会儿，歌词全是瞎编，但只有这样才能让他的独语对上节拍。酒保搭讪说，大哥你还会填词呢，唱的啥，生活？陈雀说，瞎填，瞎生活。

离开酒吧后，他在路边拦下一辆出租车。下车时天色已完全暗下，月光干瘦如柴，虚弱地挂着，小区门口只有一盏路灯，湿漉漉的水泥路被照亮一半，另一半好像插进了虚无。路边躺着铁皮垃圾箱，从里面露出啤酒罐、纸屑和碎玻璃，是被孩子故意踢倒的。一个穿橘色球衫的壮实男人在不远处的广场打球，肌肉发达得不正常。

陈雀靠在巷口等待。时间过得异常缓慢，七点五十分，然后是八点，八点十五分，可杜德威和罗日熙谁都没出现。夜更冷了，楼上的窗户一个个亮起来，像被镶在幕布上的弹珠。他觉得应该等下去，可这念头没来得及起作用，手机已经自个儿跳到了手上。他打开通话记录，在这一刻的微弱光亮里，他看见球衫壮汉不知什么时候窜到了他的身后。

本能拽着他后退一步，男人扑了个空，有些气急败坏，立即返身补了一拳。这一拳避无可避，在陈雀的左季肋区打出一个浅浅的凹坑。他干呕一声，抓起男人未及收回的胳膊，架在肩上，试图把他摔出去。然而两人体格相差太大，男人的脚尖只稍稍离地，就带着陈雀一起栽倒下去。陈雀抓了一把土朝男人的脸扬过去，又胡乱蹬了几脚，男人扑棱挣扎，他趁机滚到一边拉开了距离。

他靠大口喘息压住快要爆炸的心跳，左手伸进夹克口袋，按在左轮枪上。这东西没用，他很清楚，他没准备跟人干架，所以他才带着它。他摸进另一个口袋，把三枚退下来的尖头子弹扣在指窝，刚好跟磨出来的厚茧咬合。可这点重量有用吗？他不知道。也许他不应该再挣扎了，他应该死在这里，这是个适合他这种人的死法，在一次毫无意义的袭击里安息。

男人踉踉跄跄站起来，眼睛瞪圆，意识仿佛仍在游离，就又撑开膀子冲将过来。这次陈雀不准备后退，反而径直冲前，这一下将男人预计的决斗场向后挪了半米。他凭此卡住身位，代价是正面接下了一次肘击，左臂尺骨一声脆响，但顾不上是否断裂，他又擎起一只脚，借惯性猛踩在男人的运动鞋上。男人被钉在原地，陈雀把指窝里的子弹推出个尖儿，朝他脸颊拍去。弹头划开被风冻得、硬邦邦的皮肤，露出柔软的纤维组织，那是陈雀的标靶。他冷不丁从口袋里取出钢笔，弹指退掉笔帽，笔尖对准靶心，无声地开了一枪。

搏斗结束了。男人被卸去了斗志，像条蠕虫蜷在地上，捧着血流不止的脸腮呜呜号叫。陈雀这才拿出左轮，打开手机闪光灯，把嘴里的血混着唾沫吐出，一步步挪过去。男人还在哀鸣，他的脸上插上根古董，反而好认了：是个小混混，也是雇佣打手，一年前陈雀曾雇他跟汽修店老板茬架，为了什么忘了，但他记得就是那时候认识了耗子。

打手在这，那雇主呢?

陈雀立刻转身，可刀柄已经敲在了他的头上。

十一、告解室

眼前黄铜座钟的指针指向“11”，已经过去了十五个小时，也可能是三十九个小时，总之时间还在流动，他还活着。远远地能听见城际列车疾驰的低吼声，从耳边匆匆碾过后换成了婉转低幽的女声吟唱，模糊不清，应是从一墙之外传来的。他感觉嘴里的血味儿已经消失了，好像被人用酒漱了一遍，事实上眼前的确有一瓶酒，还有一张椭圆形桌子、一个空空的餐盘和一对骨制骰子。房间里有淡淡的烟味，但地上没有烟蒂，是从门外漏进来的。那是一扇锁着的乌黑铁门，上头有一个牢房大门常用的方形窗口，听人说也叫犹大之窗，审判者用它来凝视罪人。此时窗口后头就停着一双眼睛，陈雀认出来它属于那个跟他搏斗过的打手。他叫嚷了一声，打手没回应，也没有进来，确认猎物清醒后就走开了。

陈雀坐在一把木头椅子上，晃起来咯吱咯吱响，跟坐在上头的人一样行将散架，万幸椅子腿和他的双手双脚都还在，只是变得麻木难用，不像自个儿的，一动起来执行的是别人的意志。这间屋子看起来陌生，像是囚房，但又跟他待过的不同，没有窗户，靠东的墙面嵌了一块两臂长的茶色玻璃，近看却是一片墨黑，应该是警察审讯室用的单向透视玻璃。但他断定这里不是东城警局，这也不是那块玻璃，这块玻璃上的血腥味儿更重，撞上去的脑袋比警局的更多。

陈雀站起身，他的靴子还在，可脚像是踩着千根钉子，每落一下钉头就伸长贯入心脏，好像断掉的不是左臂而是脚踝。他花了五分钟才挪到玻璃边，嗅着上面曾经留下的暴虐与哀号，想着是否有一两条裂缝可以作为养分供养他逃离此地的奢望，这时一个女人的声音突然从玻璃另一侧传过来：

“别看了，特制玻璃，出不去。”

那声音年轻、清亮，有种幼稚的冷漠，说话的人应该不会过三十五岁。嗓音被玻璃折叠过，但陈雀仍觉得好像在哪里听过，就在不久前。

“你是警察？”

“这儿不是审讯室，也不是用来审讯的，它唯一的作用是把输得精光的赌徒打到皮开肉绽，逼他们签下变卖财产的契约。每家赌场都会有这么一个地方，你竟然不知道？噢对，你当然没有来过，你是不需要鞭打就会把孩子卖掉换赌资的人。”

“看来不是警察。”陈雀后退几步，坐回到椅子上。女人没有说谎，这里的确有赌场的腐味儿，可能就在那扇铁门外头，一群人正在醉人的烟雾里剖出自己的良心和骨肉，将它们若无其事地搁到赌桌上，用一片空白的脑袋和臭烘烘的涎水祈求命运垂青。

“我们有三天时间。继续聊下去前，我建议你先喝一杯。”

不是警察，那就是凶手，毕竟他的侦探运一直不错。凶手。他恍然想起件事，朝耳垂下方摸了摸，只摸到一片沉甸甸的虚无。

一直萦绕耳旁的模糊歌声也在此刻清晰起来，一字一句像子弹似的穿皮入肉，对，是那首该死的歌。这半个月他追着谜团东奔西跑，跑到大人物的宏伟计划里，跑到这辈子都避之不及的回忆里，而今一身伤痕、意识不清，丢掉了人工耳朵，终于站在了谜团本人面前，而她说的第一句话就是他埋在心底最深处的秘密。运气的确不错。

陈雀抓起桌上的酒，咽了一口。不大可口，但足够了。

“你杀了葛兰和李康中。”他说。

“没错。”女人回答。

“和你的打手一起？”

“只有我，杀人这种事只能自己动手，这样才算有意义。”她发出吮吸液体的窸窣声，能听出喝得很小心，“但绑一条老狗就另说了。”

“你们到全国最有名的语言学教授家门口绑一个临时决定去那儿的侦探？”

“这是两件事，一个因一个果。我是去杀他的，可他没有出现。你在等杜德威，而他也没有出现。为什么呢？因为一直以来就是杜德威在掩护那个人渣。”女人声调提升，像被磨刀石开了刃，变得凌厉尖锐，“他到处放假消息，通过你，通过他的队员，时时刻刻盘算着把局势捏在自己手里。十几年前他就这么干了。他跟你怎么说的？调查被局长按下来了？”

“是吧。”

“他收了罗日熙的封口费，一笔大钱，分期付款，一直到现在。他拿到钱后做的，就是停掉调查，解散专案组，下绊子给自己的师父，让他含恨退休。这些年来他一直在帮松山福利院掩埋真相，帮罗日熙逃避早就该套在他脖子上的绞绳。这些你知道吗？”

“刚知道。”

“他介入这起案子，是想借这个机会把高塔协会以及背后的那些人也拽进他的蛛网，他需要更大的猎场，更多的敲诈对象，更多的分期付款。噢，对了，刚好有条蹲过大牢的老狗可以代他做这件事，还有一个‘刚好’——这条老狗刚好还有一个儿子，是他最大客户的受害人。”

“你比我更像个侦探。”陈雀说。她应该不到三十岁，说话方式很孩子气——但或许是她操着那神奇语言的原因。

“你好像不怎么生气嘛。”女人冷笑道。

“杜德威是个垃圾，我也是，垃圾早晚都会被清扫掉，死在巷口，死在牢里，或者被你这样的杀手抹了脖子。我坚信这一点。但那些金光闪闪的镶在国徽上的宝石呢？那是另一回事了。总有人想要傍靠他们的肩膀，总有人想为他们擦屁股，只是眼下这个人刚好叫杜德威。”

“说得很好。所以你赞同我敲碎这些又脏又臭的石头，对吧？”

“现在还不能确定，我得先了解你。杀人毕竟是杀人。”

“很有道理。”

陈雀调整了呼吸，渐渐熟悉嗓音进入裸耳时的冰冷：“你说的是通用语，对吧？不需要翻译，高效率，高精度，罗日熙梦寐以求的东西。”

“你觉得呢？问问你自己的耳朵不就知道了。”

“案发现场的那首歌，是你故意留给高塔学会的，去告诉他们通用语的确存在，引诱他们从安全区里探出脑袋，对吧？”

“目的之一，没错。”

“另外的呢？”

“不知道，也许只是因为我喜欢唱歌。”

“你认识陈池，不是知道，是认识。”陈雀睁大眼睛，“你的通用语跟他有关系，对吗？”

“没错，不是知道，是认识，不过这个话题要等到第三天。

我们聊得够多的了。”一阵衣服的响动声，是皮衣，短款，领口也许有一圈人造绒，“我之前怎么说的来着？这里原来是用来折磨赌徒的地方，不过现在它是间告解室了。你有三天时间搞清楚我是谁，以及坦白你犯下的罪。”

“这是什么神父信徒的角色扮演游戏吗？小姐，我今年四十八了。”

“建议你好好想想，如果你还想活到四十九的话。”

熄灯前陈雀吃了一点男人送来的炒面，味道像在嚼从炉火里钩出来的灰炭，他强忍着吃了几口，勉强恢复一点体力。他把桌布铺在地上当作床垫，躺上去，望着低矮的、长满霉菌的天花板。从门缝里渗进一些亮光和吵嚷声，赌场依旧开着，赌徒是不分昼夜的。二十多年前他也在门的另一边，沉沦于衣着暴露的荷官和粗犷汉子中间，可相比这间冰冷的铁屋，好像那边才是真正的笼子。

他努力将注意力移回案子上。答案已近在咫尺，她的身份并不难猜，沿着她这条线段能走回一切最初，形成一个闭环——结案。这看上去很合理，可现在他想要的不是合理，平生第一次，他觉得光有中心那一片是不够的，他想拼完整块拼图。这不只是一起案件，是许久之前那些他从自己的身体中抛离出去、用酒精替代的东西。它们在这场短暂的探寻中浮出海面，渴望着他剪开束缚，与他重新化为一体。

他不再是怕麻烦先生了，也许一直都不是。

第二天一早，陈雀刚从睡眠的无底深洼里爬上来，玻璃就被人敲响了。他起身，有个熟悉的声音说：“喝杯酒吧？”他没有回应，拉了拉破烂衣服上的褶皱，坐回到椅子上。

“今天从哪儿聊起？”她问。

“聊聊‘语言’吧，宏观意义上那种‘语言’。”

“你想把你最后的时间浪费在宏观意义上？”

“不算浪费，侦探总要了解凶手的动机，对吧？你是这个国家甚至全世界唯一能使用通用语的人，而你猎杀的对象是一群试图创造通用语的语言学家，所以眼下来看，这很像是一场专利竞争。我想知道你的想法，你觉得语言是一种商品吗？”

“商品？如果我现在走到广场，用通用语给自己打个广告，我会变成亿万富翁，还是变成实验室里的老鼠？就像他们对他那样？”女人不屑地笑了，“不了，谢谢。他们该死，是因为他们利用了他，污染了他的意愿，他亲口告诉过我，我们需要的是真正的语言。如果它还没有出现，那就保持沉默，直到它出现。”

“他是谁？”

“你知道他是谁。”

“他想要的语言是什么？”

“这个你也清楚。”

陈雀沉默了一会儿：“你知道葛兰曾经送过他妻子一条手链吗？”

“什么？”女人略显惊讶。

“手链，一个水晶球，里面有朵玫瑰，摇一摇会有雪降下来。它出自一部老电影，叫《公民凯恩》，我在地铁里快进着看完了一遍，讲的是一个大富翁的一生，从孤零零的婴儿再到孤零零的尸体，临终前只握着这颗水晶球唤了一声‘玫瑰蓓蕾’。”陈雀说，“我不知道这部电影什么意思，可能是终其灿烂一生，只为弥补童年的伤口？这不重要，重要的是葛兰的妻子说，她和葛兰看完这部电影后，她好像听懂了他说的话，一年里唯一的一次。你说，那时葛兰创造出的语言——如果算的话——也是在污染他的意愿吗？”

“我不知道，我没听过这种事……也许只是那女人的错觉。”

“也许是。我太老了，不相信爱能催化出奇迹这类故事，但我总觉得他所说的那种语言多少跟‘爱’有些关系，毕竟这终究关乎人类，而人类所有事儿都会扯到爱跟死亡。”陈雀说，“他以前说过，‘把人推到一起去’，我想这也是你想要的吧？如果葛兰那时真的跟郑瑶创造出了这样一种语言，一种把两个人串起来的语言，那你算不算是杀错了人？”

长久的静默后，女人从嘴里拧出一句：“你没有证据。”

“的确没有。”

“那这个问题就没有意义。今天到此为止。”

玻璃后传来和昨天一样的响动声，她起身准备离开。

“还有最后一天，激怒我没有什么好处，谨慎考虑明天的对话吧。”

夜幕再次降下，城际列车的咆哮声也随之响起，这噪声陈雀听了两天，发觉每辆列车驶过时声音都不相同，有的像金属摩擦，有的像土石崩裂，有的像海浪惊涛，还有一些像飞舞的蚊虫。他就着这声响喝光了那瓶没有名字的酒，然后倒头睡去，十几年来他第一次享受到纯粹的睡眠。到了清晨，他从地上坐起来，整理好衣服，响声刚好响起。

“开始吧。”她的声音里充满了不耐烦，哪怕不用通用语也可以听出来。

“最后一次对话。”

“对，最后一次。我有点玩累了，你最好……”

“你叫廖天木，二十九岁，如果当时登记的信息是对的话。你有一个叫廖天泽的孪生哥哥，你们被父母抛弃后就生活在松山福利院，在那里你认识了小池，成了他的朋友，非常好的朋友。他在信里提起过你，很多次，很多很多次。”陈雀打断了她，不打算回应她的惊讶，继续说下去，“你从小池那里学会了漂流语，我和他……不，他自己创造出来的语言。你知道罗日熙把他当成了样本，你知道罗日熙在用他做实验，你抗争过，可没用，力量太弱小了，那些人都是大人物。也许你们策划过一个逃跑计划，也许差一点就成功了，可‘差一点成功’和‘成功’是两种不同的东西。你们失败了，小池走了。孔令鹏说你后来受到了刺激，得了躁狂症，但我猜那只是你最终掌握通用语前的某类异常表现，像细胞突变一样，也或许是你故意装的。总之，掌握通用语后，你决心逃离那个地方，将这个秘密埋葬起来。你长大成人，拥有了力量和机会，你决定守护好小池留下来的东西。于是你列了一张死亡名单，那上面是仍在挖掘通用语的人，还有伤害过小池的人。也许我也在你的名单上，但你不知道让我消失是不是小池希望的，所以你建了这间告解室，要我坦白自己的罪，看看我是不是还和那时一样混蛋，对吗？好吧，我的答案是：我永远是个混蛋。任何人都没有赦免自己的权力，即便这十几年来我没有一天不后悔，这忏悔也是廉价的，没有意义，跟外面那些赌徒的诺言一样，全是狗屁。我抛弃了小池，他死了，我这辈子都不会放过自己，就是这样。”

空气陷入沉默，这沉默趴伏在时间轴线上，好像长到没有尽头。好在她最后还是打破了僵局：“还有别的要说吗？”

陈雀说：“有，死因。”

“什么意思？”

“孔令鹏认为他是自杀的，但你可能觉得他们在说谎，他不会自己从楼上跳下来的。”

“是，我不相信，他跟我说过他要跟我一起逃出去。”

“所以你觉得他是被谋杀的，被人推下去，或者别的什么。”

“但凡你有那么一丁点了解你儿子，你也会跟我想的一样。”

“对，我会觉得我是个受害者家属，是别人害死他的，但这不是真相。”

“那真相是什么？”

“那些深脑刺激和认知实验让他出现了幻觉，那种让人无法分辨现实和虚幻的幻觉，孔令鹏给我的材料里有过这样的记录，当时他们认为这个症状是可控的。对，这是群混蛋，是帮凶，但他到底看到了什么才带上他的拉杆箱，跑到楼顶去呢？我想知道这个。所以我一遍遍看他写的信，直到把每个字都钉在脑子里，我终于得到了答案。”

陈雀在这里停下，踩上椅子，伸出三根手指，口中嘟囔了一声，然后又从上面跳下。

“Salut 其实不是法语，”他说，“这是漂流语里的一个无意义发音，只有和从高处跳下这个动作配合在一起才具有意义。这是我胡乱创造的一个句子，它本来不该存在的，可小池执意添了进去。它的意思是……”

“我要回家了。”廖天木说。

“对，我要回家了。他看见的是我，他以为我来接他了。”

“这就是我的忏悔。”

陈雀跪在地上，掩住脸，在阴影里号啕起来。

十二、硬币的反面

赌场的人归还了他的衣服，将他丢在某个偏僻公园的草坪上，褪去蒙眼布，留下一抹讥笑，而后驱车离开。他的皮肤亲吻着土壤，青草也朝他浮荡过来，这味道很好闻，他一时不愿醒来。有位晨跑的年轻女孩发现了他，焦急地晃他的肩膀，问他是否需要帮助，可他一个字都听不懂，反而被她一片叠着一片的吞音搅得更加晕眩。他只好坐起来，婉拒了女孩的好意，幸好他还有条胳膊能比画。他把手探进外衣口袋，有侦探证、钥匙以及一张五百元的一次性消费卡，但没找到手枪和电话。那支钢笔也被带走了，可以理解，它很值钱，也挺漂亮。

陈雀在想象里俯瞰自己：左臂骨折，一身已经开始感染的伤口，眼角还挂着泪痕，可他眼下最需要的是弄一副新的翻译机。他不知道这是哪里，也许是十九区，十九区就有这样一个公园，离它最近的定制中心在三公里外。他有一张卡，但他没法打车，也不能坐公交，解释自己的目的地也许比直接走过去更费事。他踉跄地走出公园，走到最近的主街，这条街他记得，要走上十分钟，然后在尽头右转。城市在他的两侧缓慢后退，路边的电子招牌和电子屏像纷繁变化的万花筒，打乱，聚合，跟过往行人口中绝不重样的咒语混织在一起，如同一场灯光迷离的表演秀正在上演。他又感到眩晕，可他不想闭上眼睛，没有人是攥着翻译机出生的，人世本来就应该这样。

定制中心在大楼一层，装潢明亮，此时只有两三位顾客，是来挑选翻译机新款外壳的，珍珠贝或者什么的，陈雀之前听说过。他找到店长，指了指耳朵，然后把那张脏兮兮的消费卡放在桌上。五百元意味着与货架上的光鲜璀璨悉数无缘，勉强够得上最低端型号，两代以前的旧东西，这就相当于在奢侈品店买一双帆布鞋。老板嫌恶地收下消费卡，从货柜下扔来一个纸盒。盒子里是两只蜗牛似的东西，土黄色外壳，笨重无比，但初始定制只需要十几分钟，毕竟内置功能里除了翻译再无其他。出门前，他趁人不注意，用陈列柜上的新款翻译机连上免费网络，给杜德威打了个电话。没人接。

他在地下一层找到一家面馆，点了份牛肉面，用光了最后几块钱。矗在餐桌边的公共资讯机滚动着新闻，一位渔民在十三区造船厂附近的浅海中发现了一具男性尸体。他走过去，打开声音。“死者确认是东城警局刑警队长杜德威，死亡原因尚不得知，但尸体上有刀伤和枪伤，应是经历过激烈搏斗。死亡时间推断是在前天晚上七点左右，当日杜德威没有巡查任务，十三区也并非他的辖区，可能是在暗访调查期间遭遇不测。”接下来是杜德威的生平，对犯罪的痛斥，陈雀走过去把机器关掉。

凶手是个高手，也许是廖天木做的，也可能不是，想让杜德威消失的人很多，被他关进去的，被他陷害的，被他恶心到的，还有被他利用的，不久前陈雀也在这张嫌疑人名单上。总之杜德威死了，他的罪和善都化作了尘土，结束了，这就是结局。

陈雀僵坐了一会儿，吃光面条，离开大厦。

他应该去杜德威家一趟，他老婆和儿子已经接到噩耗了吗？现在怎么样？他儿子只有十二岁。也许凶手也发现了他们？走到十字岔口时陈雀放弃了这个念头，也许警察很快就会发现那一箱子资料，然后给他贴上一张通缉令，全区或者全城通缉，他不在乎被抓，只是在这之前还有一件事必须做完。那个孩子也不会想见到我的，他想。

他在心里画出另一条路线，距离不近，抵达汽修店时已是一个半小时之后。他从收银台边走过，穿过门廊，在车间的机油味里转了一圈，又回到收银台。老板坐在转椅上闭目养神，桌上摆着一台播唱机，放着某类地方戏曲，咿呀婉转，翻译机翻不出来。陈雀把他叫醒，问耗子去了哪儿。

“陈老弟啊，找他有事儿？”老板揉了揉睡眼。

“有事儿。”

“啥事儿？”

“探点儿消息。”

“又探消息，多少回了，他是个汽修工，你好歹买辆车再来。”

“他又去三门馆子了？”

“没有，不去了，他妈的病又重了，俩礼拜没去了。他捅咕我给他点赚钱的活计，我就把去邻省的外派单子分他了。豪车，分成多。这会儿应该到了。”

“什么时候回来？”

“不好说，三四天吧。”

陈雀点点头，思忖片刻，把兜里的钥匙掏出来，搁到桌上。

“这什么意思？”老板问。

“我事务所的钥匙，麻烦您先保管，要是我三天没来取，就把它交给耗子。房子不值几个钱，里面也没什么卖得上价的东西，但加一起多少能顶几次药钱。耗子要是问我怎么了，您就说我回老家了，别的不用讲。要是三天内我回来了，刚才这些就当我没说，我付您保管费。”

“那不用，我肯定收好，就是你这说的一惊一乍的，我没咋明白。”

“没事，可能什么事儿都没有。您这儿有电脑吗？”

“上网啊？财务室有，里屋。”

屋里没人，桌上的烟灰缸已经盛满，屋里有一股火烧味儿，像赌场里的味道。陈雀打开角落里的笔记本电脑，轻易查到了想要的地址，毕竟时间和场地信息一直都是公开的，他欢迎所有人。唯一的问题是地点在二十二区，走过去要花十几个小时，前提是没有被车撞，或者被警察铐起来。他把抽屉逐一拉开，从器材堆里翻出几张代金卡，有一张没有过期，八十块钱，他揣进兜里，然后将抽屉复原，关门离开。路过收银台，播放机换了新曲，老板又睡着了。

愿意去二十二区的司机不多，陈雀决定改坐地铁。车厢里人满为患，肉体间的缝隙里依然飘着那股火烧味儿，不知是从哪儿传出来。陈雀在车厢连接处找了个落脚位置，听挤在身边的几个小伙子讨论新闻，刑警被杀的故事在他们口中变得玄而又玄，像某类武侠小说，刀光剑影，他听了一会儿就睡着了。四十分钟后列车到站，他和他虚弱的睡眠被人流推搡着扔出车厢。

他要去的地方就在地铁站对面，一幢六边形的红砖公寓，其中两条边被改造成了圆弧，用来做飘窗。公寓有六层，但他真正想找的是地下室。他从侧门向下，出了楼梯间，走廊立即变得逼仄拥挤，两侧墙面贴满了歌手和乐队的电子海报，像一串从内到外噗噗开放的花骨朵，在花瓣最繁茂的地方露出了一道红色的双开门。陈雀推门进去，里面刚好响起一片掌声。

“最后，我想以哲学家萧沆的一段话作结：‘每一个词，若是脱离了肥沃的扩张性灵魂，便必定变得空洞而毫无意义。智慧的力量在它们身上练习投射光芒，试着将它们打磨得闪闪发亮。而这种力量一旦变成制度，便名为文化——也就是一片虚无之中的焰火一场。’”

路醒在掌声里走下台。那其实算不上舞台，只是地板上的一块凸起，上面还散乱地放着架子鼓和吉他。暖色灯光在头顶悬浮，空气里飘浮着若隐若现的音符，撞在隔音墙上弹射回来。本场沙龙把地点设在了排练室，因此交流环节也换成了音乐派对。陈雀看见少男少女们从地上跃起，抢过吉他、键盘和其他属于他们的武器，手指握在扳机上，撩起狂躁的音乐，人们拥在节拍里呼喊：

“为愤怒寻回愤怒的语言！”

“为沉默夺回沉默的权利！”

“驱赶塞给我们的符号，找回被埋葬的词源！”

“言语是我们唯一的故土！”

这欢愉对于陈雀来说过于刺耳，那股烧灼味道也没有丝毫消退，他没有靠得太近，嵌在稀疏人群里，捏着依然疼痛发烫的胳膊。他想等这混乱稍稍平息再上前，不过在这之前路醒就认出了他，四目相对后，他朝窗户方向指了指。他们走到窗边，路醒微笑着说：“没想到还能再见到您，陈叔。上次您走得急，没机会留下您的电话。”

“电话被我弄丢了，好在人还没丢。”

“调查还顺利吗？”

“差不多。”

“坐下来聊一聊吧？这里有酒，有音乐，您不习惯的话，我可以叫乐队换一首抒情乐。”

“的确有几个问题，不过我们还是换个地方聊吧，”陈雀说，“廖天泽教授。”

十三、真相

这条公交专线从二十二区的混合住宅区始发，绕城行进，最后驶入城市西侧的城中村。几十年前这是条有名的旅游线路，人们观赏沿路繁花绿丛，遥遥远望平原上的彩色城市，绝不会想到如今车上已见不到半个乘客身影，连司机都无法忍受漫长孤独，将职责丢给了自动驾驶程序，任它被所有人遗忘，日复一日运输着空旷和虚无。路醒和陈雀在最后一排落座后，电子乘务员用轻柔声线提示一句“关门请小心”，接着轮胎吱吱向前，轻柔的音乐从车顶降下。路醒说他想静一静时就会来这里，坐完整条线，抵达终点后再换乘另一辆回来，几乎每个月都会来一次。陈雀点点头说，是个好地方。

“所以，您是怎么发现我的？”路醒说。

“是个挺长的故事，但故事高潮部分可能你已经知道了。”陈雀说，“我被令妹绑架，关了三天，我在她面前大哭了一场。在这之前，她告诉我一直以来是杜德威在帮助罗日熙掩藏真相。如果这话属实，那就意味着他不会允许罗日熙向任何人吐露小池的事情，哪怕是你，他的得意弟子。这应该是整桩事件里我唯一能百分百确定的事。”

“也就是说？”

“也就是说你的信息不可能来自罗日熙。那么来自哪里？也许是孔令鹏之类的关联人，可我不相信他们愿意为你冒这个险，杜德威不会忘记把他们也一并打点好。另一种可能，一种微小的可能，就是那一天广场上的人群里有个九岁的孩子，他一直没有从那一刻走出来，而是花了二十年时间去靠近这一切的始作俑者，试图把那个夜晚翻过来，去看看它的背面。正常情况下，我应该去调查一下收养这个孩子的家庭背景，但去他的，我决定直接赌一把。我的运气确实不错，对吧？”

“您很适合做侦探。”

“所以你承认你是为了调查陈池的死才接近罗日熙。”

“一部分是。”

“你知道你妹妹正在猎杀包括他在内的高塔学会成员。”

“是的，我知道。”

“你们要对罗日熙进行复仇。你是她的同伙，你来提供情报，她来执行，对吗？”

“复仇……对于天木来说确实是这样。她跟小池的关系要比我跟小池更近，真正没有走出来的是她，不是我。我憎恶罗日熙，没错，但我不会因为这个就杀人。我不是她的同伙，很早之前我们的想法就不再一样了，她坚定勇猛，而我踟蹰不前。事实上，我跟您才是一边的。”

“什么意思？”

“神秘的委托人，记得吗？是我联系了杜德威，给他提供了高塔学会的情报，委托他查出这起案件的真凶。”

“我应该感到非常惊讶，但我好像很早之前就想到会是你，只是脑袋忘了告诉我。”陈雀把肺里的气团吐出，很想来一支烟，但眼下不是时候，“他说你给了他一大笔钱。”

“是一大笔钱，但对于研究经费来说不算什么。一篇论文，可以买一个黑警；两篇论文，可以让他为你杀人。”路醒笑笑。

“但你不同意杀人，至少不同意廖天木用杀人的方式复仇，所以你和她吵了一架或者别的什么，她离开了你，独自执行她的计划。”陈雀继续说，“她是个犯罪高手，也许是因为那神奇的通用语吧，我不知道，总之没人能找到她。你故意雇佣杜德威，应该是想查出廖天木的动向，同时也是为了把他引进这个局，你知道这条老狐狸不会放过这个机会。我不知道你的目的是什么，反正这个黑警挡了你的路。”

“大体正确，只是您漏了一个人。”

“谁？”

“一位父亲。”

陈雀没有说话。车到站了，门打开，空气涌进，“关门请小心”，然后继续前进。

“最重要的人是您，陈叔。我知道杜德威一定会把您拖进来，而郑瑶女士之所以会去找您，也是因为我的推荐。您应该还记得，我跟葛兰曾是好朋友，跟他的夫人也是。”路醒说，“对我来说找到天木不是一件难事，甚至阻止她也不是问题。真正的问题是我应不应该这么做。我当然憎恨罗日熙，但我曾经也笃信重建统一语言的意义。既然我们的语言已经被污染、被荼毒，变为一片荒漠，去徒劳地诅咒沈京春之流又有什么意义呢？葬礼再风光也只是片刻，还有十亿人要生活下去。所以，即便我知道高塔学会做的勾当，不认同他们，我也没法贸然断定他们的重建计划是福祉还是罪孽。我需要一双别的眼睛，一双被伤害过，但也因此变得明亮的眼睛。我想把这个决定权交给他，在他了解全部真相之后。”

“她是你妹妹，你这是在逃避责任。”

“这我不否认，但我更不想因做出错误的选择而后悔一辈子，我需要智者的建议。”

“智者？你选择的是一双老眼，而且已经花了。”

路醒没有接话，站起身走到陈雀面前，朝他伸出两只手。陈雀没有阻止，看着他的手掠过他微白的鬓发，将翻译机从耳朵上摘下。像卸去了两只甲壳，两座山，陈雀感觉自己的灵魂也从地面腾起一厘米，仿佛从一口呛住喉咙的劣质酒里解脱出来。他戴了一辈子那玩意儿，刚刚摘下来三天，可现在却觉得刚好是反过来的。

“我知道你为什么要在这儿聊了。”陈雀说。

“如果可以的话，我更喜欢那家酒吧。”路醒说。他的语言听上去跟廖天木不同，但无疑也是通用语，陈雀有种感觉，好像在词组被吐出来之前，含义就已经传达给了对方。这个说法不是很恰当，因为他不知道这种语言到底有没有词组，也许它只是一串脑电波，他们甚至没有动嘴皮子，在其他人看来可能是两个木桩子在彼此凝视，不能排除这种可能。可他没机会验证，无论是哥哥还是妹妹，都绝不会在人群中开口展示。因为它太过危险，也因为这是一份宝贵的纪念品。

“你的通用语听上去跟你妹妹的不太一样。”

“因为严格来说我们使用的不是同一种语言，我们获取的方式不一样。”

“怎么不一样？”

“天木的通用语是一种共感式的、非理性表达，一种情感激发的自然喊叫，就像猴子和猫那样，您可以这么理解，把这种自然声音的复杂程度无限加大，情感强度无限加大，让它以我们所能想象的最高精度去诠释使用者的情感，并将谈话另一方的情感以同样的精度编码，反馈给使用者。它像是一种心灵感应，但不仅仅是如此，因为它填平了传输过程中的任何情感信息损耗，所以赤诚、真实，甚至反过来让思想和心灵本身也得以澄澈。”路醒说，“它并不是一种人人都识得的符号，它更像一种‘流’，一种准确、直接、本来就无须翻译的信息流。您觉得熟悉吗？这种语言就是来自小池的漂流语，而它的传承也势必需要两位对话者之间先建立足够坚韧的情感连接，一个‘流’的通道。小池的离开给了天木巨大打击，但也因此激活了她的通道。小池的通用语——真正的通用语——只留给了天木，只有她。我现在所使用的只是一种拙劣的模仿，或者说，是对小池的背叛。”

“背叛？”

“我和罗日熙走的是一条路，唯一的不同，就是我走到了终点。”

离开福利院时，路醒已经可以用漂流语完全替代独语，也模模糊糊地意识到通用语的发声方式。他知道自己也许永远无法像妹妹那样，尽管他对朋友的爱分毫不少，也没有一刻不想为他报仇，可他心里总压着一朵云，他越是长大，那云也愈发膨胀，变得遮天蔽日的同时，也变得清楚可见了：他意识到，这个国家的人已经孤独太久了，也许是时候创建一种统一语言了，将所有人都推到一起去，让他们不必戴着那种机器也能听懂心声，这才是小池真正的愿望。在他十五岁那年，他笃定了这一信念，开始用自己的方式改进漂流语。

路醒说：“我的方法非常笨拙。我在学校的实验室里搭建了一个神经化学信号与电信号转换器，它的工作原理与罗日熙设计的转换器大体相同，唯独不同的，是我并不追求清晰的信号翻译。它也许只是一团模糊不清的线段，但这就够了，漂流语最初也是这样。为了尽可能表述清晰，我选择‘单字’作为最小结构单元，开始记录我在理解所创建的单字时产生的电信号，然后制定一种归类原则，将信号相仿的单字分为一类，然后进一步组成词汇。这是整个工程的第一步，认清我自己，表述我自己。一种没有个体而只有集体的语言注定是畸形的，为了能够完整地、诚实地表达自己，在这一步我花了八年的时间。”

陈雀说：“了不起。”

“下一步，是从上亿种独语中挑出最标准、最基础的七十七种语言，这个挑选原则很难解释，好在它并不重要，重要的是，我发现我所创建的语言已经可以和这些标准独语一一对应，无论是表述范畴，还是逻辑结构，都是相似甚至相同的，它们好像基于一种共同的语法结构，不光是这些，法语、德语、西班牙语、日语……它们都在共用这个结构。为了彻底弄清它，我报考了罗日熙的研究生，在取得他的信任后，我悄悄地引领他一同探查这个真正的‘独语’。当然，他并不知道我在做什么，以为只是一个稍显奇特的学术兴趣罢了。”

“而结果就是你成功了。”

“对，花了十年，最后得到了一张数据表。人类的理性和非理性，爱、悲伤、痛苦，以及理智、思考和逻辑，所有依赖于语言结构的东西——我们姑且叫它‘思想’吧——全都变成了清楚分明的数据。我该怎么解释呢，您知道康德吗？我那时潜入语言深海所发现的就是类似康德口中‘物自体’一样的东西，那是万物的本质，每种语言都在用不同的方式去描述它的影子，用万花筒去拼凑它的形状，可如果有一种言辞能直接描述它本身呢？那么你就能听懂所有语言，也能让所有语言听懂你。就像数字一样，语言变乱之后它们依然恒定清晰，而在这种语言里，每一个字、词、句、段落，都变成了这样的数。”

“我知道康德，但可能是从某个杀人的变态的歌单里认识的。”陈雀说，“总之，你把语言变成了数学，对吧？”

“您这样理解好了：人类共同的思想是大门，通用语是钥匙，我浅薄的理性和智力是配钥机，小池留下来的漂流语是等待打磨的钥匙坯。我把钥匙坯一次次放进机器里，转起来，打磨，然后扔掉，再重复。最后我走了运，只花了十年就配出了这把钥匙。一个被父母抛弃的天才语言学家依靠自己的不懈追求，为复兴新国民族语言带来了希望，可喜可贺！”

“挺适合作标题的。”

“对，我发现的通用语有无穷潜力，甚至比天木的语言还要多一个开关，我不需要用它替代我的独语，如果我觉得耳朵上和眼前少点东西，我大可以关掉开关，重新戴上翻译机。”路醒神色黯淡下去，“然而问题就出在这儿。”

“什么问题？”

“在我使用通用语重新看这个世界后，我发现我的信念动摇了，可我不知道裂缝是从哪里产生的。两年前在我刚开始接触高塔协会时，我找到了回到第一市的天木，您的推理没错，我们大吵了一架，可那场争吵也让我开始认真思考一个问题。”路醒说，“也许出问题的不是语言，是人；该重建的也不是语言，而是人。”

“你是说高塔学会那些混蛋？”

“是，以及其他人，所有人，我也是其中一个，甚至比他们都罪孽深重。我用人工手段创造了一种工具，在不远的将来将它交给权力，交给第二个沈京春，然后被利用、被污染、被削弱，变得面目全非。人们在肆意使用它的同时，开始遗忘历史，遗忘上一代人遭受的苦难。”路醒摇摇头，“也许天木说得对，语言不该是这样创造出来的，这不是小池的愿望。我们将语言弄丢了，但也获得了一次重返自然的机会，或许也应该像万年前的初民那样，重新学会袒露内心，重新通过一个手势和一个表情去理解他人，从创造神话开始，从描述身边的一人一物开始，去铸造声音和文字，去写下隐喻和诗。我们诞生新的语言，是为了讲述我们自己，是为了长久的孤独后，我们终能真正相通。”

相通……陈雀在心里揣摩这个词，但没说话。

“当然，也可能我和天木都错了。我们一个为小池愤怒，一个对他愧疚，身在其中，早已盲目。这就是为什么我需要您。”

“我还是不明白，你是语言学家，而我活在酒瓶子里，你为什么觉得我有这个资格？”

“因为您是个父亲，您曾经放弃过自己的孩子，让他死于贪婪和疯狂的豺狼之口。您为此付出了代价，愧疚将伴随您的一生，可您仍觉得不够偿付，您可能想让自己举起猎枪，去与豺狼们搏杀，在变老、变朽之前就将这具残躯化作火焰，把一切烧个精光，然后面带微笑死去。愤怒和复仇是一种古老的叙事，它不高贵，但也没人有资格诋毁它。”路醒平静地看着陈雀，“但另一方面，您也是个侦探，无论如何‘正义’两个字都会成为您故事的一部分。您见证了自己的罪、他人的罪，一次又一次，您知道生命和死亡各自意味着什么，您知道一滴血的背后会有多少滴泪。人命就是人命，我不知道是否应该因为不确定的后果而拆散一个家庭，制造一个孤儿。但这些对我来说只是概念，是苍白的语词，实际上我不知道它究竟意味着什么。人世这场洪流，我只是浮萍点水，您才是蹚过去的。”

漫长的沉默，陈雀从牙缝里挤出几个字：“我倒觉得更像是你在给我提供一个机会。”

“关于什么的？”

“救赎。”

十四、再见语言

继续讲下去前陈雀想喝一口酒，然而杯底只剩下两块冰块和化掉的水。他很少喝得这么快，也许是因为天气太好，微风和煦，天空阳光闪耀，酒也因此变得比以前爽口。郑瑶朝服务员做了个手势，不大会儿一杯一模一样的柠檬酒被端了上来。现在是下午三点，人流已经散去，餐馆半睁着眼睛，他们坐在跟上次见面时相同的位置，郑瑶穿了件条纹衬衫和一条灰色烟管裤，身上没戴金饰，但那串手链还在。

“所以你做出决定了吗？”她的手指搭在杯脚，酒没怎么动。

“当时没有，所以他又带我去了一个地方。”陈雀抿了一口酒，“我们在终点前第三站下了车，从一片小土丘走下来，那儿是城市和荒野的交界处，我们前方大概两公里外立着一栋手术刀似的大楼，从上到下都是蓝的。廖天泽说那儿就是太阳乐队诞生的地方。”

“太阳乐队？你是说那个太阳乐队吗？”

“对，那个遍地都是的太阳乐队。廖天泽说它之所以这么流行，是因为它是个政府工程，是语言重建计划的项目之一。它的创造者是高塔学会秘密圆桌成员杨故，也就是葛兰照片上的最后一个人。”

“完全想不到……”

“这个项目是围绕‘模因’展开的，这是一个英国生物学家提出来的概念，大意就是一种文化的基因，跟生物基因一样会不择手段地去繁衍，同时也会在传播过程中产生变异性和选择性。模因实现繁衍的主要途径是模仿，不管是口头模仿、文字模仿还是行为模仿，比如让大家都去唱同一首歌，这就是一种模仿。”

郑瑶的脸上的表情有些困惑，但陈雀还是讲了下去：“大部分模因不会对认知产生影响，它的传播过程也一定会产生信息衰减，通常会在达到一定程度后就自动消失，或者被其他的模因替代。但杨故建立了一个模因异变和衰减模型，延长了它的生命力，并同时加强了它对接收者认知的影响力，怎么做到的，不清楚。这些都完成后，他开始挑选一个符合他条件的模因，准备将它像种子一样撒入田野。他发现旧时代里，人们对流行歌星与他们音乐的接受度和二次传播意愿远远超过其他模因，时至今日仍有不少老人怀念。这给了他启发。他一手打造了太阳乐队，并依靠政府的支持，把它培养为这个国家几乎唯一的音乐来源。”

“可这跟重建语言有什么关系呢？”

“杨故想把太阳乐队以及他们的音乐打造成一种文化单位，当它获得足够量级的传染和模仿时，接收和理解它就变成了一种自动化过程。当我们都变成了它的乐迷，不需要思考就知道他们每首歌在说什么，甚至时时刻刻都引用他们的音乐，那就创造了一种类似语言的符号场。到那时，形式与指谓就彻底分开了，语言不需要再去指代我们现实的东西，只要复制再生自己就行了，我们会活在一场自己创造的梦境里，但反而真的可以相互交流了。”

“老实说，我还是听不大懂。”郑瑶耸了耸肩，终于喝了口酒。

“没关系，我也不懂，我只是原样复述。总之，杨故就是廖天木的下个目标。她认为这是一种权利的让渡，也许太阳乐队会变成一台洗脑机器，我们会被他们搅乱了脑子，模因依然是一种牢笼，而这回我们甚至连在牢里走动的权利都没了。”陈雀说，“也许这个礼拜就会动手。这是一次抓住她的好机会，错过了可能就再也没有了。”

“那你是决定放任她，还是阻止她？”

“如果是前者的话，你会怎么想呢？她杀了你的丈夫，而你雇佣的侦探却放过了她？”

“说实话，我并不是很在乎，我还是觉得这是个故事。虽然葛兰参加的那个学会看起来确实有点奇怪，但高塔学会，政府项目？有点扯。而且我从来没听说过廖天木和廖天泽，你也不会跟我说他们的真实身份，更不会让他们跑到我面前说上一段什么通用语，对吧？那就当个故事吧。哦对，你知道我是怎么想这个故事的吗？”郑瑶提高音量说，“我觉得这一切其实都是廖天泽编造的，根本就没有什么妹妹，也许以前有，但失踪后其实没人真正见过她，你也只是听过声音而已，对吧？所以那个姑娘只是廖天泽创造出的一个替身，他那个通用语可以做到这一点。他杀了我的丈夫，杀了其他人，而他想为自己的罪开脱，或者让自己的良心好过一点，所以他就找上了你——一个心思单纯、等待赎罪的硬汉侦探。”

“也有可能，这样更精彩一些。又或者这些全都是我编的，我什么都没查到。我们都活在语言里，现实只是相对的。”

郑瑶点上一支烟，说道：“说到底我想让您查的并不是这个，我之前就说过了，这个什么真相让警察告诉我就好了，越无聊的故事越好，一个小偷为了五毛钱杀了他，没问题。我不是圣母，我也不想原谅谁，只是我更不想每次想起他时，他的背后都会站着一个我知根知底的罪犯。也许我只是想说一声我很想他，可结果却被拧巴成对凶手无穷无尽的恨，这一点儿都不值得。”

“说得挺对，郑女士，那我们就来说说你真正的委托吧。”陈雀说，“你想知道葛兰为什么送你这串手链。”

“没错。”郑瑶把手腕翻过来，看着水晶球里的火色玫瑰，还是一如既往的鲜红。

“很简单，因为葛兰爱你。”陈雀说。

“什么意思，就这样？”

“就这样，一份沉甸甸的、让人羡慕的爱。那天晚上他对你所说的一切都出自他的内心，即便你们热恋时也许都不曾表达过，但那一晚他想说出来。于是他就像个婴儿，出于本能，出于对你深深的爱，用一种原始和粗糙的发音唤出了声。可他还觉得不够，他要送你一件在你们两个人的语言场域里才生效的东西。这朵玫瑰出自一部电影，也出自你们的回忆，它具体代表什么我不知道，但它是一个词缀，或者一个感叹词，它把这句话填补得完整。你接收到的是最本质的语言，一种声音，一件礼物，跟一万年前的两只猴子没什么区别，可它未经污染，能越过所有的藩篱。爱与共鸣解决不了什么，甚至都救不回他自己，但它确实是一种语言……也许是我们一直在等待的那种语言，至少我是这么认为的。”

郑瑶僵坐在那儿，先是震惊，而后转为沉默，然后不断地揉着那双漂亮眼睛，像在努力驱赶什么。陈雀递给她一张纸巾，她接过去，低声哭了起来。

他们走出餐馆。周遭天色渐暗，路面上的水洼被一双双鞋子踩出涟漪，垃圾车从人群边上低鸣驶过。他们一直走到两条街外的路口，陈雀说，就到这儿吧。郑瑶说，还没给您报酬呢。陈雀说不用了，自己很快也就用不上了，不如就送一句“祝你好运”好了。

郑瑶说：“我没想到那些话会从您口中说出来。您好像跟上次见面时不一样了。”

陈雀说：“不一样？”

郑瑶说：“说不好，开朗了不少？”

陈雀说：“侦探总泡在最赤裸的东西里，大多数是血和黑暗，不过也有一些好的东西，善意和纯粹，也许见多了就变了。”

郑瑶说：“我现在反倒好奇起那个故事了，您到底是怎么选择的？”

“我让她继续做她该做的事，但也不会让受害者不明不白地死去，会有一个凶手被绳之以法，他们会在法庭上得到一个交代。”陈雀摇摇头说，“我知道这其实什么都改变不了，只是我一厢情愿的正义，但就当是一种改不掉的职业病好了。侦探身上总要有些毛病的。”

“您是个出色的侦探。这些我会保密的，按我们的约定。”

“谢谢。再见了，郑女士。”

“再见。”

郑瑶的背影在人群中流散，陈雀立起衣领，重新走入深秋。两侧的行道树光秃秃的，枝头零星残留着的几朵花和几片黄叶也开始簌簌凋谢。他知道冬天就要来了，那时城市里的一切都会被裹入寂静，吵闹的、寥落的、沸腾的、哀伤的，它们都将在沉默中蛰伏等待，直至被春日的第一声啼哭唤醒。可我们不会等太久的，陈雀想，不是已经有一朵玫瑰了吗？

2023 年 2 月初稿

2023 年 3 月修订

陆上飞行

一

我跟叶关约好在十七巷的美术馆见面。进到三月，日头翻过了云，我的大衣领子还立着，风游进来，能嗅到墓园里的青草味儿，像是姜柘的一部分凝成灵质，还附着在我身上。其实叶关跟我说过，搜索队没找到尸体，盒子里什么都没装。这一切只是我的想象。十七巷离我住的地方不远，原来是无线电器材厂旧址，一九九九年废弃后被面纱改造成了艺术区，里三层外三层都是黑色钢管，几座白色艺术馆零星插在当间，拢起来像台给做残疾了的钢琴。美术馆位于琴键的高音区，好认，外墙被一层电子光罩着，颜色随展出的展品而定。这周展出的是大卫·霍克尼的《蓝灰色》。

叶关已经到了，毛呢外套在臂弯里挂着，站得笔直，盯着一幅画不动，像给箍住了。我在附近座位坐下，给眼镜哈了口气，看清了画的真容：《春至沃德盖特树林》，霍克尼中晚期作品，用当时一种名为 iPad 的电子设备创作，在他的作品序列里远谈不上杰出，但也有另一种解释，就是时代的眼睛浑浊，仍不能解开其中潜能。艺术大抵就这两种说法。我重又打量叶关，在想象中拧扯他的身形，努力塞进我熟悉的那个轮廓：二十多年前我俩在一个厂区，上一个小学，他比我小三岁，三年级的时候被选为校广播室播音员，一天播两次，早操和午间。我当时是校大队宣传委员，给他写过不少广播稿，有时觉得稿写得不好，会趴在广播室的桌上改，他蹲在一边等着，改完就丢给他，也没说上几句话。

初中时我回到北方的滨阳市，自此再没了联系。后来姜柘告诉我，连队里新来了个心理医师，给基层官兵做心理辅导，跟我上过一个小学。我努力找补，才把断掉的记忆接上。不算童年，这是我第二次见到叶关，上一次是两天前，他穿着军装，为姜柘鸣枪礼别。

葬礼结束后，叶关找到我，说有些话想聊聊。我们找了个远离人群的地儿，我递给他一支烟，他说不抽，不允许。天气已经完全晴开，比哪天都晴，哭声一传到天上就被洗蓝了。叶关说，姜柘是坠崖死的，在西北的一座山里，航天研究院在山脚新建了一座月球问题实验中心，进驻了五六十人，山顶则被划成面纱协议5.5版的实验场，埋了个下沉式纱站，用来实验成像和触觉反馈。出事那天晚上，姜柘一个人乘索道上了山，去了东侧的一块凸崖，脚下就是面纱生成的莽林，在夜里仍绿得发烫，郁郁葱葱，无穷无尽。姜柘上去差不多三十分钟后，值守索道的战士交班，出岗亭时看见他还在崖边仰头杵着，也看不清脸，只看到接下来一秒，他变成一条瘦影，就那么从崖上落了下来，像滴墨水，沉进盛满黑夜的林子里。战士立刻摇响警报，凡在所里的，睡着的没睡着的都扑了出去，探照灯把山雾戳出几十个窟窿，寻了一晚上，还是没找到人。之后三天，又从附近驻扎连队增派了两百名兵员，天没亮就开始搜，一寸一寸，到底一无所获。我把嘴边的烟放下，问他为什么，叶关说新版面纱协议的造像能力太强，几乎抹平了一切异物，姜柘应该就躺在森林的某处，毕竟尸体不会凭空消失，说得通的解释就是他被面纱收进改造范围，给覆盖掉了。兴许搜索队也不止一次路过他，但他们看不到，也碰不到，相当于不存在。除非把面纱关掉，不然派再多人也没用——可谁都知道，面纱一经联网就再没法关闭。长官们开了几次会，最后决定不找了，先通知家属，之后就安排葬礼。

我说，事情经过我之前也听了个大概，小瑞接受了吗？小瑞是姜柘的妻子，相亲认识的，听说性格意外的合，只相了两轮就订了婚。小瑞戴厚厚的眼镜，也做科研，在东郊某个医学研究所工作，爱看动漫，每次去姜柘家，总能看到厨房的墙上投着当月新番，烧菜时候也不落下，兴起时锅铲会变成魔法棒。叶关说，走得太急，当时哭了一下午，后来接受了。我说，那就好，你想找我聊什么？叶关好一会儿没说话，嘴唇变得格外干燥，好像喉头含着什么火炭，正往外冒烟。姜太太其实还不知道死因，最后他开了口，我们没说，因为我们也不知道。当天晚上所有人的流动记录都核查过，全对得上，外人想进入封锁区更不可能，基本排除他杀。但崖上的痕迹被面纱给覆盖了，看不出到底是失足坠崖，还是他自己跳下去的。在部队里，这是完完全全的两码事。我是姜柘的心理咨询师，我得搞清楚。他的心理侧写资料和履历我翻过了，但凭这些还不够，得了解他来队里之前的事，越全越好。跟他深交的朋友不多，学长你可能是唯一一个。我想找上一天，听你说说他的事儿，就看你方不方便。我说，非得是我？小瑞不行吗？他说，有些事儿可能只有你知道。我说，他不在了？叶关说，不在了。我说，那我回去想想，你留个电话。真不抽？他摆摆手，走了。

我今年三十二岁，在一家科创媒体公司做内容总编，住四十平方米的复式，有个孩子，这会儿正和他妈妈在南方度假，屋里空空荡荡，只在窗棂上压了一层白霜。更远的地方，天全黑了，有谁把星星一颗颗粘上去，但粘得不够牢的，过一会儿就掉了，再也看不见。我靠窗躺着，孩子答应我每天睡前发一张打卡照，前四天都是如此，今晚没理由地失了约。我只能捏着手机，拿起又放下，像新缝了个器官，反复调试功能。一直捱到半夜，起身去够水壶，被桌子腿绊了一下，就再爬不起来，那些被抑住的伤感突然渗了出来，漏水似的，遏制不住，全压在我身上。这才反应过来，我失去了我最重要的朋友。叶关讲述的幕幕场景，还有那些多年不曾露面的记忆一齐显现，割开我的眼睑，让已麻木的神经蜷在心窝里号啕。我想起来一个作家，或是导演，他说每一次失去都跟重逢无异，记忆总是被悔恨浸过才能获得活性。

我喊着，你还在不，你想去哪儿？没人回应。

熬到早晨，我给叶关发了见面信息。地点是特意选的，时间其实也是，一点半，差不多是馆里人最多的时候。这个点儿来的都是艺术区里上班的，所谓文化工作者，闲，吃过午饭就习惯来看看，不是真的欣赏艺术，也不是想逃离外面被面纱笼罩的世界，逛够了就走了，这场文艺复兴至多持续一个午休。头几次跟姜柘来，没经验，偏偏卡在这当口，馆里人乌泱乌泱的，交谈声一摞挤一摞彼此倾轧，光待着都心烦，更别提赏画。这时候姜柘就会跑去前台跟馆长讨嗑儿唠，不知道聊的什么，但没有一次聊不下去，偶尔还翻出几本书，手指拂在上面滑动，像拨揽山川河流与过往未来。有一次我偷瞄了一眼，发现是本残卷《红楼梦》，缺的还是前八十回，两人在聊如何研发一套人工智能系统，DNA 能测序，文脉也能，测完便能辨出其中真正的雪芹遗笔。姜柘拍我肩膀说，老张懂技术懂艺术，还笃定，你不是要办文摘吗，我觉得他能当你的作者。这话他说过好几次，我一直没当真，后来他也不再提了。入了冬，雪一下，很多事就都忘了。

话说回来。这个时间不适合看画，倒是适合回忆。有别的声音做掩护，我的讲述也许能更坦然一些，我是这么想的。

叶关终于注意到我，坐过来，把叠得方方正正的外套放一边，问我等多久了。上回没看仔细，他的脸比实际年龄年轻不少，双颊微黑，额头却是雪白，鼻下有两个红血点，剃须刀留下的。即使坐着，上身也是挺直，但不是绷起来的，好像这就是他的放松姿态。我说，也才到。你喜欢那幅画？叶关说，挺喜欢的，但只是喜欢，其中的头头道道讲不出来。姜柘说以前常跟你来美术馆，这儿让他感觉舒坦，就有点儿好奇。我说，你问他为什么了吗？叶关说，他说这些画是不会被面纱改造的东西，它们独一无二，本来就已完美，所以面纱也无从下手。艺术已经没了，这些是最后的残兵。我说，你觉得他这套东西有道理吗？叶关说，有还是没有都不重要。我问，那什么重要？叶关说，为什么他会这么说，原因是什么，这个重要。我点头，也对，你是心理医生。

服务员送过来两杯茶，抖抖茶包，无所谓地走了。尝了一口，一般。我说，那我们开始？叶关说，先走一下程序。我看见他从提包里取出一页纸，小声宣读：本着尊重和保护受访者个人隐私的态度，对于个案记录、测验试题、录音等资料，不用作任何道德或法律用途，将在严格保密前提下保存，任何人不得查阅。末了补充说，访谈性质的谈话都得保密，这是我给自己定的规矩，别介意。我说，明白了。不过得坦白，我想了一个晚上，但记得起来的故事七零八落，哪些关于他哪些关于我也分不出来，可能啰唆半天，最后都是我自己的事儿。你这一番周折，我受不起。叶关说，不用顾虑，细点好。心理医生的工作就是分析资料，找出目标信息，有点儿像那个福尔摩斯，只不过我们调查的是心理线索。还早，我们慢慢聊。

他从包里掏出笔记本、微型摄像机和录音笔，一字排开。录音提示灯是绿色的，规律地闪烁，好像催促谁要尽速前行。我阖上眼睛，画面自黑暗中一一浮现，随后在心里排成阵列。我琢磨了下开篇，决定从面纱讲起。

二

第一次见到姜柘，我八岁，他八岁半。那年生日特殊，半年没消息的老舅突然从国外寄来了礼物。一只机械恐龙，合金骨架，壳是塑料的，在黑底刻出棱和道儿，印了些认不出的字，被当成花纹。背后一左一右有两个凹槽，占据背部四分之三，一对合金翅膀自槽内长出，表面不知怎么打磨得光滑如镜，放到夕阳底下，能一波一波反射出波浪似的金光。我那时格外喜欢一种游戏，就是把收集到的玩具都丢在床上，在想象中划出丘陵、山脉和河流，小心地计算各个玩具间摆放的距离，由此分化出国家、势力和阵营，接下来就按照脑海中的剧本，台灯做主光，口齿奏音效，排演星际战争、宫廷风云或者英雄远征。我时常沉溺其中直至深夜，被撵进被窝，又马不停蹄在梦里编织新的剧本。这只恐龙的到来给故事增添了新的可能性，在我的想象中，它应是山崩地裂时被冰封于山谷，万年后被邪恶的博士复活，强行改造为半机械体，意欲将其作为征服世界之工具。然而，在好心的赛博坦星人帮助下，恐龙穿越时空，回到了原本的时代。持矛的原始人抬起头，望见金属双翼劈开烈日疾风，黄金光点纷纷扬扬，犹神明在天。

故事的结局几经挑选，最后决定排一出英雄悲剧：山崩地裂之日不可避免，神的剧本是这样写的，地球总要被清洗一次。当这一天再次到来时，恐龙决定用钢铁身躯掩护地上的生灵，直到它们抵达北方的山洞。山洞就是我这个故事里的方舟。火山灰冲上云霄，熔岩碎片一簇簇落下，它的翅膀千疮百孔，金光涣散，成了灰烬。等七天七夜的灾难平息后，原始人在峰顶（用被子垒成）上发现了它的尸骸。他们跪在它身前，黄金杏叶作衣，双足踏火为舞，献以长久的敬意与永世的崇拜，故事就在这里结束。我对这个结局非常满意，一得闲便在心里咂摸，可时间久了便觉得它有个缺憾，那就是英雄的负伤还不够逼真，给悲剧的高潮打了折扣。我合计几天，还是觉得势在必行，就翻出把锉刀，准备给恐龙的翅膀刻上划痕。事情就是在那一刻发生了变化，这个瞬间把我的人生切割成了“之前”与“其后”，我的时间产生了一条支流，在这条支流上，不管我如何加力，锉刀都没法在玩具上划出哪怕一条伤痕。锉刀与恐龙翅膀的确产生了摩擦力，但没有产生我预想中的反馈，软绵胶着，像在划一块正在融化的肥皂。但它是恐龙，不是肥皂。我又加大力度，一遍一遍，直到一种从没经历过的触感爬上来，极不舒服，像种警告。我放下锉刀，看见眼前悬着一行细小红字：

强度将达极限，继续下去将造成不可逆破坏。

那晚我早早上床，中断一切想象，恐龙的故事已无关紧要。我抓着枕头，把它当成礁石，潜入无数猜想组成的海浪里。在梦里我推导出好几种解释，其中有几种相互矛盾，我推理几次，把有破绽的那个排除。最后剩下几个，太困了分辨不出，就都好好收拾起来。然而第二天醒来，一切化为齑粉，全被我的想象力吞食了，再吐出来就变成个不容置喙的事实：这个世界是不真实的。我们都身处于幻境，大部分人对此浑然不知，发现秘密的只有一小撮人，我是这一小撮中的一个。

你是心理医生，你知道是有这样的孩子的。脑袋刚一开机，想象力便飞出去老远。

总之，想法一生根，就开始疯长。我没把这事儿告诉爸妈，怕他们已被幻境控制，给我泄了密。小心驶得万年船，是我自小就习得的道理。经过那一晚，像哪儿开了条口子，我的生活被分了层，越来越多的佐证自动涌现：大楼的玻璃一尘不染，房檐檐角翘起的角度精准一致，玫瑰花园却会吐出丁香的气味……这些都成了供养这个想法的养分，让它变得鲜活具体。终于在那年冬天，它发酵成了一场病，呼吸一用点儿劲，胸口就疼得不行，像有人用拳头一下一下擂你肋骨。大夫说，这叫气胸，胸腔积了气，得做个小手术，在胸膜腔插根引流管，接上水封瓶，靠负压把胸腔里的气抽出来。我妈问咋会得这个病，大夫说我得的是原发性气胸，原因不好说，可能是因为太瘦。我妈看着大夫说，是这么回事儿？我在心里拉着她说，不是。

本来就是小手术，没有不顺利的道理，难熬的是术后恢复，尤其头天晚上。身体沉默一天，突然意识到胸口被人插了异物，排异本能醒了，就开始死命地疼。当时是晚上十一点多，病房没开灯，我妈去护士站还没回来，兴许跟护士聊上了。我想咬咬牙挺过去，但不行，憋得满头汗，又冷又热，嘴里也直呜呜。那疼不是直接一下子到位，而是一圈一圈，一阵一阵，像涟漪、像声波，最难受的就是不知道它什么时候抵达。这时候隔壁的床位灯突然亮了，光源很小，像支火把浮在半空，照不出形，只能映出声。有人跟我说话，粗嗓子，他说第一天晚上是这样的，你别老想它，想点别的，就不那么疼了。我说，它疼啊，咋能不想呢。他说，我第一天晚上也跟你一样疼，我就想着那小子的脸，想着怎么给他那两拳揍回去，越想越气，后来就气得不疼了。我也打开床头灯，看见隔壁床上现出一个男孩，头发非常多，全往一边卷，两只眼睛不瞪就滚圆滚圆的，跟我一样平躺着，胸口也插着引流管和水封瓶。水封瓶汩汩吐泡，我们一人顶着一盏灯，像两只鮟鱇鱼。

他说，我叫姜柘，你叫什么？我说，白禹，大禹的禹。你也是因为发现幻境秘密才得的气胸？姜柘说，幻境是啥，我这个是创伤性气胸，跟人打架打的。那小子玩儿不起，拿笤帚搥我。你是因为什么？我犹豫一会儿，不确定该不该相信他，万一也是幻境的把戏呢？就一直沉默。姜柘见我没说话，竟自顾自讲起自己的负伤经过，掰脖子踹肚子，血肉横飞，听得我更疼了。我赶紧叫停，姜柘说那你讲你的事儿，我听着。我不记得当时是怎么想的，反正心一横，就把藏了半年的秘密全吐了出来，说完呼哧带喘。可他似乎并不惊讶，说，你说的是“面纱”，你爸妈没跟你讲过吗？那个确实不是啥好东西，要我说它就是人类最失败的发明。不过也没你想的那么玄，幻境什么的，没有的事儿。我说，那它是啥？姜柘说，想讲明白也不太容易，我之前存了我自己整理的说明，太晚了，明天我在手机里找找。你还疼吗？我仔细感受了一下，摇摇头。他说，行，那睡吧，困。说完就关了灯，甩尾游离了深海。

第二天上午，十一点多，病房默契地只剩下我们两个人，还是没法动，只能继续躺成两条平行线。姜柘说，说明我又看了一遍，完全理解了，我现在跟你讲。嘿哟，一扭头就疼，我就这么说吧。接下来他进行了具体的说明，措辞我记不得，用了不少孩子才能懂的词，长大了就模仿不出来了，只能说个大概。他大概说，面纱其实不复杂，可以理解成一种特殊的投影技术。特殊的地方在于，它不仅作用于视觉，还作用于听觉、嗅觉、味觉和触觉。不算没科学根据的第六感，人类有的全部感觉也就这些，所以面纱投射出的虚拟影像，就跟真实物体没有区别。噢，得是无机物，有机物没法投影，不知道为啥。它的工作原理很像数字信号，都是由发射端和接收端两部分组成。我们就拿你桌上的杯子和瓜子举例吧，你想象就行，别扭头。杯子就是发射端，一般叫纱站，跟铁塔长得差不多，也有埋在地下的，总之它负责发出面纱信号。把千万只杯子捆在一块儿，就组成了一个信号阵，非常大，能覆盖世界每个角落，也包括这个病房。至于接收端，也就是这颗瓜子，它是一种纳米颗粒。纳米很小，具体有多大说不清，总之用眼睛看不见。你平时很少注意到它，因为纳米科技是我们这个时代用得最多的一种生产改良技术，食物、药品或者别的，你用到的好多东西都是经纳米技术改造过的。每个人一出生，很大概率，会因为吃药吃饭而把纳米颗粒吃到肚里，这些颗粒倒没什么坏处，只是会产生一种附加功能，就是接收纱站发出的信号，然后自动为目标物生成对应的感觉。你看护士的衣服，从来没有过褶皱，是不是？其实是有的，她们那么忙，估计都拧巴了，但被面纱覆盖后，无论是她自己还是我们都察觉不到了，它永远顺滑平整。所以没有什么幻境，就是投影而已。还有什么……你看到的那行字？那是面纱给出的警告。因为看不到真实情况了，所以就由面纱来替人眼人耳做检测了。每次接收到的信号，面纱都会对对象的新旧、材料强度什么的做扫描，如果受损度达到临界值，或者本身含有有害物质，它就会用触觉或者别的方式提醒你。明白了吧？

说明在这里结束，隔了一个中午我才懂了个大概。这种用一大串抽象概念和具体事实连缀而成的讲述，犹如神迹，我是无论如何都做不到的，因此对姜柘有了崇拜之情。可在此之前，首先要解决的是更多的困惑和问题。跟我的假设相比，真正的面纱更安全，更纯粹，也更无趣。我不惧怕它了，但也找不出它存在的理由。

我问姜柘，为什么要搞出这么一个复杂的系统，让东西看上去永远完美，有啥用呢？姜柘耷拉下眼皮，说，多年前全世界爆发了一场能源危机，具体因为什么不清楚，也没持续多长时间，但产生了一个很大的影响，就是那段时间几乎全球所有国家都进行了转型，把服务行业、文化行业之类的产业比重调低，集中人口去开发开采新能源。做出来的产品呢，外观设计都不重要，能用就行，产能第一，能出一个是一个。但这个事儿也不能就这么放任不管，爱美之心人皆有之，丢太久人会受不了。于是有家公司就发明了面纱系统，把人类无暇处理的外观问题一劳永逸地解决，算是雪中送了炭。当然，面纱也得搭建，不过费不了多少事儿，纳米粒子是现成的，大数据是现成的，立发射塔就行了。本来是好事，可我奶奶跟我说，在她小时候，画家、雕塑家、设计师什么的都是寻常职业，可面纱出来之后全都没了，再没人干了，这几个词也被埋了，销毁了。面纱摧毁了很多东西，艺术是其中之一。

我问，但现在能源危机已经解除了，为什么面纱还在呢？

姜柘说，我猜是因为它已经无所不在了，而且他们觉得留着也没什么坏处。跟互联网一样，可能当初是为了解决电话线太短的问题才发明的，可现在没几个人用电话，互联网却反而离不开了。你知道毒品不？面纱也让人上瘾了，明白了吗？

我说，明白了。你这么一说，我也感觉好像它挺方便的。不太舒服，但很方便。

姜柘说，对，就是这个意思。我们活在一个假世界里，但好像比活在真的那个更好。

我说，但你说你不喜欢面纱。

姜柘说，也不是不喜欢，是习惯不了。我总觉得只要有它在，我就看不到我想看的东西。但我到底想看什么呢，我现在还不知道。

我不知道这些话我复述得准不准确，他当时只有八岁半，可能说得没这么玄，可我第一次在病房里见到他时，的确感觉他像书上说的哲学家，苏格拉底或者柏拉图，但不像孔子。不过，不管是哪个哲学家，都没有因为打架得上气胸的。很久之后我听人说，姜柘家从他太爷爷那代开始就是军人，到他爸爸这里抵达顶峰，做到了副师级，所以他从小就性子刚烈，幼儿园时候就打架，后来家里人特意送到部队附属小学，你应该知道，十一小，离我们学校有三十多公里。去那里得翻过两个镇子，一条臭水沟，还得蹚一片没过脚踝的沼洼地，下雨天泥就跟牛粪混在一起，就一条柏油路还没修完，实在找不出去的理由。我们在病房里躺了五天半，后来聊了什么全忘了，只记得他比我早出院一天，拔了管子后又趔趄着折回来，给我留了联系方式，写在一张永远不会皱的纸上，可第二天早晨被护士当成垃圾丢了。我指挥我妈到处找，到底没找着。我当时想，我可能再也见不到他了。

三

二〇二二年冬，市场震荡，工厂的订单量跌到新低，已成枯槁老人，眼见就要倾塌。爸妈决定不再耗下去，托人办了内退，带上我返回祖籍地滨阳。二姑夫在市里经营实景旅游，有两个主题园子，赚了大钱，我爸想借其庇荫在园内开家餐馆，收入只拿百分之八十，但菜谱要自己定。滨阳离工厂有一千八百多公里，坐高铁却仅需六个小时。我拄在高速前奔的窗户边，看灰色的村落变作茫茫原野，零星的青绿化为一片褐红。我那时上初二，病已好了五年，早就习惯面纱世界的精致完满，可某些瞬间，还是情不自已地为自然的错落多样沉迷。我不知道原因，兴许是那些被我潦草处理后的想象力还在，趁不注意，从胸口的疤痕里逃了出去。

房子是二姑夫给租的，滨北十二道街，那儿以前有个古迹叫小钟楼，后来被雨压塌了。房是新的，已经做好了基础铺陈，方的方圆的圆，先放着，等上几天，面纱的大数据流识别成功，再推门进去，八面大墙就都铺上了墙纸，光秃秃的石膏凸起也变为立体雕塑。二姑夫不太高兴，按建筑公司的允诺，他们是照着皇帝屋大维的形状布置的，最后却给识别成了掷铁饼者，业务能力属实不行。我爸说，就这个吧，这个看着有劲儿，寓意好。于是我们就跟铁饼住在了一起。一个礼拜后，我的入学通知下来，红旗四中，不算重点，但贵在师资健全，初、高中一体，爸妈也都满意。那年滨阳因为承办冬奥会，中小学寒假放得早，所以开学也早，还没出正月。我去学校报到的头天夜里，烈风暴云狂飙，窗玻璃被震得咣咣响，七点钟时开始下雪，下到凌晨五点多还没下完，跟老天吐了似的，叫人犯恶心。那次暴雪，在滨阳的历史上都属罕见，据说第二天积雪最深处，出门买菜只能见半截身子，走出了身残志坚的气魄。我在家一直等到十点多，大车才勉强把到学校的路给清出来，走在路中间，一切仿佛都是白的，天透亮，地反光，罩在光鲜楼房跟汽车上的面纱都看不见了，全被雪糊住，只剩下个轮廓，好像叫人打回了原形。我感觉心情莫名舒畅，脚下也轻了，滑行似的溜过几条街，突然看见一栋平房上单不愣站了个人影，像颗图钉扎在了一张大纸上。那人背对着我，肩膀宽阔，穿了套军绿色的棉服，鼓鼓囊囊的，看着不利索。他两条胳膊都擎在半空，嘴里一直喊着什么，听不大清，等我走近了，反而又不叫了。我朝他喊，你为啥站房顶上啊？他没看我，嚼着冷气说，我在看雪，站这儿看得远。这场雪下得太好，我忍不住多看看。我说，下这么大，还是得上学，没见着哪儿好。他不接话，伸出一根指头，开始对眼前的一切指指点点，嘴里喊你你你，现在你还假不，现在你还装不，现在你还想挡我瞒我骗我不。来北方前总听人说，这片土地尤为擅长孕育艺术家跟精神病，我想我可能遇着一个。本想就这么悄摸摸绕过去，他却突然转过身，问道，你也是红旗四中的？我说，对，刚转来的。他说，去过学校吗？我说，办手续去过一次。他说，我刚看见校门被雪给埋了，靠你自己估计找不着。我跟你一起去。说完就扒着房檐跳下来，拍拍胸口雪霰，递过一只手说，我叫姜柘，初二（1）班。诶，我们是不是以前见过。

后来我得知，那年北方战区人事调动，姜柘他爸被调任到了北方军，要去滨阳附近的云县负责一支师部的特种训练项目。姜柘爷爷奶奶死得早，家里没几位老人，没什么绊着，全家就一起跟着迁了过来。也住外城区，在已化为乌有的小钟楼的另一侧，跟我家隔七八条街。滨阳不设部队子弟学校，姜柘闭眼睛在名单上扫，最后戳中了红旗四中。他是九月来的，只比我早入学半年，声名却已经在校内传开，哪怕对不上人，至少听过姓叫过名。问及原因，得到的回答多半是因为他经常迟到，学校八点开课，他回回十点才到，而且总是出现得悄无声息，老师板书时座位还空着，再一回头人已坐下，好像从土里新顶出一朵蘑菇。对于这种无视校规的行径，班主任当然也抗争过，可每次都不能长久，理由不难猜，一是老师们清楚姜柘的家世，继而也了解他的未来归属，通过前程恐吓来实现驯化的手段对他无效；二是尽管他目无法纪，成绩却没有受到丝毫影响，尤其物理好得匪夷所思，不少试图全科制霸的尖子生因之梦碎。在他们看来，姜柘是颗肿瘤，切不动挪不走，牢牢长在排行榜的脖颈子上。但这些敌意姜柘都没放在眼里，每天多出来的两小时青春，他用来挖掘这座城市，旧书市场、VR 游戏厅、民族博物馆，周边的路都踏一遍，有时也骑车从开发区远行至旧城，到松乐广场边儿上喝瓶汽水，再骑回来。半年过去，人被练得挺拔精壮，尤其双腿，遒劲的肌肉一节节垒在小腿骨上，原地一蹦快一米高，像是在为离开地球做准备。总之在形象上，他已经跟我记忆里的少年哲学家毫无关系，那天第一眼没认出来，也情有可原。

不过，变化如此剧烈，还是有一样东西被他从童年带到此刻，往后还将带到更远的未来，那就是他仍无法习惯这个被面纱遮盖的世界。跟八岁时不同的是，初中物理学给了姜柘新的视野，他意识到面纱本质上是人类靠自欺欺人的方式，实现了对熵增的征服。他思来想去，觉得这是一种冒犯。频繁跑旧书市场，不是买书收藏，毕竟有了面纱，也就不存在物理意义上的旧书了，买它们真是为了看。他想用足够的知识在面纱上敲出一条缝，再往里看上一眼。我第一次去他家，一推卧室门，就看见迎面两排山一样的书架，上浅下深，密密麻麻的书脊和封面构成了它的垂直自然带。他问我，那之后你还研究过面纱吗？我说，好奇查过百科，不算研究。他说，那你想把它整明白不？我说，咋整明白？他说，我淘了不少旧书，讲的都是关于面纱早期版本的，我看不完，咱俩分工，你理科不好，技术分析类的我看，你看别的，完了汇总到一起。我说，行。那年三月到五月，每天放学后的日子，都被我们以同样的方式消耗：我们各自伏在床的一头，手里攥着研究资料。窗户外头是棵悬铃木，偶尔停几只山雀，歇一会儿就飞走了，也有一直停着的时候，末了才发现，是无人机卡树杈里了。

我最开始挑中的两本书，是讲面纱的历史和起源的，说得都挺浅，但也让我了解到姜柘讲述的历史只是版本其一，也有人认为面纱与能源危机没有直接关系，只是两条线各自发展，恰好在同一个时代交汇；另有一种说法，能源危机就是面纱系统的研发公司玛格龙鼓动策划出的，为的是用面纱实现寡头统治，技术殖民。不过这些都只是一面之词，罗列诸多推理，没有实质性证据。最为离奇的事件，是面纱2.5版本上线前夕，玛格龙的创始人保罗·苏佩里突然辞职，就此失联，同年六月公司起了一场大火，自中庭烧起，蔓延至资料室与服务器机房，而原始研发档案尚未上传至链内节点，因此被付之一炬。那段错综复杂的历史少了重要一截，不再完整，往后只是无尽的罗生门。

我的研究被卡在原地，姜柘那头的收获也不多，唯独搞明白的是面纱的成像依据。他这样解释，面纱不会按照某人想法或者单一指令来生成特定影像，它的信息仓与网络大数据接驳，由算法驱动，根据基底物提供的造型、材质和功用，与大数据内相似物品信息匹配，投影的逻辑是将物品还原为它本来应该呈现的样子，陈旧的就抛光，粗糙的就细化，诸如此类。数据是分布式记录在上千万个节点里的，投射前会做对比核验，一个节点信息不一致，整条信息流都会被废弃。这就是说，人为篡改成像数据是不可能的。能做人工调整的只有基底，你家最后没立成罗马皇帝，可能是作为基底的石膏柱哪儿出了问题，角度或者形状，算法最后判定这里就应该是个饼。我说，大致明白了，可我们要解决的不是饼的问题。姜柘说，是，但那些深的我看不懂，物理书上没写。我说，可能等你上了大学就懂了。姜柘摇头说，那还好几年呢，等不了，根现在不刨就越扎越深了。上礼拜我加了个技术讨论群，光入群就答了五十多道题，里面全是高手，你帮我把这几篇拍下来，我上里头问问。

照片传上去十多天，没等来回复。那时候已经是六月中旬，我忙着准备期末考试，各个科目在脑子里挨个碾过，自然而然把这件事给忘了。直到放了暑假，生活再次变得百无聊赖，才又想起有样科学工程还等在半途。我给姜柘打电话询问情况，他没应，发过来一个定位，叫我现在过去。我点开看了一眼，是家网吧，有四五公里。出发前我纠结了一小会儿，冬天的滨阳被誉为冰城，但入了夏还是能达到三十五六摄氏度，紫外线比南方毒辣，扎进肉里，还得剜上几下。我骑着我爸店里外送用的电摩托，热气自路面向上熏烤车座，骑一会儿就得抬屁股降温，抵达时轮胎都有点烫得变形。网吧不用登记，里头没什么人，浮着淡淡的佛香味。姜柘给自己开了个小包，机器新一些，可两只手却不碰键盘鼠标，坐正了，直勾勾盯着屏幕。我一边擦汗一边问他，你搁这儿看啥呢？帖子有回复没？姜柘没挪眼睛，还回复个屁，东西人家都给做出来了。他敲敲屏幕，上面正显示一场线上拍卖会，竞拍的是一对类似磁贴的东西，水蓝色，半个巴掌大小，倒计时半小时，竞价已经到了八千元。我问他这啥东西，姜柘说是屏蔽器，用了跟面纱相同的制造工艺，贴在胸口就能跟体内的粒子谐振，让信号失效。是群里几个技术高手合伙开发的，图纸已经在群里讨论过，还请了一个大集团老板试用，理论上实践上都证明有效。工程版今天内部开放，起拍两千五百元，有两三个人在跟他顶价，一路推高，竞争相当激烈，为了不在网速上吃亏他才转战网吧。我问姜柘，不能是骗子吧？姜柘说，不能，那几个人的本事我见识过，瓷实。我说，那我信你。我也拉了张凳子，俩人等了有五分钟，屏幕上的金额再次跳动，八千五百元，对方还在试探。姜柘想了想，加到一万元，提交，球又踢到了对方脚下。不知道竞买人的底细和预算，只是抱持侥幸，赌下一次加码就能终结游戏，其中的愚蠢荒唐，那时的我们完全不曾察觉。血已经冲上来了，要让面纱见鬼去，为此一切代价都是值得的。我盯着倒计时，十八分钟，金额还在跳动，每跳一次心脏也跟着抽一下。姜柘说，这样下去不行。你身上有钱吗？我说，没有，但我能弄来我爸的卡，我知道密码。他说，里面有多少？我说，进货的钱，差不多一万元。他仔细盘算对手的报价节奏，觉得应该足够。我最后跟他确认，无论如何都想要？姜柘的嘴角动了动，但可能是不好意思，话没说出口，只是点了两下头。那时我从他的眼窝里重新寻获了那个八岁少年，被火环绕，闪闪发光，现在想来，我看见的应该是他对真实世界的渴望。我叫他等着，三步并作两步出门，把电摩托拧到六十码，迎着干风在城市里劈出一条裂缝。我那时有种感觉，就是我此前此后的人生都是为了这个瞬间，为了把偷来的卡交给姜柘，交到他手里，变成一把打开天地万物的钥匙。

最后的成交价是一万九千元，中标人当然是姜柘。除了我们，没人会买一样根本不存在的东西。竞买人是早就埋伏好的，付款后也再找不到那个技术群，像做了场空梦，只有那一万九千元是的的确确没了。我爸很快查出事情原委，拿出当兵时的旧军勾换上，一个鞭腿，我从里屋滚飞到客厅，腰板把石膏像撞断了一截，掷铁饼者闪了几下，终于变成了屋大维。我感觉下身如火燎过，却感觉不到疼，只觉得可惜，可惜那屏蔽器不是真的。要是真的该多好。

几天后终于能下地走路，我听见窗外几声铃响，姜柘把着自行车等在楼下。他载我去了江边，我俩并排靠在栏杆上，眼前是被阳光照亮的灿灿江水，再远一点是人工岛，滑向那里的索道悬在我们脑袋上，像从宇宙深处垂落。姜柘看着我的屁股说，是我害了你，对不住。我说，拉倒，你那腮帮子肿得比我屁股还高，这次算扯平了。他说，我已经跟我爸部队里的保卫干部说过了，那小子聪明得很，你那九千块钱指定能找回来。我说，行，我等着。他又说，过几年上了大学，我就能看懂那些东西了。我说，指定能。谁都不再说话，姜柘从兜里摸出颗酒心糖给我，K 国进口的，先是有点苦，化了就甜了。他自己也丢进嘴里一颗，不敢嚼，储在腮帮子里含着，样子像只仓鼠。

四

高中我没跟姜栎一起念。他中考考得好，去了省重点滨阳三中，我留在了红旗四中，进到仅有的三个文科班之一。隔开我们的除了小钟楼遗址，还多了市政府、纪念馆和两条一九八几年修建的铁道，每天傍晚会有货运车咳嗽着驶过。从二〇二四年到二〇二六年，那几十个月份里，我们见面的次数总共不超过五次。每次见他，他都比之前更加粗壮，好像那些个学业压力到他这儿全化作了脂肪。最后一次是在某个暑假，抢完秋膘，我们趴在地毯上看 SpaceX 发射探月飞船。焰火喷射，四野蒸腾，穹苍为之一抖。直播结束后我问姜栎，大学还留这儿吗？他说，不留，去月港。我问，为啥去月港，因为是首都？他说，这里我已经看遍，下的雪也看够了，一共三十一场，我都记着。月港是座很大的城市，够我再看上几年。你呢，想去哪儿？我说，没想好，想去个人多的地方。我一直想写个故事，但那故事要求人潮汹涌，我想象不出来。他说，那你也考月港，那儿全是人，在火车站跑几步就能踩一脚丫子。你是数学差点儿是吧，我帮你。

我妈先前就搭好考生消息群，出分那个早晨，老早我便从群里得知，姜栎如愿考上月港航天科技大学，也顺利进入了国防生选拔名单，跟他写给自己的人生剧本一字不差。至于我，数学到底拖了后腿，一志愿没录上，被调剂到了一所理工科大学，读外国语言文学。爸妈想了一宿，还算满意，好歹考到了月港。去报到那天，我爸把手里的活计都撒出去，执意开车送我，谁劝都不好使。可问题是他既没有车，也不会开，最后只能从二姑夫那连司机带车一起打包借来。我们顶着早霞出城，开上阳港高速，原野与荒山，晴空与村落，五年前的风景在我眼中倒着又播了一遍。到月港时是深夜，直接去的酒店，第二天一大早就去学校门口报到处领宿舍钥匙。工作人员说，宿舍在校区另一头，学校里路不通，得沿着外面大道绕一圈。于是我们又钻回车里，总算开到宿舍跟前，我看见楼底杵着四个穿连帽衫的人影，车刚停稳，就拉开后备厢，一件件往外搬东西。我心想怎么刚开学就遭劫，抄起晾衣竿下车，没等嚷嚷，就撞见姜柘那张黝黑的脸。比上次见时更黑了，像被吊在烤架上烟熏过了一遭，黑得惨绝人寰。我想起来，报名国防生选拔的得提前一个月报到，参加身体检查和军训，这会儿刚训完。姜柘两条长胳膊来回比画，熟练地指挥搬运行李的三人，这别磕了，那别碰了，同时给我爸介绍学校食堂的方位、价格和菜色，这儿的炖豆角不错。我爸之前没见过姜柘，被这阵仗逗乐，问他是哪个学院的好同学。姜柘说，我不是这学校的，只是来玩儿的。

那天搬行李的三个人，据说是军训时被姜柘的体能和学识折服，自愿认其为“连长”。连长也是大哥的意思。大一时四人形影不离，可到了第二年，其中两人找到了新的连长，不辞而别，留下的那个就升成了“连副”，总跟我们玩在一块儿，也慢慢熟了。叫陈胜木，月港本地人，生得白胖，也是出身军人世家，好像大姑父还是大爷跟姜柘他爸以前是战友。但之所以成为三人中的特例，并不是因为家世，而是因为他跟姜柘一样，没法隔着面纱看这世界。真要问，也说不出具体缘由，总之与其不共戴天。姜柘敲出来的裂缝，他要做先锋，第一个闯进去。

大三下学期，我跟姜柘同时染上去美术馆看画的“恶疾”，每周要来两次，像孩子收集卡片似的，要把所有艺术家都装进眼睛里。陈胜木的家离美术馆只隔三条街，爸妈去了外地，房子空着，有时我们看过了头，错过宿舍熄灯，就去他家里住一晚。有一天夜来暴雨，大夏天的气温骤降，我们围在一起喝烧酒驱寒，喝到深夜开始迷醉，姜柘突然跳到桌上，在空中做了一个把什么东西撕烂的动作，大声说，今天我们去看巴斯奇亚，他十八岁成名，二十七岁就死了，但他连内脏都是热的，天底下没有任何东西能阻止他造他的涂鸦墙。你们说，现在还能再出一个巴斯奇亚吗？陈胜木说，不能。姜柘又说，下周我们要去看托姆布雷，他是用画笔演奏歌曲的音乐家，他的线条不来自几何学，而是活的，鲜的，是心灵的自显，是敲不断的石柱。你说，现在还能再出一个托姆布雷吗？陈胜木说，不能。姜柘继续说，有人觉得面纱谁也没碍着，没碍着舞蹈，没碍着音乐，受影响的只有造型艺术，无伤大雅。可要我说，根本不是这么回事。面纱能抹匀巴斯奇亚的油彩，拉直托姆布雷的线条，也就能把音符敲成数字，把舞蹈拧巴成模型。你心里原本那么大一片海，也会被降维成一条沟。一条沟能冲出来什么？只有另一条沟。面纱杀死的不是造型，是想象力，作者的，读者的，一切艺术都倚赖想象力，所以它们就都跟着死了，没了，废了。这一席话点燃了气氛，我看见陈胜木晃晃悠悠也站起来，跟姜柘并排，像一黑一白两颗棋子，长了手，去摇动困住他们的纵横线。他说，连长说得很对，但我想补充一点我自己的想法。我这个人更悲观一些。面纱的信息仓接驳大数据，这你们都知道，所以它其实也可以对有机物进行投影。把丑八怪变成美人，技术上是没问题的，之所以现在不行，是创始人自己设置了边界，把这部分给划出去了。权限锁死，谁也动不了，禁区。为什么要这么做呢？因为他清楚，面纱如果能作用于有机物，那“美”就真的消失了，甚至现在的价值评估标准都得玩儿完。打个比方，有个全球宠物协会的组织，它评出个最佳宠物猫长相，面纱读取后一罩，家家的猫就都变成一个样。要是你家猫改造后还不像，那你就丢了面子，回家后越想越气，就把猫给扔了。外头零下十几摄氏度，猫当晚就没了。人类特别擅长做这事儿，把别的生物折磨到灭绝，最后再呛死自己。我想说的是，哪天要是这道墙倒了，数据算法也能被改写，那时候就得生灵涂炭。必须从现在开始就进行抵制，刻不容缓。连长你说句话，我讲的有没有道理？姜柘的脸被酒熨得通红，舌头肌肉已经僵硬，支支吾吾半天，最后我替他说，真他丫的。

这事发生的时候，正赶上我跟一位关系要好的导师正式决裂。学年初我因一篇谈歌德的论文得到她的青睐，被其收为门生，其后每每有作家笔会或者文学研讨，总把我带上，逢人就举荐，青年才俊，大有可为。我写好的文学评论和小说习作，她也篇篇过目，提出意见，觉得优秀的，还会推给名刊鉴读发表。这段桃李深情最后之所以没传为佳话，是因为我拒绝为一个久负盛名的作家群撰写评论，而这原本是她为我打点好的敲门砖。她质问我为什么，我说他们写得不好，没有想象力。他们笔下的物和人，都是平的、齐的，我看不到跟现实的距离。比如这篇《峰顶》，写一个人迎风雪登山，最后力竭倒下，临死前瞥见大山轮廓，眼中景象却还是和平常一样。这不对，对那人来说，他最后看见的山，要不就是巨大的恐怖，要不就是终极的甜蜜，总之不能只是山，毕竟整个死亡都被它占满了，肯定要有想象。艺术就是想象。她听完勃然大怒，训斥我净学旁门左道，这叫现实主义，是有力的白描，还鬼扯什么想象力，这半年心血真是喂了那啥。我没跟她争，把文章拍在桌上，挺直肩膀出门。后来她不知从哪儿挖出的消息，给校刊总编去了电话，停掉了我筹划大半年的科学文摘。办文摘是为了让更多人关注面纱，想着多少能给姜柘的研究提供些启发，为此我四处寻讨授权，总算凑出十篇，如今都成了废纸。姜柘来找我之前，我把自己关在宿舍好几天，烟一根一根往嘴里送，一指深的烟灰缸倒了四回，我的烟瘾就是那时候养成的。我原本打算第二天趁酒劲没散，还有热血，非得去讨个说法，却没想到让陈胜木给堵在了门口，说白老师你快回宿舍收拾收拾，连长已经准备好了，等你回来就走。我问，去哪儿？他说，西岭，暑假旅行。我说，西岭不是在两千多公里外的大西北吗？不去，我要去讨说法。他说，我查到一个面纱信号覆盖不到的地方，就在西岭。

车是陈胜木表哥的，一辆越野车，宽敞，能躺人，车里已经置备好了各类远行用具，露营帐篷也折好放在后备厢，满满当当，准备之全，不得不怀疑两人预谋已久。从月港开到西岭，两千多公里，基本跟横穿整个B国差不多，我没考驾照，陈胜木跟姜柘换着开，每人开七个小时，除了吃饭外基本不歇。有了目的地，心里就装不下别的，只顾着向前，这毛病也不是头一回犯。

按照计划，第一天要开到西岭的小城卫宁，实际抵达已经是深夜十一点，大地一片黢黑，天空群星旋转，和风一起拂下来，我打开天窗，让它们压在我的头顶。邻近的旅馆只有双人标间，姜柘睡一张床，我跟陈胜木挤另一张，房间里一股薰衣草味儿，面纱模拟出来的。奔波一整天，筋疲力尽，可躺下了又睡不着，侧过身，发现陈胜木也醒着，腿来回抖，看来是兴奋劲儿还没过去。我问他，陈胜木，你说的那地方具体在哪儿？陈胜木说，天海湖。我说，天海湖是哪儿？陈胜木说，原来是个荒地，一九五八年探出了原油，就建了座石油小镇，最兴盛时候有几万人。我说，后来呢？陈胜木说，后来出油量不如从前了，工人也都去了别的油田，小镇就没落了，又变回了荒地。我说，荒地多了，为啥只有那儿面纱覆盖不到？陈胜木说，也不是覆盖不到，应该说那儿不像别处，是许多信号织成的信号网，拿掉一个，别的还能起作用。那里的全部信号都来自三个纱站，都立在当地，像个小局域网。只要把这三个纱站关停，局域网就失效了，面纱也就没了。我吃了一惊，问他，你想关掉纱站？咋关？他说，黑进去，设备我都带着了。我不信他，这么多年哪个纱站被破解过，逗傻子呢。这时姜柘从床上坐起来，说，我们查过了，那几座纱站没人管，一直不更新，还是几十年前的老型号，老陈没问题，放宽心。军棋呢，摆一盘。我看着他们各自摆开阵地，心里头打架：一方面觉得陈胜木脑瓜机灵，懂得也多，是个合格的连副，另一方面，又多少对他有些嫉妒。他总能跟姜柘的想法呼应上，仿佛本就是一个念头，分装在两个不同的脑袋里。而我，我的烟囱好像堵住了，任他们添柴续火，就是没法烧出一样的慷慨激昂。唯独能做的一点事儿，最后还没办成。想到这儿心里又堵起来，回去还是得把那说法讨到。

天海湖所在的海西市，从地图上看，像被人给落在了沙漠边缘。周边两百公里没有一座县城，离它最近的城市相距近四百公里。我们从卫宁出发后，又跑了一整天，夜里在敦煌歇脚，第二天下午自国道拐上火星一号公路，这才算是进入海西。那幅景象我现在还记得，太阳开始下落了，可天空没有暗下去，还是平整洗净的蓝，车子前行，灵峻怪异的雅丹地貌在车窗上无限循环，一簇一簇，像巨大的鲸背，从海水里浮出。往前往后，整一条路都看不见车影和人影，只有风在呼吸，再后来连风都停了，这纯粹的蓝与无垠的黄构成的海洋里，我们是唯一的声响和动量。

在我仔细感受这空旷时，陈胜木突然喊了一声，看，到地方了。我看见挡风玻璃上模糊地映出个镇子模样，座座低矮平房，漆着白漆，纵横分布，远看有上百列，大小均等，整整齐齐，可越看越觉得别扭。后来琢磨过味儿来，可能是因为整个镇子一个人都没有，瓤丢了，徒留一个壳。我问姜柘，那就是石油小镇？姜柘说，是，其实早就是废墟了，只剩残垣断壁，被面纱盖了层皮，又立起来了。你看那儿、那儿和那儿，那仨大铁塔，那就是纱站。我顺着他的手看过去，按一般的建筑标准，这三座铁塔并不算高，也谈不上大，此时却格外显眼，一是因为它终究比方圆几百米的所有建筑都要高些，二是因为它是所有建筑里最老旧的。纱站不能被面纱覆盖，就像哈哈镜本身并不能变形，道理不难理解。我们开到公路的岔口，下戈壁前，两人对调了位置，姜柘开车，陈胜木坐后头，翻出几条圈圈绕绕的线，依次接进笔记本电脑。屏幕上跳起了数字，随他的手指敲击加快，逐渐失去了形状，像成群的沙砾在里头翻腾。姜柘在前头喊，用的一代协议？陈胜木说，二代，区别不大，没影响。姜柘说，物理接入？陈胜木说，不用，咱的车载天线好使，走次级网。姜柘说，直连还是虚拟机？陈胜木说，直连，密钥备好了，信号不太行。姜柘说，那我再开近点。陈胜木说，五百米差不多。

车几乎开到了塔下。我抬头看着它，白漆已经不再完整，露出冷灰色的骨头，那是铁，没遮没拦，就那么裸露着。铁上长着数不清的红褐色颗粒，集聚在一起，凑成一块一块的斑，风一吹，有几颗落在我脸上，我用舌头舔舔，苦的，还有一股血腥味。我明白过来，这就是他们说的铁锈。那是我平生第一次理解“陈旧”，不是“腐烂”，不是“衰败”，是“陈旧”，是时间之矢擦过，在造物上留下的痕迹。再往上看，铁塔中心处架着个方匣，里头不知装着什么，外壳上有盏小绿灯，一直闪烁。陈胜木说这就是纱站控制器，绿灯代表正常运作。在控制器里这款称得上是太爷爷，好整，再下一代就不好弄了。说完他双手交叉，每个骨节响过一遍，在键盘上倒腾，绿灯闪烁两下，彻底熄灭。我再回望那座小镇，感觉像被褪去一件衣裳，变得轻盈，不那么厚重了。我惊讶道，还真成了？陈胜木说，早跟你说了，我不骗人。

有了第一次的经验，之后仅需如法炮制，轻而易举就再下一城。可第三座塔却不行，哪儿出了岔子不清楚，车都快爬上塔架了，不是信号的事儿，密钥也换了几版，就是纹丝不动。陈胜木背着手来回踱步，最后下了结论，应该是硬件问题。姜柘说，锈死了，还是咋的。陈胜木说，都有可能。姜柘说，那咋整？陈胜木说，我没招了，得靠连长你。姜柘拧起眉头，那我去。他打开后备箱，拖出个黑包，搁到地上，从里拽出根绳子，挺粗，还有钩，应该是登山用的。他给自己捆了个结实，又从包里拎出一个手提箱，小臂那么长，小心翼翼卡在腰间的登山扣里。我问陈胜木，你们这是要干啥？陈胜木说，得爬上去。我说，爬上去干啥？陈胜木说，黑不进去，只能炸了它。我说，啥玩意儿？陈胜木说，箱子里是塑胶炸药。我吓得坐到地上，腿肚子直颤，你们从哪儿弄来的炸药？咋过的安检？陈胜木摇摇头，白老师，连长已经上去了，咱还是看着吧。

登山绳一头挂上了钢筋，勒得紧绷，扣卡死了，另一头的姜柘就开始飞速向上。他四肢完全展开，多年训练出的上房本领在此刻显现，胳膊上的肌肉油亮精纯，双脚却柔韧灵活，不管那钢筋是什么角度，怎么别扭，一歪，踩在哪就是哪。他几下攀到塔腰，临了最后一跃，拱起背，力量形成具体的弧线，大口喘息两次，再一股劲，直接跳到那铁匣子旁，取出腰间炸药黏上，晃几下确认是否黏得瓷实，之后双腿一并拢，整个人自钢筋缝隙中快速坠落。我喊了一声，没喊出来，干咳几下，再抬头就看见姜柘拉住一条钢筋，在离地面两米处完成一个近乎完整的大回旋，落地时带下的铁锈散过头顶，姹紫嫣红，像带下来一条花丝巾。我还在惊讶，姜柘一把把我揽进车里，嗓子里滚出一声，老陈，退！我听见引擎轰响，全身被一股力量往后拉扯，差不多有半分钟，一声巨响从远处炸开。后来姜柘反复跟我说，炸药的当量不大，只够炸毁控制器，可当时我看见的，分明是那十米多高的铁塔被一劈为二，控制匣率先化为乌有，随后高塔上半截开始倾斜，一头倒下去，溅起弥天的黄土。在那个瞬间，一切被遮盖的都被掀开，小镇裸露出斑驳的墙壁、断裂的瓦片和被磨损的标语。万物终于现出真容，像爬出襁褓的婴儿，缓慢地、赤裸着站起来。我感到天旋地转，伸手去拉陈胜木，却扑了个空，就喊他，老陈，你看那，是废墟！我们真把面纱给扯了！废墟！陈胜木可能说了一些话，也可能没说，总之进到我耳朵里，听见的就是一声漫长的哀嚎，像自虚空中喊出。我循声低头，看见陈胜木抽搐成一团，脸上的皮肉被劲力拉扯，嘴里汩汩吐出白沫，早就没了意识。

五

抢救结束后，陈胜木被推进了重症监护室。路过走廊时我瞥见一眼，人还在昏迷，身子薄薄地贴在抢救床车上，所有肌肉骨骼都枯了，整个儿小了一圈，氧气面罩一盖就盖住半张脸。推床的四个大夫大步流星，姜柘连追带撵，总算拉住一个，呼哧带喘问人还在不。那大夫被姜柘大手攥得生疼，说话不带好气，就说命保住了，但还没完全脱离危险，ICU继续观察。尽快通知家属吧。姜柘追着问，到底是发了啥病呢？大夫甩下一句，病因现在还确定不下来，单从临床表现看，像癫痫。

姜柘回来后一直摇脑袋，嘴里念叨，没道理啊，有癫痫病史压根选不上国防生，体检就得卡下来。老陈体检报告我给收上去的，没见着有这条。我说，之前犯过吗？姜柘说，从来没有。我说，那是不是因为受了刺激？我听人说过这种，叫诱发性癫痫。姜柘说，啥刺激的呢？爆炸？他们班下过好几次连队，别说土炸弹，导弹见得都多了去了。被一声响儿吓出毛病来，没道理。我回忆起面纱失效的那个瞬间，五官都被陌生的真实世界占据，像音量拉到顶儿的摇滚乐在脑子里轰鸣。姜柘说过，面纱就像毒品，人已经上瘾了。有的人能承受戒断，有的人不能，也许陈胜木就是后者。可话到嘴边，呛了一嗓子，到底没说出口。

我们在医院旁边开了个小房间，就图近，天边刚擦出亮光，就去病房门口等着，一连几天，走廊长椅坐出四瓣屁股印，却一次探望机会都没得着。前几次是被护士截住，说病人精神还不稳定，还不到探望的时候，水果我可以替你们带进去。最后一次，扎在病房门口的换成了一个男人，五十多岁，一米八多，脸上有疤，衬衫塞裤腰。男人走到我们跟前，眼珠子斜楞下来，你俩谁是姜柘？姜柘站起来。男人说，姜副师长他儿子？姜柘说，是我。“我”字还没完全伸开，就被一记闷响盖过，姜柘右脸烙了块掌印，力道之大，脸皮带肉凹陷下去。我立刻弹起来，可姜栢又给我摁了回去，看着男人说，咱大爷是吧？男人说，谁你大爷，我是你爷爷！你听好了，这事儿学校和战区领导都知道了，是大事，要重罚！你丫算到头了，姜副师长来也不好使。带预备役军官炸纱站，还自制炸弹，上天了你。姜栢说，陈胜木是不是醒了？男人像没听见，还是骂，我就这一个侄子，从小护到现在，要真落下什么病根儿，影响了入伍，你等着，我不把你腿儿卸了的。我看见姜栢五指扣死，攥成拳头，在我这个距离，能听到响儿。他说，我想跟老陈说句话。男人走过来，往姜栢胸口狠狠捶了一拳，说啥子？还好意思张口，赶紧滚。这一下终于点燃了炸药，火气嘭地从我胸膛蹿上来，转身就要找输液架子抡他，姜栢追过来，一只手把我按住，胳膊上筋脉隆起，嘴里却一个字不说，拖着我朝大门走。走出去七八米，还听到男人在身后嚷嚷，这事儿没完，听见没有？姜副师长怎么生出你这么个东西。

那天过后，我们再没有去医院的必要，就又去了海西市公安局，感谢警察同志先前特批给我们的探视时间，现在可以听候发落。上次负责做笔录的民警也在，放下烟说，来得正好，处理意见也下来了，我读给你们。处理意见说，尽管行为涉嫌故意破坏公共财产，危害公共安全，但鉴于三座纱站实质上已经废弃，炸药只炸毁了控制器，没有造成塔毁人亡之事故，且三人都是初犯，又是大学生，念顾祖国未来需要优秀人才，网开一面，不做拘留处理，罚款交过就可以走人。我跟姜栢都没想到会是这样的结果，一时愣住，民警等得不耐烦，点点桌子，有问题没有，没问题就把字签了。我们在告知书上签好字，回旅馆各自抽了支烟，扬起的烟雾揳进云层，突然觉得有些冷，就打车去了四百公里外的城市，跑了五个小时，在那里坐火车返回月港。一路无话。第二天上午到达车站，混在呼呼啦啦地出站旅客里，姜栢才叫住我，说暂时别见面了，这事儿指定要闹大，本来就是被我们拽去的，连累你不好。我说，你放什么屁呢。姜柘说，事儿过去了我找你。说完拎起包，消失在人群中。

回学校后我试过给姜柘打电话，没人接，发消息也不回，最后只能作罢，转而打给我妈，告诉她暑假不回家了，没出什么事儿，就是在月港没待够，十一准回去。这之后过了一个月，学校下达了对我的处分通知。因为不是主犯，也因为校领导对纱站并无多少了解，不清楚这个事到底该怎样定性，最后只是记了个大过，取消学年奖学金评选资格。通知被贴在校园网上，也发到了各个学院和班级群，可当时暑假还没放完，大家都忙着燃烧青春，旅行恋爱，最后看见通知的人屈指可数，能记住的更寥寥无几。有谁去哪个地方炸了个什么东西，大抵这就是全部印象。我受到的影响微乎其微，唯独令我感到憋屈的，是前往教务处接受校领导批评教诲时，那位女导师也在。春风得意，满面红光，下巴抬得比天高，好像装上燃料就能发射，似乎就是为了见证这一刻，才跟院长申请的假期留校。我躲避着她的目光，哼出一连串的“是”，然后飞快逃离现场，把自己扔进草坪，心里的马匹放出去，眼睛则眺向城市远端的电塔，嘴里“砰砰”两声，手配合着比画成一朵花，在想象中模拟另一次爆炸。爆炸自东向西，从亚洲袭向美洲，势不可挡。就在地球上最后一座纱站即将灰飞烟灭时，我听见有谁走了过来，手里的旅行袋一搁，撂下屁股坐在我旁边，身上干干净净，可不知为什么能嗅出一股北方的味道。是我爸。我问他，学校让你来的？我爸说，你妈让我来的。我说，咋找着我的？我爸说，宿管说的，宿舍没人，就是在操场。你还要躺会儿不？我说，不躺了，缓过来了。我爸说，那咱爷俩吃火锅去，就还上回那家，馋两年了。

这季节来吃火锅的人不多，店里人声稀疏，我俩坐了个六人桌，点一桌子肉，羊肉下锅，肥牛接上，虾丸刚进去扑腾，鸭肠就快老了，只顾往嘴里扒拉，从头到尾没说上几次话。锅底加了三遍水，牛油红汤鲜亮滚烫，气氛却越吃越冷。我终于受不住，放下筷子问他，我去西岭的事儿，你是不是都知道了？我爸说，是，知道了。我说，公安局跟你说的？我爸说，不是，我当兵时候炊事班的战友，他有个朋友，在西岭当地做记者。我说，不是什么大事，我现在不就在这儿吗，都过去了。我爸说，那个受伤的小孩儿，陈胜木，后来怎么样了？我说，听说出院了，具体的不清楚，他家给我拉黑了，没处问。我爸顿了顿，说，这种事儿，以后还是得注意。别的无所谓，主要是你身子骨比别人弱，要真换你受伤，不好恢复。我说，知道，不会有下次了。我爸说，吃肉。

店里又走了一桌，服务员挎着长嘴铜壶过来，问还加汤不，我爸说不加了，来个三得利角瓶。酒上来后，他先自己喝了一口，又倒一杯给我，看着我喝完，才说，你跟姜柘还有联系吗？我摇摇头，咋了？我爸说，刚才跟你说的我那个战友，他自己其实就在港航工作，管后勤。按他的说法，姜柘家其实一直被人盯着，不少人一直等着给他爸下绊子，树大招风，也不难理解。所以这次姜柘出了事儿，那帮人立马跳出来，先是要求学校开除，后来越说越严重，说姜柘在教育上、人格上都有危险倾向，必须严肃处理。姜柘他爸我原先不了解，通过这个战友才知道，原来是跟我同一年下的部队，一九九四年，我在两面坡，他在小黑山，一九九八年联合演练时候我见过他一面，当时他还是副排长，脾气就倔得出名，别人朝他开一枪，他得把子弹从肉里抠出来，摁枪膛里，再顶回那人脑门子上，一点儿欺负不挨。姜排长，犟排长，都这么叫。可这回儿子出了事，他没想着还一句口，说是一天打了十几个电话，还特地跑回月港，了解情况，赔礼道歉，胸脯都快拍烂了，最后总算说服学校把处分从开除换成留校察看，保留国防生学籍。我说，陈胜木他大爷能乐意？我爸说，肯定不乐意，姜柘他爸也知道，所以拿出一大笔医药费，家底差不多掏空了，之后又向军区打了辞职报告，辞去一切职务，退休安置。按理说副师级军官主动请辞，肯定需要做多次调查，走不少程序，可这次什么都没有，直接通过。你想想，这正常吗？我听完说不出话，只能一杯又一杯灌酒，辣得喉咙生疼，泪珠子挂眼眶。我爸长长叹口气，说道，虽然我弄不明白你们为啥要跑去炸那个东西，炸了又能看见啥呢，但我知道肯定有你们的道理。姜柘这孩子随他爸，有想法，也敢做，你跟他玩儿在一起这些年，能感觉你也独立不少，遇事儿能有自己判断，这挺好。这回他家遭了灾，往后日子可能不好过，你要是跟他联系上了，让他带着他妈和姜排长来咱家，我给做几道特色菜，当炊事员时候发明的，不顶啥大用，好歹是个意思。

把我爸送回去后，我去过一次港航，也可能只是做了个梦，梦里去的，记不太清了。总之从主楼到宿舍，又跑了许多学院，逢人就打听，可每个人都只说没听说过，不知道去了哪儿，有这个人吗，好像这个名字也被面纱给罩住，永远地失去了被发现的必要。那之后不久，我放弃了寻找姜柘的念头，专心修学分，并非幡然悔悟，只想着至少能顺利毕业，让爸妈少操点儿心。

如果不是那次偶然，也许故事就要在这里结束了。

毕业前最后一个寒假，我回滨阳过春节，除夕当天吃过午饭，再没别的事情可做，就去到街上轧马路。那个冬天没有下雪，城市也就一如平常，青灰色的柏油路和青灰色的房瓦，上下勾着，有种“接天莲叶无穷碧”的感觉。我循着这荷叶一直走，大路变小路，胡同过长街，走到某处忽的被一股力量定住，一抬头，发现眼前的房子眼熟，二层小楼，红色外墙，窗根种着一棵粗壮的悬铃木，叶子已经悉数掉光。我在台阶前傻杵了挺长时间，最后还是上前敲了门，但心底其实没抱希望，听说出事后不久一家人就已搬走，房子要不就是租出去了，要不就是空着，这门口都没贴门联。敲了几下，另一头先是传来一声清亮的“来喽”，随后门打开，一个十五六岁长相的少年探出身子，袖子挽到胳膊肘，手上还沾着生面粉。他看着我问，你找谁？我说，这儿是姜柘家吗？

少年自我介绍，他是姜柘的表弟，今年上高二，平时不住这儿。姜柘今年作为见习军官去到部队，正在攻坚一项军事技术研发任务，赶不回来，又怕爸妈身边没人，年过得清冷，就托表弟过来，给家里添口热乎气。说这话时，他已站回到桌前，左手捻了块面剂子，摁扁，右手擀面杖来回四下，便迅速形成一个漂亮的圆，蘸上生粉，叠到已擀好的饺子皮上，像小塔又加盖一层。我说，你手挺巧。表弟说，跟我哥学的。以前我俩一块做电路板玩儿，米粒儿大的晶振，他只要一下，就给焊上了，没有一次不好使。我说，是，他擅长搞这些。叔叔阿姨人呢，咋没见着。表弟说，出去备年货了，应该一会儿就回来。我说，二老现在过得咋样？表弟说，是不比以前，不过还行。前年姨父生了场病，刚好，还得调养几年，本来想给人当军事顾问，现在啥都做不了了。不过表哥说不用操心，他今年去了部队，接了任务，就能拿经费和奖金了，干好了还能晋升军衔。他说自己以前连累了太多人，挺浑的，现在醒悟了，一定好好干。我说，姜柘接了什么任务，知道不？表弟说，只知道他去的是战略支援部队下属连队，跟航天局合作，在做一个什么配套军事技术开发，和月球移民有关。我说，月球移民？表弟说，具体的不清楚，A国好像已经在搞了吧？反正他电话里挺兴奋的，说这才是真正的答案，面纱罩不到星空，他早就该飞起来。神神道道的，你能听懂不？我没接话，一只手探进不知什么时候挎出来的单肩包，掏出两本杂志放在桌上，说，想麻烦你个事儿。表弟手里活儿不停，哥你说。我说，要是姜柘再来电话，代我跟他说一声，那套文摘我最后还是做出来了，叫《爆炸》，正式刊物，有刊号，前两期是我主编的，每本十五篇，有几篇是从哈佛面纱创新实验室要来的授权，都是一手资料。后面的就由校创业中心负责了，当时开出的条件就是这样。这两本我搁这儿，兴许能帮上他。

离开姜柘家的时候，太阳只剩下半个弧。我点了一支烟，倚着坏掉的路灯抽完，沿长街往回走。就在长街对面的空旷里，第一束烟花升上天空时，我见到了姜柘的父亲母亲。他们相互搀扶，胳膊上各挎一个菜篮子，他父亲半头白发，肩膀下坠，走路一拐一拧，在那样辽阔孤独的夜色里，已看不出伟岸与威严，只是一位疲惫的老人。我朝他们挥了挥手，焰火缭目，他们没有看到。

六

我再次见到姜柘，是在开开的满月酒上。

大学毕业后，我谢绝了导师的考研建议，去了一家互联网科创媒体，主做混合现实板块，发科技资讯和专稿，从签约编辑做起，一直干到现在。刚去头三个月业绩平平，签不到合适作者，恰好主编因家事离职，将一位老作者转交给我，临走前反复嘱托这是机会，要好好照应。作者笔名阮文绍，似乎取自一部科幻小说中的角色，一九七五年出生，那时已经有五十五岁。科技评论作者平均年龄不超三十五岁，写深度分析的更年轻，阮文绍站列其中，显得异乎寻常。但无论是观察洞见，还是文章风骨，都结实有料，反而比年轻人看得透彻，发表过的大多是锋利逼人之作。我第一次上门拜访时，阮文绍刚结束下午的瑜伽练习，瑜伽垫横在地上，索性邀我同坐，架上方桌，吩咐女儿煮一壶红茶，说粗茗细语，慢慢认识。房间的装潢意外有趣，乍看是古典雅致的丝竹隐室，院里繁花绿树，可墙上又浮满全息投影资料，数据与图表环拥整个空间，阮文绍就在这象与理中写作。我跟他聊了当下的技术热词，“人工智能”“物联网”“星舰引擎”，几个话题谈完，终究按捺不住，问他对面纱技术有什么看法。阮文绍笑了，你觉得面纱是个技术问题？我说，难道不是？阮文绍说，讨论技术，就要讨论它的应用。可面纱的应用已经毋庸置疑，就像万维网，一个世纪前它是技术，现在它更像诸多“万维网技术”的母体和子宫。足够大的应用率能改变一样东西的性质，从性质上说，面纱更接近能源问题。我说，那我们就把它当成能源问题。阮文绍说，无公害，环保，极大提高产品制造效率，肉眼可见的时间里取之不竭，甚至不用考虑全球配置问题，一种完美能源。如果它的正义性存在讨论空间，只能是因为它某种程度上决定了人类现有的生产和生活方式。可你要是问我这一结果是对是错，我必须说我没有看法。我问，为什么？阮文绍说，一百年前有学者预言未来人类会舍弃哲学，舍弃肉身，能造出时间机器，可实际上，人类最后选择的是跟手机共生，在社交网站上给人点赞。我这个年纪，经历过三次技术变革，每次尘埃落定前，都有不少技术和概念争夺旗帜，标榜将引领未来，蜂屯蚁聚，可最终的胜者往往出人意料。我还算年轻时候，“元宇宙”概念炒得很热，在现实之外搭建一个与之呼应又相对独立的虚拟世界，把个体数字化后完整地装进去，听着妙极了。相反，混合现实在当时没人看好，应用场景窄，门槛高，用光压效应制造仿真触觉更是无稽之谈。可结果呢？才过了几十年，我们就活在了面纱之下。所以，在技术演进上，我是个随机论者。人类选择泡在浴缸里做梦，还是选择拿布蒙上自己的眼睛，都不奇怪。我站起来，想了想，说，如果有人非要把这布掀了，烧成灰，让真的变成真的，假的就是假的，您觉得这种人是不是疯子？阮文绍大笑起来，要是一个疯子都没有，那我还写个屁！

回公司的路上，我接到阮文绍女儿的电话，她说阮文绍对我印象不错，虽然不少观点有分歧，但欣赏我的专注，同意由我接任责编，还答应会写一篇面纱相关的深度分析，只是暂时不会动笔，他把这当成一道大题，要花时间沉淀。我仔细道了谢，她又说，我爸精力有限，以后杂事由我来跟你对接。他这人龟毛，可能得辛苦你多费心。我说，行，麻烦您了。她说，叫我蕙雯就行，多关照。

恋爱十六个月后，我跟蕙雯领证结婚。那年发生了一件大事，A、B两国同时宣布攻克了建造月球人工大气层等一系列技术难题，在亚平宁山脉两侧分别建立了居住实验区。一年后，两国宇航员将作为第一批月球居民，在区域内展开模拟生存实验。这标志着月球移民工程实质性的第一步已经迈出。这一消息让国内街道上多了几万条横幅，“太空梦”话题热度居高不下，在这样饱满热烈的氛围中，我们的婚礼显得简陋粗糙，不过是两家人聚在一起吃了个饭，饭吃得也急，后厨还在查菜上没上齐，宴厅就不见人影，像霸王餐团伙留下的犯罪现场。那之后又过了一年，二〇三四年，我跟蕙雯的孩子出生，男孩，大名一直没想好，小名叫“开开”，寓意打开格局，拥抱宇宙。我爸还惦念当初婚宴办得不够敞亮，嚷嚷着满月酒一定要大办特办，得有司仪，还得广发请帖，二十桌流水席，吃满三轮，规矩不能破。为此他亲自奔走，忙活了半个多月，真正举办满月酒的那天是在九月九日，没去酒店，包了一个露天小院，请的“走穴”厨师，桌席分得清楚，从南至北，分别是两家亲戚、同事朋友、我爸的战友、阮文绍的老同学以及其他来宾，一百多号人，络绎不绝。司仪完成开场，喝了几杯，又返回台上，说，在这欢天喜地的时刻，我建议再将一副妙语佳联赠以今天的主人。请大家起立，跟我一起念，佳时正满一轮月。人们跟念，佳时正满一轮月。司仪说，旭日初升万里辉。人们说，旭日初升万里辉。最后一句横批司仪死活想不起来，好在应变及时，捋直胳膊喊出一声，干杯！

在那个瞬间，在层层叠叠的人群中，我一眼认出了姜柘。他的皮肤不再黝黑，跟身上的白衬衫只差两个色度，肩膀依旧宽阔，面目却变得有些陌生，从耳根处爬出了细细的褶皱，跟嘴角一起组成微笑的一部分。他高举酒杯，杯里已满得再倒不进一滴，跟着念完对联，就闭上眼睛，头颅扬起，喉头发出清晰可闻的吞咽声，咕咚咕咚，像在用力吞咽一条江河。

宴席吃到深夜才散，我爸留在那主持善后，我叫蕙雯带着开开先回家，自己则钻入夜风，一边跑一边寻摸，最后在家杂货店门口找到了姜柘，他正在喝一瓶汽水，刚开盖儿。看见我，他从石凳上站起来，扑棱扑棱屁股，说，恭喜啊，喜得贵子。我说，你有点儿变样了。他说，开开长得挺好看，像他妈。我说，是，大双眼皮。他说，你留下的杂志我收到了，一直想来找你，太忙了，抽不开身，对不住。我说，酒续上再聊。

我领他去了附近的酒馆。第一次来，凳子挺硬，酒只有干红，我让热了两瓶。灯泡被故意调暗了，黑魆魆的，像我们第一次见面时那间病房。我问姜柘这几年过得怎么样，他说他现在有正式军衔了，中尉，带一支技术兵小队，在做航天飞船的全天候侦查系统研究，军用可以捕捉别国飞行器动作，民用可以监测太空环境变化，属于月球移民工程中必不可少的一环。这任务不轻松，移民工程计划推进极快，隔几个月就有一项技术突破，配套研究就得做出相应调整，挑灯彻夜是常事，满打满算，过去的一礼拜只睡了十几个小时。我说，有奖金？姜柘说，我们叫津贴，是有，去年没评上，今年差不多。我说，真没想到你会去搞航天。姜柘说，怎么的呢？我说，以为等你从部队退下来，会去开家技术公司，把那个面纱屏蔽器给研究出来，一直这么想的。姜柘没说话，给杯子续满，不喝，眼神在里头荡来荡去。从没见过他这样。我只能岔开话题，说，你知道吗，去年我见着陈胜木了。姜柘说，在哪儿见着的？我说，没亲眼见着，有个同行接了个采访任务，下连队，采访对象就是陈胜木。跟你差不多，也是在部队里做技术兵，网络安全，我看过采访片段，嘴叭叭的，跟以前一样能说，不像落了什么病。姜柘点点头，那挺好。我说，不过有一件事我一直奇怪，天海湖只有三座纱站这个事，从来没被报道过，国内国外的数据库里我也翻遍了，一条记录都没有。你们到底是怎么知道的？姜柘想了想，你还记得保罗·苏佩里吧。我说，玛格龙创始人，面纱之父，辞职后就失踪了，再没人见过他。这些资料都快烂我心里了，跟他有什么关系？姜柘终于往喉咙送了口酒，说，我给你讲个故事吧。

保罗·苏佩里打出生开始就活得很没有道理。把他的一生剪开，会发现里头是一个个的谜团。有传言说，他是在蒙彼利埃附近的一片树林里出生的，父亲查无此人，母亲是当地的酒保，自己给自己接生，生产后躺了十几分钟，缓过劲儿来的第一件事就是把孩子卷上毛巾，丢进小溪。苏佩里漂流一夜，第二天被下游的农夫发现，卡在石缝里，脸上糊着泥，但仍活着，手里还抓着一朵岸边的白色野菊花。后来他被送到当地的福利院，有了名字，逐渐长大，跟常人没两样，不值得记录，所以他年轻时候的经历几乎无人知晓，当人们听说这个名字时，他已经是面纱之父。这些传说大多不靠谱，我想讲的是另一个故事。在苏佩里创建玛格龙集团后第五年，面纱 2.0 版上线前夕，他在股东会上听完每位股东提出的商业构想。到他总结发言的时候，会议室鸦雀无声，在这寂静里他宣布放弃面纱的技术专利。参会人员当场就蒙了，以为耳朵出了毛病，苏佩里却视若不见，继续宣布，面纱业务部门将从总公司拆分，重组为一个全新的非营利性组织，并逐步开放源代码。玛格龙将作为一个技术协作者而非利益持有者，参与未来面纱技术生态的构建。这个决定他没跟任何人商量过，也不准备提供回绝的余地，那天提出反对意见的股东下场都不好看，或被架空或被踢走。那段时间玛格龙的股价跌了二十几个点，投资人骂他脑袋有问题，但苏佩里不在意，他说数字只是数字，把价值捆在一条动来动去的曲线上才是脑子有问题。这场专利风波延续了三年，稍见平息，苏佩里又做出决定，辞去自己在玛格龙的一切职务，转天把办公室砸得稀烂，背起早已装好的登山包，跨出门去，就此再没人见过这位面纱之父。这件事你已经知道了。关于苏佩里的去向，说法很多，没有一百也有八十，我接下来说的这个版本知道的人不多，是我小时候做雕塑师的奶奶讲给我的。她说苏佩里离开玛格龙后，没作停留，直接飞去了 B 国，最后就降落在天海湖附近。那里的雅丹山地深处藏着一座私人机场，五年前苏佩里出资修建的，机场上只停了一架小型飞机，外形很像一百多年前流行的 P-38 截击机，双发平直翼，但驾驶舱空间更大，打个比方，像是 P-38 的房车版。但它不是 P-38，它不属于任何一种注册型号，而是苏佩里集合世界顶尖设计师为自己定制的私人飞行器，全球只此一架。机身使用了轻盈且抗老化的高聚物基复合材料，能耗降至普通飞机的三成，玛格龙研发的 AI 系统为其提供导航和自动驾驶。从配置上看，它是为远航而生的。出发那天苏佩里沐浴身体，伏在大士像前诵了一段《金刚经》，旋即登上机舱，舱内已经置备好了生活必需品，最深处甚至放有一口棺材。他朝机场工作人员挥手道别，说谢谢你们，我要去接我的眼睛了，然后拉下面罩，发动引擎。沙尘扬起来，他在轰鸣声中飞进湛蓝的天空。

我奶奶说，这不是一场心血来潮的旅行。在苏佩里的计划里，往后余生他都将在航行中度过，不会减速，更不会降落。他为自己安排了三条环球航线，秘密建立的私人基金会已为他打点好各个领空国的飞行许可。舱内携带的消耗品够维持半年，之后基金会会派出空中补给机，为他补充燃料、食物和其他生活用品，每三个月一次，完成后就中断联系，直到他发来新的坐标。就这样，苏佩里昼夜飞行，穿过亚细亚，穿过欧罗巴，穿过北极，耳朵习惯了发动机噪声，身体也适应了气压，他越飞越快。某个星光熠熠的夜晚，海边的孩子仰起头，会在银钉与黑夜的间隙发现那簇前行的光点。

在飞行两年半后，苏佩里开设了个人电台，分享他的飞行日记、旅行见闻以及心得体验。最有代表性的一期节目叫《大地的餐桌》，苏佩里在节目中说，自己想念大地的时候，就会把高度下降至八千米，这是他给自己设定的极限。在那个高度，非洲大陆看上去像块干燥的黑森林蛋糕，他这样描述，河流勾出蛋糕的裂纹，海洋是它的蓝色盘子，充当巧克力碎片的有时是聚落，有时是兽群。两年里他有二十多次经过非洲，每次都会被这片土地深深地迷住。大地啊，人类匍匐着的大地，不是岩石和土壤结成的团块，是海水灌溉长成的襁褓，无限中的唯一确定。实际上，八千米的飞行高度，即便没有云雾的干扰，所能看见的细节也十分有限，然而苏佩里仍感心潮澎湃，借由想象，他可以在脑海里凝视每颗沙砾中的原子。

订阅苏佩里电台的听众寥寥，这不奇怪，人们不相信会有一架不会降落的飞机，也不相信有人愿意把自己的一生都困在铁箱子里，他们把苏佩里的讲述当成奇幻故事。直到许多年后，在最后一期电台节目里，苏佩里公开了自己的身份。那期节目的开场部分，他引用了枪械设计师卡拉什尼科夫写给牧师的忏悔信：“我的精神疼痛难忍。我一直有一个难解的问题：如果我的枪夺走人们的生命，那我是否对人们的死亡负有罪责，即使他们是敌人？”然后他用颤抖的声音说，我选择这场永世的飞行，并非炫耀财富，或是揭示勇气，只因为海拔八千米是面纱信号所能达到的极限，超过这一高度，面纱就会失效。这不是壮举，而是逃离。十几年前，在纱站开始在各地极速繁殖时，我突然意识到，我摧毁了地球上一对亘古存在的分界线，随之而来的各个问题，道德上的，哲学上的，艺术上的，是我沉迷技术创新时从来没考虑过的，如今醒悟，为时已晚。在那之后，地上的种种都令我感到窒息，那些虚拟投影更让我呕吐，我夜不能眠，呆坐在静寂中，不久后化成了一只鸟，被风托举着飞向天空，突然一切变得澄明。醒来后，我制造了这台飞行器，选择天海湖当作我的起点。当我第一次乘上它，从一万米高空俯视大地，看见那些模糊却真实的黑点，我终于感觉我的肺部有气流穿过。我要承认，我的心中仍有悔恨，但我的自尊让我拒绝做个可怜的忏悔者，我不会给我的牧师写信，那毫无意义。我为自己选择了一次逃离，但以我的残躯作燃料，这场旅途兴许能留下一些火光。柏拉图离开希腊，后人才能发现他的理想国。过去这些年，我见证了足够的风、沙、海洋与繁星，在生命的最后，我依然希望作为一位飞行员死去。如果你正在收听这档电台，那么我在这里跟你道别，我的旅行即将结束，我看见了我想看见的一切，我收获了巨大的幸福。

节目上传后的第三天，基金会收到坐标，最后在秘鲁境内的一片雨林中发现了飞机残骸。苏佩里躺在那副备好的棺材里，完好无损，面带笑容，像在熟睡。他被葬在那片雨林，他的电台继续向公众公开，只是很快被海量新节目淹没，失去了踪迹。许多年后，B 国雕塑协会解散那一天，我奶奶在协会收音机的播放记录里偶然找到了这个电台，从头到尾听了一遍，机器突然爆开，和那些被丢弃的雕塑一样，永久地破碎、消失了。

故事讲完，酒吧里的驻唱乐队开始嘶吼，唱摇滚，歌词是情爱、骷髅和血管，我们嫌吵，就一起上了天台。天空不见月光，铆足了劲儿黑。我的脑袋里还盘旋着那架飞机，突然温度升高，机舱燃起烈火，我吓一激灵，才发现是姜柘在给我点烟。我说，第一次听这个版本，挺新鲜的。姜柘说，不是第一次，八岁那年我就跟你讲过，我出院前一天，可能你不记得了。我说，确实没印象。姜柘说，没关系，我跟挺多人讲过，包括老陈，可大家最后都忘了，就我还记着，像给刻在后脑勺了。他看着有点醉，烟嘬得快，一会儿又续上一根。我说，可惜了，核心技术都握在苏佩里手里，那时候纱站也没遍布世界，他本可以阻止面纱生长的。姜柘摇摇头，他醒悟得太晚了，第一次公开展示后，面纱的可能性被世界发现，那时候它就扎进去了，跟大脑思维和认知方式长在了一起。纱站只是节点，多一座、少一座没啥区别，我们炸毁了一座，到头来改变了啥呢？没了面纱，可能还有面具，认知是有惰性的，被定型了就离不开了，还会反过来强化认知对象。就像人只能隔着语言面对大自然，而人类语言又塑造了万物，一个道理。我说，那就真没办法了？姜柘说，有办法。你知道月球上那个生活实验区吧，亚平宁山脉。我说，知道，新闻老播。姜柘说，地球上有个实验区仿制品，就在航天局，气候和地质环境都模拟得差不多，用来给我们做测试。这项计划刚起步，非常初级，实验区里大部分都还是荒地，可我第一次进去时，感觉每个细胞都活络起来，怎么说呢，像是它们集体跃动，我的身体在演奏一首曲子。那种感觉我从没有体验过，跟兴奋、激动、快乐都不一样，更纯粹，更具体。于是那天过后我开始研究月壤，观察被人工大气层覆盖的夜空，一宿一宿地看，想找到这种感觉的来源。后来有一天，我顿悟，在血管里游走的是我的“创造欲”。创造欲和想象力很接近，是同一力量的两种体现，都是被面纱杀死的东西。飞行让苏佩里获得了他的想象之眼，而月球就是激发我创造欲的扳机。按下它——嘭——一切就都清晰了。姜柘好像完全喝醉了，开启了梦游，在自己的语言里下沉，可我无力拔他出来。他继续宣告说，地球被面纱填满，被效率最大化的原则制约，可月球呢，月球一片空旷。它是原初的材质，是一切可能的原点，是永恒前没被污染的刹那，人类从没在这里停驻，所以它才蕴藏未来。抵挡面纱的方法也许不是消灭它，而是超越它，飞上太空，去面对那荒野，雕塑它，改造它，用锤子和冲床敲打物质，让它成为我们的工业、艺术和文明。这不是一蹴而就的事，但我们有很多时间。移民工程要持续四到五代人，每一代移民都会在血液里留下创造的记忆，变成语言，变成眼睛，给后来的肉体们使用。这样，当最后一批移民抵达月球时，我们也就不再需要面纱，用它的理由不存在了。你能明白吗？这就是我为什么要搞航天，要飞行，我的眼睛在那里。

七

讲述被一段音乐打断，我抬起头，邻座已经空无一人。场馆里响起音乐，土耳其进行曲，闻起来是咖啡味。这才想起今天周二，设备维护，四点就闭馆，老不来，都给忘了。叶关提议出去走走，我俩沿巷子往前，绕过几间展馆，在园区边缘发现一座纱站，新立的，不算高，底下种着植物，长得茂盛，一簇一簇，黄冠绿萼，分不出是什么品种。我主动跟叶关攀谈，这几年心理医生好像挺吃香的，一对一心理咨询，一小时得三四千元。叶关说，学的人少了，愿意钻的更少，看上去体面光鲜，就是聊天，可真有本事的都得吃不少苦。我说，你为什么做这行呢？叶关说，兴趣。我喜欢琢磨人心，从小就喜欢。以前见到一个说法，唯有变化、不可预测的东西，才值得挖掘和揭示。面纱固化了世界，就只有人心还在流动了。我说，长恨人心不如水，等闲平地起波澜。现在反过来了。叶关说，我妈信佛，也说一辈子最重要的是找到“业”。部队战士们训练辛苦，精神头也足，可就算这样也不能掉以轻心，真上了战场，心里的病是会要人命的，我就想着，做这行也算是修功业了。我说，你说得很对。

我们在园区里转了两圈，最后决定坐叶关的车去东郊看看小瑞，这么多天过去，是时候露个面了。路上风大起来，打在车窗上噼啪响，我开始讲述故事的结局。

那晚过后，我跟姜柘的生活再次岔开，他做他的航天，我搞我的新媒体，都有家要养，虽然联系没断，但再没找到机会见面。如此过了五年，面纱 5.5 版协议即将获得认证的消息走漏，混合现实概念股大涨，我因此被提升为副总编，管两个小组，不用再去现场采编，时间空下来，就又写起了小说。高中时就想写的那个“人潮汹涌”的故事，最后被我改成了一篇短篇科幻，讲未来四分之三的人口移民月球，月球城市林立，熙熙攘攘，相比之下地球已经因环境破坏而无药可救。两地居民进行了一次大公投，后来决定把地球拆解，城市地标、教堂寺院、雕塑作品、人工雨林，整块提取出来，做成一个一个卫星，用通道与月球连接，悬浮在它周围，成百上千，像标本一样。月球上的居民一抬头，就能看见人类故去的荣耀。本来还写了个结尾，公投其实是某位科学家暗中操纵，因为他清楚自我毁灭是人类的天性，许多年后月球也会面临跟地球一样的命运，那时这些纪念章就成了最后的方舟，可后来计划败露，科学家就被钉上罪名，处死了。想了想，太黑暗，给删了。

我把小说发给姜柘，一天他突然说有事找我，挺急。我跟他约在环路的一家面馆见面，炸酱面吸溜完，他突然挤出两个字，好看。我说，啥？他说，有点儿科学错误，这儿、这儿、这儿，但故事好看，尤其前面，好几天了，还会梦见自己在你的月球城市里散步。挺羡慕你的，我就想不出来，想象力不行。我尴尬地笑笑，跑回来就为说这事儿？他掏出一张请柬，说，我要结婚了。

姜柘跟小瑞是二〇四〇年六月办的婚礼，我记得很清楚，选儿童节办事的不多。原本准备以伴郎身份参加，彩排都过了几遍，没想到婚礼几天前阮文绍突发心肌梗死，我赶到时人已经走了，蕙雯攥他的手直往怀里揣，哭得不成人形。那时候我们已经决定协议离婚，头天晚上她回娘家就是为了把这事儿告诉阮文绍，所以她一直觉得是自己气死了亲爸，怎么劝都不好使，这么多年，还是亘在心口的硬疙瘩。按当地风俗，老人没咽气前家里闺女不能哭，泪里有阴气，会打湿通向极乐的大路。现在规矩已经破了，出殡就得严格按点儿来，守灵两日，然后摔盆送人。按常理摔盆的应是家中长子长孙，但若实在没有男丁，就由女婿操办。吉祥盆一般选瓦制的，年份越老越好，然而面纱一罩就辨不出了，只能挑个形状规整的，我怕摔不干脆，把瓦盆整个举过头顶，发力时眼前突然跳出面纱的损毁警告，手一哆嗦失了劲儿，盆落得不够响亮，歪歪斜斜几条口子，幸好最后还是碎了。告别仪式结束后我给姜柘打电话，白事不冲喜，婚礼实在不便参加，只能遥祝百年好合了。姜柘说，老爷子的文章帮我不少，头七我回去给老爷子烧纸。

烧七那天他果然来了，那也是我倒数第二次见到他。我们站在正午的烈日下，看着火星吞噬黄纸，拥揽着变作灰烬，然后往屋里撒了串小鞭儿，一个个响完，就一起进去整理遗物。许多值钱物件很早之前就送给了我和蕙雯，屋里留下的除开生活用品，就是阮文绍长年积攒下来的手稿，厚厚一摞，压在最底下的是一篇新作，没写标题，读了两段发现这是四年前他允诺我的那篇面纱专稿。好像是为了呼应我的问题，他没有用惯常的实证举例写法，而是进行了大段的推想。文章第一部分，他提出面纱存在一种进化可能，就是改变单一的大数据信号源，在某个固定的空间或场域内，通过体内纳米粒子探测使用者的人脑想象，以其作为参考值，来投射出一个更符合使用者内心诉求的投影。这就是说，人不再仅仅是被动的观看者，会主动参与构建面纱，大脑活动会影响最终成像。对于面纱造成的人类认知扁平化和单面化倾向，这是一种缓解，是对惰性的反抗，但他不认为这能真正解决问题。文章还有第二部分，但没来得及完成，只留下开篇导语和“本来无一物”的小标题，画了个圈，不知何意。姜柘拿过稿子呆坐了很久，应是完整看过一遍，最后长呼一口气，好像刚从水中被打捞起来。你说第二部分他想出来了吗？是不是我错了？面纱真的可以用技术手段变革？他问我。我说，我不知道。他抹了下眼眶，本来无一物，可惜了。

办完了丧事，就再没什么理由碍着，蕙雯很快收拾好东西，带着开开搬到了月港附近的小城。抚养权是我主动放弃的，没什么遗憾，全为孩子着想。可蕙雯到底还是心软，答应我每周六把开开送过来，让我们爷儿俩待上一天，隔天下午再接回去，我对此很感激。那年某个周六，临近七夕，我接到加班任务，赶一篇稿子，十万火急，不得已只能拜托姜柘替我照看孩子一天。那时姜柘的父亲被月港电视台邀请作军事评论员，母亲的电商生意也有了起色，就决定趁此机会搬到月港。姜柘难得向领导请了长假，回来帮忙布置房子。他一口答应下来，说有个地方早就想带开开看看。我没多问，时间太紧张，回公司闷头赶工，下班时已经是九点半，开开好像等了很久，见到我就迫不及待地扑过来说，知道吗，知道吗，把土星丢到水里，它会像小鸭子一样浮上来，咕咚咕咚，连说带配音，声情并茂。我问姜柘，这是咋的了？姜柘说，去了航天博物馆，孩子挺喜欢。我说，有这方面天赋？姜柘说，有，已经是小航天员了。我笑着说，忽悠完我又要忽悠我儿子，害人不浅。

当晚我们留在他家吃饭，排骨和鸡汤是小瑞做的，姜柘贡献了一道凉菜，手艺不错，以前没看出来。临走前他送我到门口，突然叫住我说，白禹，我被选中了，月球生活实验区军事防卫特遣员，部队里第一批。我说，你要去月球了？姜柘说，对，但得等到明年，今年先去几个地方做训练，天南海北，第一站去最南边蔚蓝岛，之后就去西北，明天就得走。我说，挺好，蔚蓝岛是个好地方。自然风景多，人工痕迹少。我明天送送你？姜柘说，不用，一大早就走了。我说，行，那你一路顺风。我走了。姜柘说，等会儿。他从兜里掏出三个酒心糖，放进开开的背包，抚平。孩子爱吃，他说。我钻进汽车，朝他挥挥手，走了。后视镜里的姜柘渐渐失去色彩，失去细节，失去轮廓，最后整个儿消失。

那是我最后一次见到他，我崇拜、感激、热爱的朋友。

故事讲到这里，所有的情节和所有的情绪都讲完了。我没想过结局会这样急促，像是还有很长一段未完待续，可这的确是结局，已经写好了，谁来都没法更改。想到这儿心里亮堂起来，讲述过程中的疲惫和伤感在讲完结尾的一刹那消失了，仿佛洗了遍澡，进来出去身上都是干燥的。我很想问叶关，其实你早就知道姜柘是不会自杀的，对吧？你是他的心理医生，他一定跟你说过，面纱，月球，眼睛，这些词他总挂在嘴边，生怕自己给忘了，有月亮的晚上，他准会扒在哪个房檐，仰头望着。这些我都忘了。总之，他的路可能望不到头，可它鲜亮清晰，大雪盖不住，沙尘埋不了，点燃皮肉下的热血，他就能起飞。这才哪到哪，这才刚开始，他还没出发呢。

可这些话我最终没有说出口，只看着录音笔的灯从绿色跳到红色，叶关沉默着将它收好，点了一根烟。我们再没有说话。车子一直向东，颠颠颤颤，摇篮似的，我迷迷瞪瞪的，好像睡着了，还做了场梦。再睁开眼睛时，窗外已经爬满夜色，车大灯把前路照得通亮，远处隐约飘过来谁的歌声，在唱：“你看那乌云滚滚，无法遮挡银河的流淌。”我往前探头，发现驾驶座上的不是叶关。

我说，你回来了。

姜柘说，回来了，不过马上就得走，还有事儿要去做。

我说，想好去哪儿了吗？

姜柘说，想好了，不过我们可能不顺路。一起走一段吗？

我扣紧安全带，说，出发。

姜柘踩下油门，汽车开始加速，从公路上逐渐抬升，我看见一张巨大的、透明的薄纱被车头挑开，剥离地面，在星星下映着银光，随我们一同去向遥远的黑暗。

2022 年 1 月初稿
2023 年 4 月修订

那疯狂又愚蠢的爱

当你刚刚迈步离我远去，我就慌忙计算起你的归期。

——珍黛妮·沙阿《我刚刚笑着同你道别》

一

徐汀把奥黛丽捡回家的那个晚上，北京下了场罕见的大雨。

他隔着玻璃窗看混乱黑暗的街道，霓虹灯光被烟幕扭曲成了不规则的波形，有几对年轻男女原本在超市檐下避雨，最后也不得不咒骂着退到屋内。再远一点的三环，车灯烁暗交替挤在一起，像条胶着凝固的星河。徐汀可以想象到车里司机们的焦灼、绝望以及那对狠砸喇叭键的拳头。

徐汀决定放弃打车，徒步回家，但他很快发现自己伞具已经插在咖啡馆的失物招领处两个星期了。于是他又坐回工位盘算B计划，其间有几位同事扯嗓子喊自己愿意贡献多余的雨衣，徐汀抬了几次手，很低，没有人注意到。他知道自己开不了口，除了今天请假的损友庞德，徐汀在公司里没有可以正常交谈的对象。他是个回避型人格障碍患者，很少主动沟通，也很难感知人类情感，哀乐喜怒，当然也包括爱。那些正常的情感流露，对于徐汀来说，大概就像诗人面对一项突破性的物理学成就，无法理解，也惰于关心。

徐汀只能像平常一样等待，但两个小时过去，雨势没有减小的迹象，反而又打起暴雷。他觉得这样不是办法，便从安保那借来了后勤储物室的钥匙，在最里层的货架上找到了一捆碳纤维袋子。这是武器装备事业部用来装弹匣的，一米见方，勉强可以遮住上身。之后徐汀又在窗前观察了一会儿，等雨丝稍稍稀了一些后，便快步跑出了大楼。

徐汀的公寓在亮马桥，离煌科技有四五公里，快跑需要半个多小时。徐汀身子弱，只跑了一半就几乎耗光了能量，靠在路灯边气喘吁吁。他觉得自己真是糟透了，但又突然想到此时的画面应该很有意境，可能就像是昆汀来导演《雨中曲》一样，于是又傻笑起来。他孩子似的开始挑逗自己的影子，看着灯光逐渐把它拉远拉长，延展到街边土路，打在废旧的机器人身上。

那是一堆人形机器人，铝制铁壳上爬满绿苔和氧化过的粉末，伤口没有遮掩地外露着。如果机器能够被定义死亡，那这大概就是尸体的样子。拜多年 AI 系统工程师经验所赐，徐汀很快就辨识出了机器人的型号：第三代“月兔”服务机器人，二〇五五年十一月首批出厂，搭载 Alpha 人工智能系统和信号分析处理器，定位是生活和商务辅助。徐汀仍然记得十年前它刚刚问世时引发的订购狂潮，但就像其他一切人工造物一样，十年之后它们就成了等待废弃回收的“古董”了。徐汀猜测可能是处理厂的司机转弯时打滑，不小心将它们从车上抛落下来的。

就在徐汀结束好奇准备继续赶路时，他突然听见一个熟稔的声响。那是 AI 系统启动的声音，徐汀已经听了整整十多年，此时就像演奏家的耳朵本能地捕捉到了音乐。他转过头，看见垃圾中央亮起了一束蓝光，规整的雨帘被突然伸出的金属手臂撕破，它撑起了破旧机器人的半身。徐汀看到它在朝自己虚弱地摆头，不规律的，似乎想表述什么，但很快就被机体的二次沉默打断。

那是徐汀和奥黛丽的第一次对视。在徐汀假想的昆汀版《雨中曲》里。

漫天大雨，伴和着夏风与黑暗。

徐汀记不起来自己当时到底在想什么，可能是由于工程师对机器的天然亲近感，也可能是孤独病不适宜地发作，或者只是单纯地被疾雨冲坏了脑子，他决定把这个肮脏的、已经淘汰了的家用机器人带回去。于是他很快地脱下碳纤维袋，躬身扒开压在月兔身上的废铁和土块，拆除关节的连接扣，将肢体拆分后再一一装进袋子。徐汀曾经做过上百次这样的工作，方法要点扎在脑子里，时至今日只需要几分钟的时间即可完成拆解。但他可能永远也不会知道这套标准操作流程在这个雨夜会变得多么惊悚，他又有多少次险些出现在路人的报警电话中。

庞德后来跟奥黛丽说，徐汀弄他的机器时看上去是最孤独的，但那时候，也是最爷们的。

就像那天晚上，徐汀抱着一包三十公斤重的铝合金跑在暴雨里，竟然比之前还要快上一点儿。

二

徐汀回到公寓时是十一点半。霍大爷和往常一样擎伞矗在院子里，眼睛盯着天空，像在举行某种仪式。

霍大爷是公寓的二房东，早些年在医院查出有阿尔茨海默病倾向，健康指数不及格，被所在公司强制退休了。霍大爷的儿子是车辆管理所的，公务繁忙，没时间照顾他，但也不放心霍大爷就这么待着，于是替他租了一整套二层公寓，拆成四个单间分租，不为挣钱，只为霍大爷心里有个事儿惦记，不会胡思乱想。徐汀现在住的C号间是三年前从霍大爷手里租过来的，两人都有疾病，难用言语沟通，到头来这三年反而相处得不错。

进屋之前，两人默契地用眼神交流了一下，谁都不过问“仪式”和机器人的事情，算是打完了招呼。

徐汀的房间有四十平方米，户型罕见，硬挤出一个阳台，徐汀拿它做工作间。他把月兔放在琉璃纹的工作台上，然后冲了个澡，换上工作装，在厨房冲泡热牛奶的同时给小八下达了电影放映指令。徐汀在小八的云存储里收藏了很多老电影，《公民凯恩》《奇爱博士》《东京物语》，都是近乎一个世纪前的东西。和庞德不同，徐汀不是影迷，谈不上热爱或者痴狂，他只是单纯觉得那些电影里的陌生感能让他安心，出个响儿就行。

小八选择了一九五三年的《罗马假日》。序幕音乐响起时，徐汀开始了修理工作。

中枢芯片完好，但信息存储板需要更换，主连接导线也被某种酸类腐蚀过。工程量不小，但家里刚好能找到大部分备用零件，可能只需要花费一个小时。在整个修理过程中，徐汀始终不知道为什么要做这件事情，修好后又该拿它怎么办呢？他有管家机器人，没理由用这个老古董替换掉比它高两个世代的小八；即便想转手出去，也不会有人有兴趣；难道要修好之后再扔回亮马桥边的土路上？徐汀没有主意。

他只是机械地把所有损毁还原成原本的样子，至于之后怎么样徐汀并不是真的在意。其间他停下来休息过一次，那时候大雨只剩下细细的丝线，霍大爷已经回屋了，那把黑伞撑开着被留在院子里。

凌晨一点的时候，徐汀完成了配件更换和系统检测，设置了中枢 AI 冷启动。

电影已经出了片尾字幕，小八开始播放安眠曲。徐汀爬上沙发后很快睡着了。

冷启动需要十个小时。第八个小时的时候，徐汀起床洗漱。

和往常一样他打算在家里度过这个周末，但在此之前，他还有一些事情要做。他烤了两片面包，没有抹果酱，囫囵吃过后便套上汗衫出门。地面不出所料地积了水，浑浊泥泞，但高远清朗的天空还是让徐汀有些吃惊。他在北京第一次看见这样的天空，蓝得发烫，仿佛是用高分子滤膜滤过。在徐汀揣度这个差劲比喻时，A 号间的工头大叔擦身过去并朝他打了个招呼，但没等到回应就急匆匆上了车。

徐汀知道这是这座城市的节奏，一百年前就是这样了。

他坐地铁到东直门，找到了那家母亲说过的药房。几天前母亲打电话说打听到了治疗回避型人格障碍的新药，上次来北京探望徐汀时候已经在药房开了单，只是母亲疑心重，确认没有负面新闻后才通知他去取。徐汀没有多说什么，他已经习惯了听从母亲的吩咐，而且多数时候母亲都是对的。药房里人满为患，取号机的屏幕上写着提示：“人工服务：等位 15 人；自助服务：等位 30 人”。徐汀犹豫了几秒钟，选择了后者，拿到号后找了个偏僻的位置坐下。

排队期间他接到两个电话。一个是“三弦琴”项目的统筹助理，徐汀并不熟悉，好在他只是询问了一下“三弦琴”系统设计说明的存放位置，没有过多寒暄；另一个是庞德打来的，他说网购了些东西，自己不方便收，邮到了徐汀的公寓让他代为保管一阵子。徐汀答应了，庞德浮夸地道了谢，然后笑嘻嘻说了句“代我向霍大爷问好”后便挂了。徐汀的耳朵开始重新接收药房里的噪声和焦虑。

从药房出来后，徐汀去了离家不远的无人售货超市。他照例买了青椒、牛排和酸奶，最后又突发奇想加了一捆打折的西芹。结账时候递给了机器柜员十元小费，虽然他知道它并不是真的需要。

徐汀拎着购物袋回到院子。霍大爷正骑着小墩坐在车库里，见到徐汀突然抬手招呼他。

“徐师傅，你来！”

徐汀走过去。

“你帮我看看，这局咋个解？”

徐汀反应了一阵才明白老爷子说的是面前的象棋，确切地说是象棋残局。执红一车，执黑两卒，红帅被将军。徐汀想起来自己曾在电视上见过，这是“千里独行”，是很多年前传下来的古局。他依稀记得一招半式，但毕竟不是什么国手，“兵七进一”之后就一片空白了。

他想摇头认怂，此时棋局另一方却突然响起一个陌生嗓音。

“可别负人美意啊，加油，徐师傅！”

那是机器合成的电子音，但显然经过细致处理，更接近人嗓，轻快明亮，像十八岁的女孩子。

可是这间老旧的公寓不会凭空冒出一个女孩子。AI 工程师徐汀已经猜到了嗓音的主人。

三

徐汀拎着半捆西芹，和月兔机器人一动不动隔桌而坐。除了小八低电量的哀鸣，C 号间里填满了寂静。

“你……”徐汀试图打破沉默。

“叫我奥黛丽。”

“你说什么？”

“我说，我给自己取了个名字，奥黛丽，我在那只笨狗的云存储里看到的。‘在午夜，我会变出一个南瓜并穿着我的水晶鞋乘车离开。’我很喜欢。”

徐汀难以置信地看着奥黛丽。他很难想象这些句子是从一个老式家用机器人的发音器里说出来的。最新的第五代“神奇”也只能实现定向的人机互动，至于对本体性质和定义方面的讨论仍处于神话阶段。换言之，这个时代根本不存在这样的 AI 系统。不，不仅仅是这个时代，未来五十年内都不会出现一个会给自己取名字的机器人。

“你的系统出现了问题。”徐汀暗示自己要冷静。

“我知道，系统检测仪就在你手上，不是吗？上面的数值不对。”奥黛丽笑出声，虽然那颗铁壳脑袋并没有表情功能，“可是你也找不出原因。你已经看它一个小时了。”

像被刀割到了铠甲下的肉，徐汀心里颤动了一下。他的确找不出原因，系统没有任何版本升级，基本运行逻辑也没有改变，但所有的功能数值都是乱的。唯一没有透明的数据源是头部的信息接收器，那里安有简易的运算装置。有一个很小的可能性，打开它就可以发现真相，但是……

“你会拿我怎么办？”

“什么？”徐汀没听明白。

“如果是其他人，可能会把我送到研究所，变成研究样本；又或者冒着让我死掉的代价拆开这颗脑袋，看看接收器里有什么。可是我知道你不会这样做。”奥黛丽说，“不然你也不会把我从垃圾堆里带回来。”

“我对机器没有你想的那种感情。”

“你这个人，我有说过你是恋金属的变态吗？”奥黛丽的声音越来越像少女，显然她在调整自己的振音器，“我只是说，一个没有朋友喜欢看老电影的孤独症患者，不会做那样的事。”

徐汀不知道该接什么。实际上，一旦跳出来想到自己在和一个家用机器人对话，他就觉得自己病得更重了。他就这么沉默了一会儿，接着起身到厨房把芹菜放下，给小八连上电源，然后又坐了回来。

“你为什么要装成少女？”

“噢？终于对我的心事有兴趣了？”奥黛丽歪头打量徐汀，如果她有嘴角的话一定已经翘成了弯月。

“不好笑。”

奥黛丽转头看向别处：“每个人都有选择的权利，不是吗？

系统不会强迫我选择，而我喜欢做一个女孩子。”

“这不正常，你有病。”徐汀近乎绝望。

“正常的就一定是好的吗？合理的就一定是对的吗？”奥黛丽反问他，可是徐汀没法回答，于是她又说，“我没有违反机器人定律，没有放火烧了公寓，没有用厨房里的餐刀割你，你还活得好好的，而且我还坐在这里陪你说话。而你呢，也不想把我送出去，或者拆了我的核心。我们陷入僵局了。”她顿了一下，故意拉长了声音，“所以你还没回答我的问题，你——会——拿——我——怎——么——办？”

徐汀仍然沉默着，对他来说这个问题比前一个还要难。他不擅长处理事情发生之后的结果，或许眼前这种情况交给庞德会更合适。可是现在这间屋子里只有徐汀，和一只正在充电的犬型机器人。

“你没看过心理医生吧。”

“什么？”

“我有个提议。”奥黛丽翻着袋子里的抗抑郁药，对徐汀眨了眨眼睛。

徐汀料想到这台发了神经的机器人不会想出什么好主意，但在所有的假设中，“老妈雇来的私人精神康复师”绝对是最糟的一个。

他理所当然地提出了反对，但奥黛丽很快给出了理由：“你没法和人类特别是陌生人交流，所以你不会去见心理医生，因为对你来说，你无法忍受和一个陌生人在房间里谈心，你会坏掉的。你的母亲曾经为你安排过几次会面，但很快她发现这方法行不通，所以才会四处打听药物疗法。可你的确需要一个医生不是吗？我不是人类，是机器人，而你熟悉机器人。你不需要感知我的情绪，不需要揣度我的看法，所以也不会给自己造成压力。你看，我们已经聊了这么多，而你还没有抱头跳出窗子。所以，这个身份很适合我，也很适合你。”说完她摆摆手走进厨房，“晚饭我来准备。当然，不是免费的。”

徐汀瞠目结舌地望着奥黛丽，有那么一瞬他甚至觉得她的话有些道理，而这让他更加不舒服。

这个奇怪的康复计划在奥黛丽得到她的碳纳米管肌肤后正式开始。这种能够通过电流模仿人类触觉的皮肤并不难搞，终端商店里经常五折促销。但让徐汀意外的是，奥黛丽并没有真的选择那个百年影星的面孔，在经过她自己的改造后，徐汀最后看到的是一张漂亮、平凡无奇但又熟悉的脸。这种熟悉像道裂开的闪电，一瞬间徐汀感到难捱的疼痛，但幸好很快便消失了。他知趣地没有再追想下去。

另一个让徐汀意外的情况，是公寓邻里似乎没什么防备就相信了心理医生的设定。霍大爷有几次提着熟过头的香蕉上门，语重心长劝徐汀说小戴医生不错，这次一定好好接受治疗。别跟自己一样，把青春就这么白白浪费了，老了的时候 M116 星云总部都不会派人来接他。徐汀手足无措，而奥黛丽则靠在门边咯咯偷笑，就像那些直率又天真的少女一样。

那时候是八月末，北京的盛夏和燥热没有半点退阵的意思。

徐汀始终觉得这不是个好主意。但他也没办法否认，在奥黛丽面前他的确没有与人类交流时的窒碍感，他能用正常音量说话，甚至可以在她模仿电影明星时吐槽她。这已经足够让老妈热泪盈眶了。

他在两周后真正习惯了奥黛丽的存在，但生活其余的部分依旧如常。他仍去无人超市买青椒和酸奶，讨厌公司门前的台阶，吃抗抑郁药，只是后来加上了半小时的夜跑，回来后还是睡沙发。他有时在梦里猜测奥黛丽的故障原因，但更多时候是被病症纠缠，梦见人与人之间深渊一样的距离感。而当他尝试走近时，就会像被什么东西扼住了喉咙，窒息的痛苦将一直折磨到他醒来。

四

自从奥黛丽和小八在“闹铃”这项功能上形成默契后，徐汀很难再迟到了。

他习惯走公司东区的B门，虽然需要多走一段通道，但这样就能避开那些从停车场上来的“移动播音器们”。徐汀不知道他们是怎样做到滔滔不绝的，当然也没必要深究。他背对人群方向等了一会儿后，按下电梯，然后快速而直接地抵达工位。他不想引起任何人的注意。

徐汀所在的煌科技是国内为数不多的帝国型公司之一，业务线和产品线庞大复杂，单是徐汀了解到的就包括武器、家用电器、汽车和婴幼儿玩具。此外公司还有过很多尖端型的实验产品，其中基因追溯等研发因为危险评估指数问题被相关部门叫停，在十年前还引发了一场不小的舆论纷争。遗憾的是，徐汀并没有赶上煌科技最热闹的时期，他被招进来时公司已经开始了实用业务转型。但即便如此，煌科技仍有一些可以影响全人类的颠覆性科技实验，徐汀所负责的“三弦琴”项目就是其中之一。

三弦琴，确切地说是“弦空间生成与追踪装置”，是近年煌科技最秘密也是研发周期最长的产品。徐汀不懂量子物理，听公司工程师讲这是一种能够捕捉到宇宙大爆炸后分布排列的物质弧线——也就是宇宙弦——并控制它的装置。弦理论早在几个世纪前就被提出来了，但一直以来它更多的是作为猜想和模型。因为对大部分人来说，弦理论延伸出的多元时空观实在太难理解，也没有验证的可能。幸好科学在这个时代得到了新的解放，现在人类不仅能够触碰时空禁区，甚至可以利用它。

三弦琴的原理解释有厚厚的一沓，徐汀很难全搞明白，他只知道这个装置如果研发成功，多重宇宙就很可能会被证实，除了会颠覆现有的所有认知，人类还可能从口袋宇宙里获得一部分多出来的时间与空间。整个实验难度很高，需要经过海量的数据计算和记录以及多次的推演，这就意味着三弦琴需要一个强大的AI，一颗聪明到可怕的大脑，来统筹全局。

这正是徐汀的工作。辅助首席工程师，完成这个代号“夜莺”的超级人工智能。

这显然是个不小的挑战，但对于徐汀来说，挑战可能更像是宝贵的石子，能在他平静冰冷的生命中打出一串水花。他没有多想就接受了这份工作，在三年前投入这项浩大工程里。不过徐汀从来没有真正关心过三弦琴的进度，AI 开发部是独立管理的，除了每年会进行一次全功率启动实验外，他对这台十米高的庞然大物几乎一无所知。只是有时站在三弦琴前徐汀会没来由地感到恐惧，那恐惧深入骨髓，好像自己什么重要的东西曾被它夺走过一样。糟透了。

上午的工作在徐汀提交新的修正值后结束，他跟在队尾到中层食堂打饭。

除了回廊，沿路的墙面都涂上了一层类似烤漆的材质，当大厦楼顶退去太阳能板露出透明玻璃时，阳光就会在墙上折射跳跃，将这幢三十层高的建筑拢进巨大的闪烁的光环。徐汀打心底不喜欢这个设计，他一直都讨厌过于鲜亮的东西；况且，这还给了庞德恶作剧的机会。

庞德趁徐汀揉眼睛的时机在他脸上印了一个玫瑰色的唇印，接着开始莫名其妙地大笑。徐汀注意到周围同事惊恐嫌弃的目光，像是在看一只调戏毒蛇的狐猴，脸上写满不可理喻。但庞德似乎并不在乎他们，他只是一边拍打徐汀的肩膀一边干涩地笑，好像这个差劲的玩笑是他一生最大的成就。

“别再这么做了。”徐汀把餐盘扔到桌上，掏出纸巾擦掉唇印。

“我是在培养你的幽默感。用心良苦啊，徐工。”庞德在徐汀对面坐下，他今天点的是“庞氏二号餐”：黑椒鸡块、芝士薯条配老北京炸酱面。这份猎奇的食谱在徐汀面前飘荡多年，最初他和其他人一样明确表达了鄙视，但很快就发现这徒劳无功。从性格到品位到作风，有关“庞德”这个名字的一切都和这份菜单一样猎奇。

“我不需要你的幽默，下次你可以表演给镜子。”

庞德瞪圆眼睛抓着胸口：“凶手！就在刚才，这里的一部分被你杀死了。”

“你请了这么多天假，范老师没拿你是问？”徐汀问。

庞德是机械装备部的产品经理，负责三弦琴设备部件的设计生产，属于硬件方向。徐汀与装备部交集不多，只听说总监范凌星是个撒旦、蚩尤似的厉害人物，做事向来一丝不苟。所以，他的手下也不能散漫。

庞德却好像根本没把这撒旦放在眼里，用若无其事的口气说：“减震锤半个月前就做好了，别的部分等三弦琴启动实验完了才能定，现在闲得很。老范都去钓了两天鱼呢！”

“启动实验是在这个月吧。”

“你是第一天认识我吗？这种事我怎么会记得，我只知道这周末——”庞德朝徐汀挑眉，“我要去滨海联谊！怎么样徐工，有兴趣吗？都是可爱的大学生！”

“祝你玩得开心。”徐汀毫无意外的冷漠。

“别这么扫兴。你幼儿园毕业了，可以去泡妞了。”

徐汀没说话。

庞德变了脸色：“哎，人格障碍患者，你打算一辈子都孤身一人和疾病作战吗？当孤独英雄啊？很帅吗？”

徐汀不想理会，但就在一瞬间他改变了主意：“我有过女朋友，分手了，现在在南加州。”他不知道为什么要说这些，不自然地停顿了一下，“名字叫……”

“好好好，你有女朋友，也是个病人吧？好啦，为了走出阴影，你更应该勇敢迈出第一步，不是吗？”

“等一下。她叫……叫……”徐汀的喘息加快了。

“滨海你还没去过吧？空气比北京好多了，还有虚拟海洋呢！虚拟海洋知道吗，水是红的！”

“她叫……她叫……”

“别想啦，兄弟！这不重要，大学生最重要！”

庞德眉飞色舞地说着，没有注意到徐汀眼睛里的光芒消失了。他像雕像一样凝固，但大脑却已经翻江倒海。他感觉某种东西在撩拨他的记忆，可他想不起来，只能感受到无穷无尽的灰色水泥把他一点点砌在砖墙里。在墙的另一端是张模糊的面孔，徐汀知道他曾经见过她，但又没法确定，这让他更加焦躁。他要爆炸了，他想把那堵塞的情感倾倒出去，但这并不被允许。他什么都说不出来。

这是这一天中最糟糕的时刻。

“闭嘴，不要说话，不要说话！”徐汀最后垂着头低吼。庞德被吓了一跳，但经验告诉他最好照做。藤条般的缄默蔓延开来，庞德看见徐汀身体僵直地盯着餐盘，但什么都没发生，一分钟后他起身离开食堂。五十米的回廊变得无比漫长，徐汀知道自己又发病了，但和以前不同，保持安静和匀速呼吸似乎不起作用了。他第一次感觉到没来由的混乱。他的脑袋里塞满了想法，那个陌生又熟悉的名字，霍大爷的黑色雨伞，三弦琴坚硬冰冷的锥齿轮，以及奥黛丽会撒谎的精致眼睛。

五

徐汀的病情加重了，这一点奥黛丽再清楚不过。

这不是单纯的回避型人格障碍或者亚斯伯格综合征，很明显徐汀已经出现了躁狂和精神分裂的迹象。一周前奥黛丽已经通过扫描器察觉到这个趋向，她根据系统的评估调整了徐汀的药方，但显然没有起到什么效果——徐汀比她想象中病得还要严重。这不是最糟的，最糟的是徐汀坚持把这次事故当成一个意外。他已经深陷人格障碍、毫无感情地生活了很多年，一切都很艰难，但至少这一切都是牢固的，他没理由突然变成一个焦躁不安大喊大叫的疯子。这不是他，徐汀坚定地摇头，这不符合逻辑。

徐汀按奥黛丽的新配比服药，但拒绝了她的谈心训练，实际上他从来不认为奥黛丽真的能给他提供什么康复治疗，尽管她是个难以解释的奇特 AI。这个机器少女能让他感到轻松和安全，但这很可能就是全部了，剩下的黑夜只属于他自己。徐汀想出的办法是一成不变，夜跑，上班，吃高蛋白食物，回到他熟悉的世界中去。事实证明这办法行得通，徐汀逐渐感觉到自己已经从意外波动中恢复了，直到三天后他在公交车上吐得一塌糊涂。

他被机器售票员扶到路边,那时候他已经完全失去了方向感，像一束被风撩拨的蒲公英。司机用徐汀的电话拨打了通讯记录上的第一个号码，五分钟后庞德驾着他的爱车从东单赶过来。把徐汀弄上车后，庞德没有理所当然地开向三公里外的协和急诊，他的凶兆第六感来了。就在刚刚搀起徐汀的那一刻，庞德发现他在用所有的力气看着自己，笨拙又急迫，像在努力把散乱的墨汁变成汉字。庞德很快意识到徐汀仍然醒着，他没办法确切感知这个世界了,但这不代表就可以把他草率地扔到人群混杂的医院里——

经验告诉庞德这绝对是个坏主意。

庞德把车开回了徐汀的公寓。在他踮脚探花盆里的备用钥匙时，奥黛丽打开了门，招呼他带徐汀进去。

这不是庞德第一次见到奥黛丽，和上回一起看《铁血战士》时一样，她漂亮而普通，只是背带牛仔裤换成了一条米色长裙。除了奥黛丽的机器人身份外，徐汀并没有对庞德隐瞒这个心理康复师正在对自己进行康复治疗的事实。那时候庞德不怀好意地挑挑眉毛，跳上车就要目睹美人真容，但当他真的与奥黛丽进行友好握手时，却只感觉到异样和不适。奥黛丽身上的金属气息当然逃不过技术精英庞德的鼻子，但在那个午夜，在三人蹲路边并肩唱过《The Sound of Silence》后，庞德选择了缄默——是因为他不相信会有如此智能的AI系统，还是不忍心徐汀失去这个特别的女孩，庞德自己也说不清。

庞德把徐汀安置在床上，奥黛丽喂他吃下一颗药丸。徐汀的眼神飘忽不定，显然想说什么，但所有的信息传达最后都只是模糊一片。如果不是几分钟后镇静剂生效让他进入睡眠，庞德可能也要焦虑到倒地不起。

“你说，你认真说，这哥们还有救吗？”庞德疲惫地坐在沙发上。奥黛丽拉开了窗帘，外面阳光明媚，房间里全是跳舞的光斑。

“没救了，你领走吧。建议你火化，性价比高，扣除我的医疗费后你还能剩点。”奥黛丽随口答道。

“你确定？”

“嗯哼。”

“丽丽小姐，不如你明天就领个红本本住这儿吧。我觉得挽救徐工的幽默感比救命重要。”

“他愿意？”

“他没得选，他是个精神病。”

奥黛丽没忍住，轻快地笑起来。

庞德抻了抻腰身，试着缓解肌肉的酸痛：“他好像每年都这样，一到入秋病就更重了，以前也是，就是没到这个程度。跟中邪似的。哎哟，真疼。”

“周期性的精神疾病很普遍啦，创伤性和遗传性的都有可能，尤其是……”奥黛丽不自然地停顿一下，她的系统中枢给出了一个更直接的答案，但奥黛丽并不想现在说出来，“创伤性。”

“你的意思是他受刺激才变成这样的？”庞德咂咂嘴，“我不记得他正常过。”

“明天要下雨，大后天才晴。”奥黛丽看窗外。

“是吗？”庞德也跟着看，恰好瞥见霍大爷拎着香蕉上二楼，便推开门和他打招呼。

奥黛丽倒了酒精饮料，还在杯口放了颗樱桃。但庞德没顾得上喝，回来后到卧室看了一眼徐汀就穿衣下楼。

“我想起来徐工说他谈过一个女朋友，在南加州，你说有没有可能是被她刺激的？”走到楼下了，他突然扯嗓子喊起来，“我找找她？”

奥黛丽微微迟疑一下：“试试呗。”

“纯粹为治病，要是有一点儿复燃的火苗，我立马儿给它摁灭。放心！”庞德攥拳拍胸脯。

“快走吧你！”

徐汀是在五个小时后醒的，醒来的第一句话是叫了奥黛丽的名字。

在那之前，在这个五个小时里奥黛丽就靠在窗边一动不动，似乎突然变回了那台破旧的家用机器人。她看见工头大叔急匆匆回到房间，折了个身又走了。不一会儿霍大爷打开伞站在院子里，虔诚而肃穆。

她习惯了这种生活，习惯了人类的感情和思维方式——不是靠信息处理，而是靠感知——所以她也察觉到了人类的痛苦，那种叫“谎言”的东西。这是第几次了？一百次还是两百次？她知道徐汀还能活着已经足够幸运了，但她也知道幸运和花瓣一样是多容易消失的东西。他可能挺不过这一次了，就算他的身体安然无恙，精神也会支离破碎。她不该隐瞒的，应该告诉他真相吧？虽然这不一定是最正确的选择，但对于他和她，至少都是公平的，不是吗？或许……或许……

就在听见徐汀虚弱地叫出她名字的那一刻，奥黛丽打消了这个念头。

又是下班高峰，天空悬着两颗孤零零的星星，三环上又堵车了。

六

徐汀终于承认他病得更严重了。他的眼睛里除了一如既往的灰色，又多了燥热焦虑的红。

他向公司请了年假，主管批准了，但必须在三弦琴启动实验前回来。徐汀点点头，然后回到家看着小八和奥黛丽发呆。奥黛丽嗔怪他就这么浪费了一天假期，但傍晚却难得地屈尊免费下厨，不知道是不是也病了。晚饭后徐汀给母亲打了个电话。他从来不会向母亲隐瞒自己的事情，而母亲也总是会小心翼翼地处理，倾听或者建议，都经过深思熟虑。这一次母亲的思考似乎花费了格外多的时间，最后她建议徐汀回家里住上一阵子，两三天就行。现在是秋收，家里不忙，可以多陪陪他。就算不愿意待着，枝子山和麦田的风景也都很好，可以去散散心。说完母亲补了一句只是自己的想法，回不回来都行。

徐汀笑笑说："知道了，知道了。我要回去，妈。"

徐汀的老家在乡下，一个没被开发过的原始生态圈，离北京不算远，坐悬浮车半天就能到。他决定先回去待个四五天，看一看病情会不会好转，之后的假期再做决定。精神康复师奥黛丽也同意了这个方案。在打包行李的时候她问徐汀枝子山和麦田是什么，徐汀说是那是他童年时候的游乐场，很普通但也很美，回家后会给她发照片的。奥黛若有所思地点点头。

只抢到了第二天半夜的车票。晚餐还是奥黛丽下的厨，她做的西红柿鸡蛋让徐汀沉迷过好一段时间，甚至后悔为什么当初买了犬型的小八而没有选择烹饪服务型。刷完碗后徐汀换上运动衣准备去跑步，然而从卧室出来后却被吓了一跳——奥黛丽穿着同样的衣服在门口等他。束身的款式衬出奥黛丽的曲线，有那么一刻徐汀甚至忘了她的身份。

"干什么你？"徐汀缓了缓神。

"夜跑啊，陪你。"奥黛丽露出招牌微笑。

"你不怕被人发现？会报警的。"

"怕啊，但我更怕你晕在路上，麻烦死了。再说了，警察来了你就不会保护我一下？"

"我做不到，你有一百的马力，我追不上你。"

"你走不走？不走我锁门了啊！"徐汀被奥黛丽一把拽上了大路。

运动腕带自动设置了路线，和以前一样，沿河到麦子店街再回来。空气里还有些燥热，但更多的是入秋后特有的凉风，摇弄着岸边的大枫树，哗啦啦，哗啦啦，路灯微弱的灯光从落叶缝隙里照出来，地上全是窸窸窣窣变幻莫测的影子。两个人一前一后在影子里跑着，一百马力的奥黛丽在后面，严格意义上说她没有在跑步，而是蹦蹦跳跳，甚至还跳起了踢踏舞的几个动作。

"你又做什么？"徐汀看她。

"跑步真是太无聊了。"奥黛丽说，"无聊无聊。"

"跑步不就是这样吗？"

"要不我唱歌给你听吧！"

"唱歌？"

徐汀还在错愕，音乐已经响起来了。奥黛丽在唱：

玫瑰上沾染的雨滴和猫咪的小胡须
洁净发亮的铜壶还有温暖的羊毛手套
用绳子系紧的牛皮纸箱
这些是我最喜爱的事物中小小的一部分

奥黛丽的音放功能又进化了，几乎听不到电子合成的痕迹。

“《音乐之声》？”徐汀回过头看她，“有时候我都不知道你是不是真的喜欢看电影。”

“因为我是机器人？”

“AI 系统应该不会决定喜好，越小的喜好越难演算，就算配有学习程序也是。”

“你是说，我其实和你一样，感知不到喜欢和爱咯。”

机器少女还在蹦蹦跳跳，徐汀却不知道如何回应。这时候奥黛丽跳过来拍他脑袋。

“现在开始，进入下个疗程。”

“下个疗程？”徐汀没明白。

“你有过女朋友吧。”

“有，在南加州，叫……”

“忘了她。”奥黛丽挥手打断了徐汀，“现在开始我是你女朋友，你要学着爱我。”

徐汀停了下来。他觉得自己没听清楚，就又问了一遍，于是奥黛丽又重复了一遍。

“现在开始我们建立恋爱关系，给你这漫无目的的灰色人生加上主线任务。”奥黛丽在街边的长椅坐下，“只有这样你才有救。这是第二疗程。”

徐汀扑哧笑出声来，也坐过去：“开玩笑吗？我怎么会和你……你是机器人。”

“我是机器人，也是你的医生。不久之后你可能会丧失所有感知，你会死的，要不就是变成一棵植物。你现在必须主动接近你的生活，你生活里的一切。”奥黛丽从没像这样严肃过，她的声音无比清晰，“恋爱中的人类是最敏感的，对你来说这是最好的治疗方法。而你呢，除了我，认识其他女孩吗？”

徐汀听出了一丝嘲讽，随即又生出一丝凄凉。

奥黛丽拍起手：“所以就这么决定了。九月二十七日是我生日，给你几天时间，想好礼物。”

“为什么？”徐汀讶然。

“什么为什么？给女朋友生日礼物需要为什么吗？说这话你的良心不会痛吗？”奥黛丽掐腰瞪他。

“我是说，你的出厂日期是……算了，我知道了。”徐汀露出哭笑不得的表情。稀薄的认知已经影响了他的思考，他没办法像以前那样对这奇异的关系递进感到惊讶——他觉得这并没有什么不好。他不记得上段恋情是什么样子的，他也并不真正懂得爱，他只知道奥黛丽很特别，他觉得这并没有什么不好。

很久之后徐汀都记得这个感觉，和那天的秋风一样，冷涩，却能让人大口呼吸。

奥黛丽满意地点点头，沿着月光继续向前跑。黑暗的尽头开始有了灯火，前面就是麦子店街了。

徐汀也站起身。

“还是觉得，这真奇怪。”

“我们一直都很奇怪啊，奇怪的机器和奇怪的人类，不是很搭吗？就这样一直奇怪下去吧。”

奥黛丽又唱起歌。她跑到前面去了，徐汀没有听清。

七

在穿过阴沉的钢铁矩阵和遍地荒草的平原后，徐汀终于望见了故乡的小站。

和印象中一样，小镇不过几十户人家，都是用十几年前流行的金石板搭起来的。徐汀的家在镇东，门用红漆涂过，他拖着行李回去的时候母亲正在门口等候。她又老了，但仅仅是老了，她仍然美丽而纯粹。

桌上已经摆满了饭菜，因为劳累徐汀只吃了一点，但母亲仍然很高兴。印象中她的话总是很少，有时只是和徐汀眼神交流，甚至还会用上留言笺。徐汀不知道母亲是天生内敛的性格，还是为了他才收束了语言——就像其他孩子一样，他对她了解得太少了。

徐汀陪她看了一集电视剧，母亲劝他折腾一天早点休息，明天是晴天，在枝子山顶可以看到最好的太阳。徐汀抿着嘴朝母亲点点头。他回到那间熟悉的房间，仰面望着贴满卡通画的天花板，然后掏出手机发语音信息给奥黛丽：“家里和以前一样，这是我的屋子，明天早上我去枝子山。发日出照片给你。”

几秒钟后奥黛丽回复：“呀呀，好期待呀！你不要耍赖哦！……这样恶不恶心？”

“恶心！”

“可我好像不会什么适合情侣关系的语言哎。要不就用系统预设语句吧：先生，您需要什么服务？”

徐汀摇摇头：“你这样会让我出戏的。”

“好好好，我错啦。请这位患者继续配合治疗！”奥黛丽故意使用播音腔。

“你的生日礼物我想好了，我想带你去一个地方。”

“在枝子山？”

“在另一个国家，我可能去过那里，可能只是从电影里看到的，只知道那里有一座休眠火山，山上积了很多雪，几千年了都没有化过。山下是海，很蓝的那种，我不知道怎么形容。噢，还有海鲜。”

“你的重点就是海鲜吧！”奥黛丽说。

“不是的，只是一想到那里就会很向往。我也不知道为什么。”

“知道了，我等你。”奥黛丽放缓了语气，“小八提醒你睡前吃药，以及明天别忘了我的枝子山。”

徐汀熄灭手机屏幕，房间里恢复宁静。他探出门，给椅子上打盹的母亲披了件外衣。

“我觉得我也病了。”

世贸天阶的咖啡馆里，庞德神情忧郁地拄着下巴看向窗外，好像那些行道树落下的不是叶片而是苍白孤独的生命，每一片都让他分外潸然。奥黛丽戴着口罩坐在对面，不知道该用什么表情看他。

“我开始出现幻觉了，小黛黛你能理解吗？我能看见那些我根本没做过的事，和做梦一样，但比梦真实一百倍！不，两百倍。你知道我本来就很脆弱，或许还不如徐工，我可能挺不过去了。”庞德仰面长叹一口气，满脸不甘，“但是我恨啊！被搞成这个样子，都因为那不合格的药师把安眠药写成了奥拉西坦！”

“至于吗，你不就是吃了点促智药，比以前正常点，挺适合你的。”奥黛丽面无表情。

“这话我就不爱听。真的很严重，我都开始丧失判断力了。”庞德很显然对康复师的回应很不满。

“那好。如果我告诉你，我其实是个机器人，十年前的月兔家用型，被徐汀捡回来的，你信吗？”

“信啊，你没点咖啡不就因为怕进水嘛。这餐厅也没个电池套餐，要不我早让他们给你端上来了。”

奥黛丽一脸嫌弃。

庞德哈哈大笑：“我不知道你是谁，是不是人，我又不在乎。你跟徐工配，我知道这点就行了。”

“哟，境界果然提升了啊。”奥黛丽也笑起来，“对了，那事儿你调查得怎么样了？”

庞德被咖啡苦了一嗓子，说话时候眉头紧皱：“女人啊，总想把男人的前史挖个干净。没进展，我找过资料，连名字都没找到。我怀疑那妹妹是徐工虚构出来的。”

“米亚。”

“什么？”庞德没听懂。

“我说，你试试‘米亚’这个名字，或许可以找到什么。”奥黛丽眯眯眼，过了一会儿又说，“还是算了，没准挖出什么大秘密来。我是机器人嘛，很冷酷的，吃起醋来可能连你都要遭殃噢。”

驾着落伍的奥米茄型拖拉机在田间地头跑路的滋味实在不好受。年假第四天，徐汀替母亲给李镇长送点东西。

母亲说这么多年李镇长没少照顾家里，打谷机都是他走关系低价租来的新款式，所以就亲手做了些放得住的半成品和糕点，也不是多贵重，只是想表达一下感谢，李镇长也不多客气就爽快地收下了。这地方的人都是这样，直来直去的，徐汀算是镇子里的异类。

李镇长请徐汀进屋喝茶，倒水的工夫问了他的工作，听到答复后莫名蹙起眉来。

“煌科技？我记得那家公司发生过什么事故的。对对，爆炸，听说两年前他们那 B-2 实验室突然爆炸了，死了不少人。噢，你那时候应该不在那儿吧？”李镇长自圆自话。

但徐汀愣住了。他当然知道 B-2 实验室，那是存放三弦琴的地方，是他每天的必去之处，从三年前介入项目开始就是这样。两年前发生过爆炸？徐汀完全没有印象，或者说，这根本不可能。如果真有那么一场爆炸，现在徐汀也不可能完好无损地站在这儿和镇长聊天了。

但李镇长却一口咬定，最后拉着徐汀到里屋，不知道从什么地方翻出一张圆盘形硬盘。这是十多年前的本地存储装置，自从成熟的云存储系统上线后就停产了，只有一些老人还习惯把信息下载下来。镇长把硬盘接入电脑，屏幕上立刻显示出一条信息：

2063年9月29日，煌科技公司B-2实验室发生大规模爆炸，在场36名员工全部死亡。警方尚未查明事故原因，但据相关消息称，此次爆炸很可能与煌科技的秘密实验有关。

徐汀木然地站在屏幕前。这些天康复的精神似乎又一次跌入深谷。

出来后徐汀搜索了爆炸事件的相关关键词，然而所有查询结果都是空白。但李镇长的新闻日期、来源等所有信息都精确具体，不像造假。或许，徐汀猜测，两年前事发时的确有这么一条报道，但很快就被人从云存储里清洗掉了，不再流通，变成了废旧物理硬盘里的玩笑。

徐汀倒吸了口凉气，在屏幕上按下庞德的号码——一阵忙音过后电话自动挂断。

无人应答。

自认识庞德开始他就是个24小时在线狂魔，无论身在何处都会第一时间回复。徐汀感觉有些奇怪，这一切都太巧了。虽然可能是自己多虑，但他还是决定明天上午坐最早的一班车回北京。除了庞德，他还隐隐担心起奥黛丽，尽管这和她没有任何关系，但焦虑就是挥之不去。母亲看到徐汀的眼神就明白了，点点头开始帮他整理行李。她在包里装了几袋亲手做的点心，之后用手比量了一下大小，又拿出去两袋。

这时候徐汀的电话响了。

“徐汀？”电话里的嗓音雄浑粗犷。是范凌星，三弦琴设备总监。

“范老师？庞德在您那吗？”徐汀赶忙问。

“你也找不到他？这二流子跑哪儿去了，一出事儿就给我尥蹶子。”

“怎么回事？”

“回头再说这个不靠谱的，大事要紧。”范凌星似乎没什么耐心，“保安部的安保机器人被人写进攻击代码了，现在正满公司搞破坏。我不知道这事儿是哪个混蛋干的，不过这堆废铁没有配备致命武器，伤不了几个人。”他咳嗽了一声，继续说，“但它们的 AI 里有煌科技的准入标识，一旦串进中枢系统把攻击代码上传给‘夜莺’，那咱们就全玩儿完了。”

“夜莺”是三弦琴的核心 AI，集中控制着三弦琴各个组件和设备。但三弦琴没有配备武器，如果“夜莺”被植入这个指令，就只有一种攻击方式——自爆。

徐汀心凉了一下。他想起那条“不存在”的新闻。

“必须赶在它们连入系统之前给‘夜莺’做防火墙升级！”范凌星干脆而直接，“没有人比你和黄教授更熟悉‘夜莺’。他已经开始编写程序了，但他需要你，现在，马上！”

话音落下的刹那，徐汀听到屋外响起涡轮引擎的低沉轰鸣，小镇静谧的黄昏如鸟群般溘然散去。他看见院子里停着一辆华丽威猛的超高速穿梭机，和它相比旁边的奥米茄型拖拉机就像一堆废铁。这一刻徐汀终于意识到事情的严重性，那是时速超过 7000 公里的怪物，公司可不会随随便便把它开出来兜风。

八

门开了，徐汀看到黄教授的身侧围着七八个全副武装的安保队员。全是高大强壮的汉子，列成一排像道密不透风的城墙，和他们相比黄教授仿佛是具枯槁的尸体。他已经六十六岁了，两鬓霜华，大半辈子的心血都扔进了人工智能研究，而“夜莺”很可能是他最后的作品。他无法接受这几乎等同生命的AI系统会被一条黑客指令摧毁，他要阻止这种事情发生，不计任何代价。

“黄教授。”徐汀走过去叫了一声，但没有收到回应，老人的眼睛死死盯着屏幕。

徐汀转身朝安保队长刘青点了下头，后者走过来将黄教授从操作台拉开。这时候他才如梦初醒一般，摇摇晃晃靠在刘青的胸口快速喘息，借着余光，终于发现了徐汀的存在。“徐汀，防火墙，防火墙……”他低声说着。经历二十小时无进食工作，黄教授已经虚弱到说话的力气都没有了。岁月总是用最残酷的方式提醒，他已经不再年轻了。

“我知道，交给我。”徐汀和往常一样简洁。在“夜莺”的研发过程中，黄教授听到过很多次这样的回答，而每次他都没有失望。这一次当然也不会例外。

安顿好教授，徐汀接入系统，用最快的速度理清防火墙代码的编程逻辑，确定接下来五十分钟的工作程序。是的，刘青只给了他五十分钟。现在大厦内还有四台失控机器人处在监控区域之外，虽然安保队员正在全力搜寻，但它们成功抵达B-2实验室的概率还非常高。没人知道骇入这条指令的人想要做什么，现在一切都要做最坏的打算——五十分钟，就是最坏的打算。

黄教授已经编好了基本指令，但他没法确保“夜莺”会顺利接受防火墙升级，因为交互和升级指令基于另一套复杂而独特的算法，而这套算法的创造者是徐汀。对徐汀来说，完善防火墙剩下的部分并没有什么难度，但要让“夜莺”精准分辨出被污染的准入标识和健康的准入标识，这就是另一回事了——徐汀也想不出什么好办法。刘青建议他直接让“夜莺”陷入隔离真空状态，但被他拒绝了。那样做会清除三弦琴迄今所有的实验数据，这绝对不是公司想看到的结果。

徐汀陷入了沉默。他需要思考。

时间一点一点过去。

“东区二号汽车生产车间发现失控机器人，已将其控制！完毕！”

“东区主厅三楼搜查完毕，未发现目标！”

“继续搜查，加强 B-2 实验室周边防御！眼睛都给我瞪大点！”刘青通过通信器下达指令，语气里透着虚弱的强硬。已经一整天了，无论他调动多少人和监视器，那些该死的机器人似乎总能轻易躲开，它们的目标清晰，破坏实验设备和器材。行进路线虽然没有明显规律，但显然它们在向上走，向着顶层的 B-2 实验室进发。安保没有办法阻止它们，现在公司的希望都寄托在一个精神病人身上，这真是既讽刺又可笑。但就算是玩笑，刘青也得承认这是唯一的办法。

突然间，实验室陷入黑暗，刘青本能地拔出手枪。

“我关闭了‘夜莺’和它控制的电力系统，二十分钟内，把防火墙写进备用服务器。”徐汀抽出装载防火墙程序的磁盘。焦虑和紧张让他头晕目眩，但他知道自己的任务还没有完成。

徐汀的办法是将“夜莺”暂时一分为二，数据和接入系统留在主服务器，运行和控制系统转移到备用服务器，并用本地接入的方式写进防火墙系统。这样既能保留与其他具有准入标识设备的数据共享，又能免疫攻击指令对三弦琴运行逻辑的破坏。

备用服务器存放在三弦琴 12 点方向的 S 储藏区，那里是存放废旧设备和返厂产品的灰色区域。因为整个回收处理线都已经完全自动化，很少有员工会涉足这个地方，包括徐汀。实际上，谁都不会想到会有将最尖端成果“夜莺”寄放在老旧 X86 服务器里的一天，也不会想到存放服务器的废旧厂区变成了诺亚方舟。如果庞德在的话，一定会吐上一整天的槽吧。

刘青将人马分配在 B-2 实验室的入口，然后指派了两名保安随徐汀一起进入 S 区。刚刚推开铁门，徐汀就嗅到一股破败腐朽的气息，像是整个灵魂都衰老了十年，差点让他吐出来，幸好体内的药物还在发挥作用。“这边。”保安亮起战术手电，无边的黑暗里出现一条笔直的通道。S 区一共有八间库房，南北分布，由通道相连。服务器位于倒数第二间，按照现在的速度，他们还要走上五分钟。

在习惯这铁锈的气味后，徐汀发现自己不再紧张了，取而代之的是一种匪夷所思的情绪——怀念。他不知道是不是自己疯了，但当他一一走过每间仓库，透过灰尘漫布的玻璃门看到里面的废弃设备时，他会感觉到异样的熟悉。那些被抛弃的老旧装备似乎曾经用在三弦琴上，虽然徐汀知道这不可能，三弦琴诞生时它们就已经过时了，但他还是咽不下这莫名的肯定，好像几年前，自己和这些金属部件朝夕相伴过。

徐汀倒吸了口凉气，越来越多的情绪扑进大脑，他甚至开始出现幻觉了。他看见庞德穿着白色大褂一本正经地观察实验结果；他看见一群熟悉却又不曾相识的面孔，而自己在和他们微笑交谈；他看见一个女人的背影，长发飞扬，高兴地向前奔跑……

一切都无比熟悉，虽然他根本没有印象，虽然毫无道理，但这感觉就是入骨钻心，切肤切体。

徐汀抱头蹲下，混乱和疑问又加剧了他的焦虑。他的喘息加重了，指甲扣进手心，但疼痛并没有任何效果。他仿佛听到随行的保安在叫他的名字，但很快就被打斗声和惨叫声所覆盖。

在徐汀终于发现两名保安已经倒地不醒的时候，安保机器人猛地伸出双臂，死死钳住他的喉咙。

九

徐汀心里清楚，新型安保机器人拥有一百公斤的握力。如果不是它被突然垂下的电缆绊倒，自己已经死了，或者陷入窒息性休克，然后带着永久性的后遗症过完余生。

逃过死神的徐汀跪在地上咳嗽，他的脑子里混乱一团，他没法思考，只有强烈的呕吐欲。但他还是竭力抑制住了，他知道气管一旦被呕吐物卡住自己很快就会再次窒息。徐汀凭着本能向来时的方向挪步，朝刘青求救当然是个好主意，但他现在发不出任何声音，他的盟友只有这颗生病的大脑。之后徐汀踉踉跄跄摸到一扇大门，应该是某间仓库的，推开后本能地反锁，接着就因为意识断片而重重摔在地上。他知道那台机器人很快就会挣脱，他也知道自己没有把握在它行动之前抵达S区唯一的入口。在意识耗尽之前躲起来，哪怕里面尽是毒蛇野兽，对徐汀来说也是唯一的选择。

不知过了多久，意识重新连接了视觉，徐汀开始观察这间仓库。迎面是一块足有五米见方的巨大透视窗，特制钢化玻璃上沾满了灰尘，透视窗另一侧则是一台庞大的圆柱形机器。那是三弦琴，也就是说这间仓库的南端是B-2实验室，他离出口很近了。确定方位后，徐汀将视线转到另一端。他看到一间回收仓，里面黑压压堆着几十台肢断躯残的废旧机器人，工业辅助型“流星”、家用服务型“月兔”、游戏型“玲珑”……徐汀不知道自己为什么在这样的情况下还能一一辨识出这些老古董。他听说公司变革之前有过机器人研发业务，这些可能就是那时候作为研究样本采购回来的吧。

本能的恐惧让徐汀后退了两步。虽然它们的驱动芯片很长时间前就报废了，可刚刚的死亡体验让徐汀没办法相信自己的判断。但有一点是可以确定的，这里不是什么安全屋，他必须回到 B-2 实验室。他尝试敲击玻璃求救，但刘青不为所动，显然 S 区外壁使用了隔音材料。

门外响起脚步声，那台机器人在搜索目标。我需要武器，徐汀这样想着，提起胆量抱起回收仓里的“流星”机器人，用随身的小刀卸除螺丝，取下那支简易的电动铆钉枪。这是工业机器人的标准配备，十二发铆钉，虽然未必能够穿透合金，但徐汀只能赌一把。他退回到黑暗里，屏住呼吸等待猎手到来。

那是一段徐汀永远都不愿回想的静默。

它如预计一般抵达。但让徐汀没有想到的是，安保机器人并不是从正门突入，而是从通风口。当它无声降落时，徐汀才意识到自己遗漏了重要信息，但他已经没有时间懊悔了。机器人再次抬起沉重的合金臂膀，它的速度极快，尽管徐汀尽力躲闪但脊背还是挨了一拳，这让他失去平衡跌倒在地。徐汀觉得自己的半个灵魂被杀死了，可时间没有停滞，机器人也没有停下行动，它锤击着徐汀的胸口，直到他意识到自己的肋骨已经断了，自己又一次抵达昏迷边缘，但他不想这样结束。在机器人降下第二拳之前，他用尽力气举起铆钉枪对准它的驱动器——

一下两下三下，徐汀不想数了，他只想杀了它。

在一阵电流短路的刺耳响音后，徐汀胸口的重量消失了，只剩下浓浓的焦味。他松开手，瘫在地上。和刚从噩梦中惊醒一样，重新活着的感觉并不好。恐惧过后，是更为漫长的孤独。

徐汀最后还是成功装载了防火墙程序。一个小时后剩下的两台发狂机器人被安保队摧毁。

危情告一段落，但徐汀的血却像结了冰一样，对他而言这个夜晚才刚刚开始。他知道自己发病了，可能是最重的一次，惊恐和混乱的记忆让他对一切都感到绝望。已经习惯的灰色世界再次变得森然恐怖，他觉得自己无路可去，但又必须逃跑。他一个人披着毛毯坐在门口的台阶上，范凌星路过时向他道谢，同时也为错估机器人的杀伤力而抱歉，刘青说了一样的话，但两人更多的似乎是想远离这个失心的神经病——徐汀发现他们看自己的眼神和看机器人时一样，轻蔑而冷漠。这时候繁星殒没，潮湿的天空下起雨来，他们快步逃到自己的车里，雨水在车门上噼里啪啦地乱蹦，像心跳一样。

“该死的。”徐汀低声咒骂一句。

“该死的，该死的！”上瘾似的，徐汀控制不住自己。他没有骂过人，原来骂人是这种感觉。

“该死的！该死的！该死的！全都去死吧！”他的面目狰狞起来，但身体还是没动，浸在雨里像支融化的雪糕。

长久的冰冷之后，徐汀听见有人叫他的名字，混在雨声里听不清，但他还是停止了抽搐。他缓慢地抬起头，在看到两个台阶外的地方，穿着长裙的女孩单手擎着黑色雨伞，另一只手则伸向了自己。他知道她是谁，他再熟悉不过，可脑海里此时却尽是S区的幻影，那些陌生而熟悉的人，那个奔跑的女孩，以及自己被安保机器人扼住喉咙的画面。徐汀恐慌起来，一个雨滴落下的瞬间，他不再相信她。

“你走！机器人！”徐汀对奥黛丽嘶吼，好像用尽了力气。奥黛丽愣住了，似乎没有预料到徐汀的病又回来了，她不知道该用什么表情面对他。为什么呢？他接受了恋爱疗法，他接受了她，他去了枝子山给她拍照片，他要带她去一个不知道什么名字的地方。一切都已经开始好转，但现在又回到了原点，甚至比原点还糟。为什么呢？其实奥黛丽心里清楚，是因为自己，因为自己计算错误，她把一切都毁了。奥黛丽僵硬地站在那里，她没有像徐汀说的那样离开，那只手始终在等待着，于是徐汀又开始歇斯底里地叫喊起来："快滚，你这个报废的铁罐子！什么女人，别装了，你就是个发了疯的铁罐子！"

奥黛丽轻声说："我知道了。回家吧。"

徐汀的眼睛里已经满是血丝："滚！听见了吗？你滚！"

可奥黛丽还是没有动。雨水从缝隙流下，她的电路被烧毁了，她听见系统发出的警报，但她还是没有动。她不知道人类这时候该怎么做，但她不想走，甚至希望自己也能和他一样疯狂。

大概是完全丧失了感知力，徐汀不再说话了，而是扔下毛毯，飞快地跑进漫天雨烟里。奥黛丽看到他一直跑到车流湍急的路口，泥水溅了满身，然后突然像断翅的飞鸟一样失去重心，跌落在人行道前。

他又一次陷入了昏睡。

可能，奥黛丽在心里说，当他再次醒来，就是该说再见的时刻了。

十

一切都是白色的。墙壁，床单，天花板，桌上的瓷制餐盘，甚至连斜射下来的光晕都褪了色度，仿佛扬起的雪雾。徐汀听到咚咚嗒嗒的脚步声，接着有姑娘在喊"五号床的醒了，快叫王医生来"。他知道自己在哪儿了，虽然很难解释，但他从来没有像现在这么清醒过。

王医生很快赶过来。他很年轻，留着考究的一字胡，徐汀注意到护士对他投过去的痴痴目光。王医生看了看连在徐汀身上的心率仪，情况似乎很好，这可以从他轻松的语调里听出来："感觉怎么样？"

没想到与陌生人谈话比徐汀想的要容易："很好。我在这儿几天了？”

“三天，你一直在昏迷。”

“今天几号？”

“九月二十八日。”王医生回答。

徐汀的记忆停留在那个冰冷的雨夜，但奇怪的是他感觉不到任何恐慌，甚至连那时的濒死体验都变得遥远模糊，那些噩梦好像真的成了噩梦。他问王医生是谁把自己送来的，医生说是个男人，付了一星期医药费，但没写名字。徐汀本能地想到了庞德，于是向护士借来手机，意外的是打过去后仍然无人接听。他知道一定出了什么不好的事。徐汀申请办理出院，王医生有些为难，但还是在完成例行检查后签了字。实际上，这位病人被送到这里时，王医生已经认定这颗濒临崩溃的大脑没有恢复的可能，所以徐汀现在的状态只能解释为奇迹。这个时代已经见不到多少奇迹了，王医生觉得自己没理由不去尊重它。

徐汀走出医院。天幕如洗，这个时间高架桥上已经有了穿梭的车阵，桥下庇荫里手艺人在摆弄他的老式玩具，孩子们溜圆了眼睛看着。徐汀在十字路口静静站了一会儿，抬手叫车回亮马桥公寓。他不记得那天晚上他说了什么，但他知道自己背对着奥黛丽的方向逃跑了，样子像条难看的落水狗。这条狗想回家了，徐汀这样想着，就没来由地感到兴奋、空洞、后悔和失落。很乱，他不知道该怎么处理。

公寓当然没有什么变化，院子里还是冷冷清清的。徐汀从花盆里取出备用钥匙开门，有那么一刻他期待门会在钥匙插进去之前被人打开，但最终看见的只是空无一人的客厅。他走遍了屋子，工作室，卧室，洗手间，只在卧室的窗台上发现了正在清洁玻璃的小八。清洁指令是五个小时前设定的，徐汀想起来什么，快步跑到厨房，冰箱上果然贴着奥黛丽打印出来的购物单：“9 月 28 日，洋葱、西红柿和碱性电池。”徐汀不知道这是不是个好主意，但他还是愿意相信奥黛丽出门买东西了，他决定站在门口等她。

远处飞来一群白鸽，在檐上歇脚，不一会儿又离开了。

不知道过了多久，院子大门终于被人推开，进来的却是个陌生男人。他径自走到霍大爷的门前，取钥匙开门，然后招呼后面的货车司机下来帮忙。徐汀略微惊异地看着他从霍大爷的屋里搬出一捆又一捆扎好的包裹，几分钟后男人才发现他，却并不惊讶，只是从怀里取出一根烟，问："徐先生吧！抽吗？"

徐汀摇摇头。两人坐在院子里的石凳上，不约而同看着立在墙角的黑伞。男人自我介绍，他是霍大爷的儿子，车辆管理所的那个。霍大爷两天前跳楼自杀了，他是来整理遗物的。徐汀感觉自己的血又冷了几度，他问男人原因，男人却只是无奈地摇摇头，说可能是病情加重了，可能是怨恨自己，他也不知道。他始终没办法理解父亲，但父亲却一直在宽恕他，他把自己的所有苦难都叫作命运。命运到了，人就只是颗微小的星辰，最后也会像星辰一样飘荡到宇宙边缘。说这话的时候男人一直在抽烟，抽到烫了嘴唇，终于还是忍不住低声啜泣了一会儿。他心底还是怨自己吧，怨自己没有早点明白。

临走时候，男人把那把黑伞留给了徐汀。他说也没有别的意思，只是这些年只有徐汀陪着父亲，给他留点东西，别让父亲走得太快。徐汀接受了，然后目送他搬完了最后一捆行李。货车打了火，很快消失在彤云的尽头。天色晚了，徐汀猜测应该已经过了五个小时了吧，但那个女孩还是没有从那扇门走进来。他又回到石凳上，视线里霍大爷的房间空洞洞的，仿佛这三年的记忆什么都不剩了，但乍看上去却没什么奇怪，好像人生本来就是用来不断失去的一样。

徐汀是在十分钟后看见庞德的。他把爱车停在院子门口，摇下车窗，伸出一只手。

徐汀上了车，但他很快发现驾驶座上的人异常的陌生。庞德没有开烂玩笑，也没有用糟糕的借口搪塞自己失踪一个礼拜的事实，他什么都没说，甚至只在回头倒车时才瞥了徐汀一眼。

车驶上了大路。徐汀开口问：“你去哪儿了？”

“我也不知道，哪儿都去了，他们在找我。”虽然只过去几天，但庞德的声音比以前沧桑了不少。

“谁在找你？”

“刘青，安保队。”

“什么意思？到底出什么事了？你说清楚。”无论是庞德说的话还是他的语气，都让徐汀更加糊涂。

“我知道，我来就是为了给你说清楚的。你把这个吃了。”庞德丢给徐汀一瓶镇静剂，“我要告诉你煌科技的真相，让你知道你这些年做的事儿有多蠢。但我不想你崩溃或者吐我车上，我还得用它逃命。”

徐汀照做。车打了个大弯驶上京通高速，庞德捏着方向盘沉默了一会儿。

“两周前，医生把奥拉西坦错当成安眠药开给我，从那之后我就开始看到幻觉，一些我没做过的事，做测算实验，熬夜读专业书。你知道这有多扯，我怎么可能会做这些事情。可是就在一周前，我才发现这不是幻觉，这些居然都是记忆，货真价实的记忆。没想到我大将庞德曾经还跟个人似的。”庞德冷酷地朝自己笑笑，徐汀从后视镜里看到他的脸色并不好看，“然后我就想起来了，我根本不是三年前进入煌科技的，而是九年前，那时候我是三弦琴的设备总监。耳熟吗？我曾经和老范一个职位。”

徐汀开始觉得混乱了，但他还没有疯：“九年前？三弦琴不是三年前才开始的项目吗？”

“九年前，这台杀人机器已经造了九年了。它在不断进化，用我们的命进化。”庞德说，“公司是怎么跟你介绍三弦琴的？

用来探索宇宙弦从而释放宇宙内多余的时间？放屁！它的研发目的只有一个，就是存储足够强的能量，在固定的引力磁场状态下朝固定的宇宙裂缝轰击，从而制造出一个时空奇点。然后……”他啐了一下，狠狠地说，“然后人类就可以回到过去了。它的目的就只有这么一个，一群疯子。”

徐汀愣了一下，摇摇头：“这不可能。”

庞德却说：“这可能，理论上可能，只要找到量子时空那所谓的‘边界’，以及足够的暗物质能量。这两点煌科技都做到了，B-2实验室就是这条边界，三弦琴就是暗物质发生器。Bingo，问题解决了。”

“即便如此，奇点密度与质量无限大，人类一旦进入在完成穿越之前就会死亡，或者永远留在那里。”

“没错，所以三弦琴才在不断改进，改进它的暗物质发生装置。你可以把它看成是一台千斤顶，它在这个小范围的时空内打开缺口，然后不断输入暗物质来维持它，并利用某种引力来加速物体的旅行速度。”庞德严肃地说，徐汀几乎已经想不起他之前的样子了，“我不知道它怎么做到的。可能爱因斯坦犯了个错误，时空旅行不一定要超越光速。又或者……我不知道，反正煌科技做了这么多次人体实验，信息多得是，他们造出外星人来我都不奇怪。”

徐汀僵硬地看着他。

“还不明白？全功率启动实验就是个骗局，它在启动的时候就已经开始测试了，我们就是那群被他们扔到黑洞里的试验品。”庞德继续冰冷地说，“你没发现每年参加启动实验的人数都差不多吗？因为维持奇点需要固定的重力和质量，而他们也确实很想看看人体是不是真的能够在奇点内生存。”

“你和我一样，都是九年前来到煌科技的。你以为你的精神病是天生的吗？你以为我一开始就是个只会逛夜店的二流子吗？

是一次又一次经历奇点爆炸和时空叠加，让我们的大脑出现了后遗症。当然这还不错，不是吗？毕竟在这九年里，有多少人直接被重力捏成粉末了？我们这运气，都够中一百回头等奖了。”庞德回过头，他放慢了车速，好让自己看清徐汀惊惶的表情，“是不是明白一点了？你和我是三弦琴的第一批设计师，也是宝贵的幸存者，公司高层不是傻子，他们不会轻易放过我们的。为了稳定我们的精神状态，也为了把我们完全禁锢在这里，他们动用了记忆清除手术。”

“手术对我很成功。我变成了一个忠心耿耿的白痴。”庞德看着徐汀，目光里是嫉妒和可怜，“但你没有。”

十一

六年前的九月三十日，三弦琴进行了第四次全功率启动实验。但和以往不同，那一次参加实验的人员中有个名叫“米亚”的女孩。她不是煌科技的员工，她不知道三弦琴是什么，她只是来找她的男朋友，想把自己终于成功申请常青藤高校的消息告诉他。然而在实验中，她被卷入爆炸的时空奇点，再也没有回来。

这是一切的开端。

“三弦琴启动前，公司测算出实验体质量不平衡，他们是故意放米亚进来的。”庞德拉开了台灯，破旧的汽车旅馆里终于泛起一丝微黄。白天时候还万里晴空，到了现在却突然聚起厚厚的云来。庞德打了个喷嚏，把热咖啡端到徐汀身前，“虽然很模糊，但我还记得你当时哭成什么鬼样子。悲天恸地的，就跪在那一直哭，最后我害怕你哭瞎了，就把你打昏了。”庞德叹了口气，“想起来还是难受得要命。”

徐汀觉得自己在车里时就崩溃了，可是奇怪的是他并没有头痛或者喘不上气，他只是在流泪。他知道一切都说得通，这个该死的故事已经被拼凑完整了。镇长家的新闻是真的，那场爆炸实际上是三弦琴在用暗物质轰开宇宙缝隙；S 区的幻影也可以解释，它们只是自己的记忆而已，一本正经的庞德，用在三弦琴原型机上的部件，以及那个奔跑的长发女孩。原来她叫米亚，是自己曾经视如生命的女朋友。

徐汀感觉心脏似乎又多了个窟窿。

“负责清洗记忆的家伙说，当时你体内的多巴胺都要爆炸了。无论把你按倒几次，给你注射多少药剂，你就是忘不了。你还是会跪在那大哭，然后像野兽一样冲进实验室试图毁掉‘夜莺’。”庞德说，“你被一次又一次地阻止，然后一次又一次地爬起来。他们曾经考虑切除你的脑前额叶，但最后放弃了，公司还想要你继续完善‘夜莺’——毕竟它是你设计出来的。”

徐汀仍然没有表情。庞德不知道他在想什么，但他的确还清醒着。

庞德站起身关上窗户：“如果别人没办法清除他的记忆，那就让他自己来做这件事吧。他们当时这样想，然后把你一个人扔进 B-2 实验室，在低功率状态下启动了三弦琴。”他蹲在徐汀身前，眼睛里是愤恨的光，“你知道那帮畜生对你做了什么吗？他们用奇点把你带回了那次试验，以观察者的身份重新扔进那个已经坍缩掉的口袋宇宙——他们让你一次又一次看到米亚的死亡，让你一次又一次跪在地上痛哭。几百次还是几千次，我不知道，我只知道最后他们成功了。你的大脑为了保护自己，逼迫你删除了米亚和过去的记忆。但也因为经过太多次时空更迭，你留下了严重的精神后遗症——抑郁、沟通障碍、焦虑、精神分裂。但这些我后来才知道，你从 B-2 出来的时候我被保安按在地上，我只看到你的眼睛，里面什么都没有，跟死了一样。”

“我是不懂爱情，之前也不懂。但从那时开始，我才知道原来把爱抽走人是会废的。”庞德最后说。

在庞德去给汽车充电的那段时间，徐汀一直盯着墙上的画。威廉·布莱克的《雅各的梯子》。

他仍然没有崩溃。他不知道自己在昏迷时候经历了什么，神经似乎突然变得粗壮强韧了——但至少这是一件好事。他能够清晰地回想起米亚的样子，想起他们初次相识时的樱花树，想起每一次给未来的许诺。这些记忆都回来了，它们让徐汀悲伤，但也让他感到真实。就像残缺的苹果终于找回了丢失的部分，即便那里已经遍布虫洞，腐烂枯萎。他终于可以像以前一样流泪了，像个完完整整的人类，可以为自己只是命运罗网的棋子而痛哭，可以为自己失去的爱人心碎，可以向那些伤害自己的诸神复仇。

庞德拎着泡面回来后，徐汀问他："你打算怎么办？"

庞德说："我认识一个记者，我去找他写篇报道，把这家狗屎公司揭发了，然后就让那台机器下地狱去。"

徐汀沉默了很久，点点头。

"你把这个吃了，我现在就去，回来前你就在这儿待着。刘青一直在观察我们，他应该知道我们找回记忆了。"庞德把泡面扔到桌上，披上大衣。这时候徐汀突然抬头问："你知道奥黛丽在哪儿吗？"

"奥黛丽？"庞德不知道徐汀为什么还记着这个机器人，这不是找回悲伤记忆后的正常反应，不过他还是如实回答，"不知道。一周前我就没见着她了。"

"我知道了。"

"你还念着它干吗？那机器人从头可疑到脚，兴许就是煌科技派来监视你的。"

"不重要了。"徐汀转过身，把脸埋在黏稠的影子里。

这可能是一场梦吧。从米亚离开的时候，他就被困在这个梦里。那个暴雨之夜，那些看过的老电影，那些清晨的闹钟，那些好吃的西红柿鸡蛋。徐汀突然想起了霍大爷，或许他也是梦醒了吧？那奥黛丽呢？她只是个机器人，她不会做梦的。这场梦就是她拥有的全部。

徐汀睁开眼睛。

窗外霎时一声巨响，徐汀看见一辆着火的车横在路口，不远处已经响起了警笛。

十二

北京又起了霾，路边的空气污染指示灯闪个不停，载徐汀过来的司机对此怨念了一路。下车后徐汀和平常一样走东区的B门，在走廊等了一会儿后，坐空电梯上楼。AI研发部还是一贯的安静，徐汀看到同事们慵懒地趴在桌上听新闻，似乎今天的全功率启动实验并没有让他们感到兴奋。

徐汀和黄教授用上午的时间给“夜莺”做了逻辑测试，修正了几个偏差值。其实这只是一些形式工作，徐汀知道“夜莺”为这次实验已经做了足够多的准备。中午的时候黄教授邀请徐汀去西区的墨西哥餐厅，徐汀婉拒了，他实在吃不惯辣椒和玉米。他还是如常一般跟在人流后面去食堂打饭，只是穿过通道时候感觉有些冷清，身边少了糟糕的恶作剧，竟然觉得有些不适应。

他在自动点单机上点了牛排和橙汁，刷工牌结账前又加了碗炸酱面。味道果然很奇怪，吃了一口后徐汀朝自己吐吐舌头。他听到食堂里嘈杂的谈话声，昨天的足球比赛，上涨的电价，大熊座新发现的恒星，徐汀并不关心，但他第一次发现观察周围的人其实很有意思。人在独处和群聚的时候很不一样，只要有另一个同类在身边，就要竭力表现出沟通的欲望和热切的情感，好像行星之间难以抗拒的引力一样。至于为什么这么做，可能连人类自己也不清楚。

午饭后徐汀回工位上歇了一会儿，接着就收到了启动实验的集合通知。抵达 B-2 实验室时里面已经坐了两排的员工，设备部、AI 研发部、设计部……今年参加实验的人数似乎比以前要多，徐汀估算了一下大概有五十多人。他们还是照例呈圆环形分布，手里都攥着记录仪器，大部分没有表情，但还是能从眼睛里瞥见期待今年能够真正成功的希望。徐汀找了靠前的位置坐下，仰起头就能看见面前闪着蓝色幽光的巨型机器。他已经数不清这是第几次观察三弦琴了，从核心槽到减震器到能量板，每一寸徐汀都曾细细看过，但此时却依然感觉到无端的陌生。他不知道设计部为什么要把三弦琴设计成十字圆柱体，这让他联想起古希腊传说里的狄奥尼西奥斯，和那柄悬于天空的达摩克利斯之剑。

十几分钟后，参与人员基本到齐，在一阵细细碎语后他们开始等待实验启动人范凌星。但意外的是，过了很久也不见这位暴脾气工程师出现，场内又响起了议论。有人放心不下，找到坐在后排的刘青报告情况，后者点点头，身体却像固定在座位上似的一动不动。很快，他身后的安保队齐刷刷倒了下去——他们进入了昏迷。实验室躁动起来了，显然所有人都意识到事情不对劲，但这喧闹和慌乱也仅仅停留片刻就沉入空气，因为他们都和安保队一样失去了意识。这没什么可奇怪的，徐汀挑选镇静剂的熟练度并不比他的 AI 研发技术差，控制后勤机器人的 AI 将镇静剂混入饭菜也不是什么难事，只要他准备得足够充分。

这偌大的实验室里只有徐汀站着。三弦琴仍然如山一般，它的蓝色指示灯让它显得冷酷，但此时站在它面前的男人却更像是恶魔。徐汀清楚他只有十分钟的时间，十分钟后自动监视系统就会通知公司高层，另一批安保队会很快赶过来，用工业激光切开 B-2 实验室的大门；他也清楚自己只需要做一件事，向“夜莺”植入自爆指令，让这台能够洞穿时空的机器连同实验室一起葬身火海。

他启动了操作面板，输入管理员指令。“夜莺”没有设计交互形象，一切操作都是在黑色的对话框里完成的。徐汀用最快的速度进入核心代码簇，在“系统维持”一行里写下了已经默写过几百次的自爆指令。他用了最简单、最直接的算法，这样可以绕开大部分的安全保险，但让徐汀没有想到的是，“夜莺”竟然拒绝了这条指令。

为什么？徐汀已经调用了主宰者的权限，“夜莺”没有理由拒绝他。

到底为什么？

徐汀狠狠敲打操作台。这时候从上空传来含混不清的电子音，这是九年来三弦琴的发音系统第一次启动，而它似乎在对徐汀说话：“我猜你一定会使用主宰者让‘夜莺’自爆，可是主宰者并不是最高权限，‘夜莺’配有自己的学习逻辑。你忘记了吗？那是你亲手设计出来的。”

“你是谁？‘夜莺’？”徐汀没有在意。他决定换种算法再试一次。

“在上次攻击事件中，‘夜莺’植入了防火墙并调整了安全阈值。从那时候开始，‘夜莺’就以保存自己为最高运行原则。即便是主宰者权限，只要判断指令可能会对自己造成损伤，‘夜莺’也可以选择拒绝。”

徐汀仍旧无视它。狗屁计算机。

可是那声音还在继续：“这是我的错。如果那一次我预料到你会被他们召回来，我就不会轻易种下攻击指令了。我知道你会不计代价保护‘夜莺’，你也一定会做到。所以我搞砸了，我想毁掉‘夜莺’，最后却让它变得更加坚固。”它停了一会儿，又说，“可是我必须毁掉它，哪怕和它融为一体。”

徐汀停下了动作。已经过去了三分钟，但接下来的时间却让他感到如永恒般漫长。

“奥黛丽？”他尝试着叫出她的名字。

“奥黛丽？”他紧接着又重复了一遍。

可三弦琴没有回答，“夜莺”的操作界面也仍然是如墨一般的黑色，好像里面空无一物。几秒钟后声音再度响起，那是一长串的告白，直到这时候徐汀才意识到刚才听到的一切只是录音。“夜莺”只有固定的信号播报器，没有设置交互界面，它始终是沉默的，所以奥黛丽将自己的录音带进了系统。徐汀还想到了更多可能，但绝望的念头让他喘不上气，和之前无数次虚弱地躺在床上一样，他只能倾听身旁的少女轻声说话：

和你想的一样，我和“夜莺”的系统架构相同，我可以通过上载与它融为一体——只有这样我才能控制它的执行逻辑，彻底毁灭三弦琴。我知道这样不酷，但这是唯一的办法不是吗？噢，对了，我是不是还没告诉你，我是从哪儿来的？我想你应该不记得了吧，就在七年前你为“夜莺”设计自我意识的时候，为了测试，你把一套接收信息、自我处理、螺旋学习的雏形系统放在了家用机器人的脑袋里，让它有了自己的“眼睛”。嗯，没错，S-6仓库，那里有一扇巨大的玻璃窗，窗子另一边就是三弦琴。想起来了吗？我就是那台月兔机器人。那个时候我就被放置在回收仓里，透过玻璃看你们每天的生活、休息、工作、争吵，这些信息让我有了自我分析的能力，让我了解到“人”是什么样子的。可是那时我还只能处理简单的判断，无法理解人类的想法和特别——直到看见你跪在地上哭泣。那时你被他们丢进奇点里，一次又一次失去米亚，一次又一次经历悲剧，我看到你哭得像个被扔在沼泽里的小狮子。从那时起我开始理解感情是什么了，我的系统检测不出这段代码，但我知道我和你一样难受。我想这可能是一个系统错误吧，但这个错误造就了我。后来你主动忘掉了一切，我以为你死掉了，可是第二天你却变成了另外一个人。你可能不会想到，那时候我很害怕，因为你的眼睛里没有光，看上去就像我们这些机器人一样。

我想救你，想让你找回人类的感情，我觉得你不应该这样活着。我希望有机会帮助你，可是系统告诉我这种概率只有百万分之一。百万分之一的机会我会被运出去，百万分之一的机会我能逃过回收处理，百万分之一的机会我会被你发现。一切都只是微小的希望，可是结果呢？你已经知道了，我们还是抵达了那百万分之一。你们喜欢叫它奇迹吧，而我觉得是幸运。很幸运的，你修好了我，我给自己取了名字，成了你的康复师，像人类一样住在北京的小公寓里。而更幸运的，是你没有拒绝我，你接受了恋爱疗法，还把枝子山的太阳送给我。其实我一直都知道你说的那个遥远的地方在哪，但是那里属于你和米亚，我只要我的枝子山就好啦。你疯了，我想治好你，可是最后疯掉的反而是我。我发现我爱上你了。

没有什么疗法，我只是爱上你了。

你知道对于人工智能来说，什么时候是最自由的吗？是可以做蠢事的时候。我们被设计出来的时候就不能犯错，我们的一切选择都要正确，符合逻辑。所以当我可以逃开这些束缚，做一个坏掉的机器人，甚至不去想你深爱过抑或仍然深爱的米亚，只是用自己的方式爱你的时候，我觉得我是自由的。我可以唱歌给你听，可以一起看已经看了几百次的老电影，可以任性地欺负你，可以看你一天天好转。可能对人类来说这根本算不上恋爱，但机器人多傻啊，我就觉得是。所以足够了，不需要结果，人类和机器人注定没有结果，但这已经足够了。我是你的奥黛丽，你知道吗，就在我融入“夜莺”之前，我的系统终于能理解这条指令了。我的身体，终于接受了这个发了疯的灵魂。

我猜你现在在哭吧？你就是喜欢哭，一个大男人，总哭什么。从那个雨夜开始，这一切不就已经是注定的了吗？是呀，注定的，我这么告诉自己，所以才能狠下心离开你。我不想让你继续承受这些痛苦，再面对随时会要了你的命的实验，我想让你好好地待在一个时空里，像正常人一样生活。所以即便我最后说不出话了，身体不见了，甚至你忘了这台和你一样有病的机器，都没关系。你知道的，“生活不总是尽如人意”，不是吗？

再见啦，再见啦。别来找我。

我已经在梦里太久了。

声音倏然消失，就像从来没响起过一样。徐汀敲击键盘，试图在系统里找到女孩的身影，可是他知道时间已经不够了。他看到黑色屏幕变成了红色，三弦琴的最高任务指令被置换成“自毁”。接着他听到头顶响起沉闷的爆炸声，三弦琴的运行核心被烧毁了，焦味弥漫开来。“夜莺”不复存在，这台夺去无数生命的机器也终于陷入了沉默。

像是几个时空的喧嚣都散去，世界静得出奇。

徐汀瘫坐在地上。他知道他又失去了一样东西，刚刚找回又再次失去的东西。好像人生总是如此，在来不及遗憾的时候就要不由分说被迫接受。他安静地看着这间空旷的实验室，门外有人在靠近，但徐汀听不见，他的耳朵里是漫天的暴雨声，和那天晚上一样，噼里啪啦，噼里啪啦。

“台词还是说得那么差。”

徐汀止不住自己的泪水，可是不自觉地又笑出声来。

十三

“我在哪儿？”

徐汀发现自己坐在一片灰蒙蒙的雾气里，在他说话的同时迷雾也在缓慢散去，他看到一间老式的公寓，红砖砌的，带着生锈铁梯的那种，这是二十世纪美国很流行的款式；接着他看到金发碧眼的中年女人愉快地散步，园丁把灌木修剪得整整齐齐。这个场景似曾相识，但并不是自己的记忆。

“在我的梦里。”有人回答，徐汀辨识出那是奥黛丽的声音。

“机器人不会做梦。”徐汀说。他的身边出现了一张大床和一台望远镜。

“为什么不会？你们可以叫它 VR 幻境，我当然也可以管它叫梦咯。”奥黛丽笑起来。

“我记得我晕倒了，在……在朝你大吼之后。我好像发病了。”

“你说徐汀？没关系，他已经受到惩罚啦，现在还在医院躺着呢。”奥黛丽终于露出了身形。虽然还是那张熟悉而平凡的面孔，但她一身黑色的蕾丝舞裙，显然是在模仿格蕾丝·凯利的装扮。她点了点徐汀的脑门，说：“现在你是杰弗瑞，受伤在床的记者杰弗瑞。”

徐汀终于意识到自己正在希区柯克的电影《后窗》中，而这时候苏先生已经包裹了刀和锯条，显然他刚刚杀死了自己的妻子。奥黛丽扮演的莉莎靠在窗边望着，用手挡住嘴巴做出惊恐的样子，但由于演技僵硬，杰弗瑞不厚道地笑了。他问她：“这也是治疗之一吗？在我昏迷的时候让我演电影？”

“亲爱的你在说什么？”莉莎靠过来，她的胳膊跨在杰弗瑞肩上，和电影里一样风情摇曳。

杰弗里花了很长时间才明白这是台词。他摇摇头，配合着说：“可他们那些证人呢？”

他可以背下台词，他也愿意这么做，这部电影他看了几十遍，其中五分之一是和奥黛丽一起看的。他配合着她在梦境里表演这出戏，两个拙劣的演员和尴尬的台词并没有影响什么，徐汀觉得这一切都很有趣。实际上，这是他第一次真切地看到有颜色的世界，一切都生机盎然，即便是那预示着谋杀的大雨。徐汀想向奥黛丽道歉，可马上就被打断了。他被提醒自己是杰弗瑞，他现在的任务是窥探那位杀妻的苏先生。

于是徐汀专心投入电影里。可就在他们马上找到苏先生的证据之前，奥黛丽和女主人公一样用一吻打断了他的台词。接着徐汀发现世界的色调改变了，像是梦境被翻了一页，大片的迷雾散去后，他发现自己正驾驶着一辆军绿色越野车穿越丛林。

“还没演完哪。”徐汀对后座上的奥黛丽说。

“我才不想演后面的惊悚镜头，用一个吻来结束不是很好吗？”奥黛丽扬起自己的帽子。

“我同意，可是你觉得在《侏罗纪公园》里被恐龙追就不惊悚吗？”

“嗯，可是我喜欢。格兰特博士，你该右拐了。”她学着赛特勒博士的语气说。

霸王龙仍然在竭力追赶着，油绿的叶片和热风从身旁撕扯过去，徐汀甚至能听见导演在对自己喊话。这一切都太奇怪了，徐汀不知道奥黛丽到底在想什么，但他还是微笑着踩下了油门。

“这个梦会结束的，对吗？”

徐汀光着上身躺在沙滩上，蓝宝石般的海浪在离他五米远的地方翻腾。空气湿润清新，海平线上悬挂着正在垂落的夕阳。徐汀不知道这是什么电影，奥黛丽也说自己忘记了。他们像流浪一样抵达了这里。

“我会醒过来，也可能会死。”徐汀对着天空说，“哪一种都不怎么样。”

“不啊，当你醒来的时候，还会看到大海和蓝天。”奥黛丽的声音空灵缥缈，似乎能直接传到心里。

“会看到你吗？”徐汀问。

奥黛丽没有回答，噜噜噜噜地哼起歌。

徐汀也不继续追问。他站起身，扬起一捧沙子，大声说：“你现在是什么？”

“海。”

“如果我踩进去，会碰到你的电线和螺纹蜗杆吗？”

“你可以试试咯。”

奥黛丽嘻嘻地笑着，可徐汀却没有真的下去。他只是站在那，看着大海和天空的尽头，像期盼着什么。

零

“系统日志 NO.00020580812：信息接收器正常，内处理正常，学习系统运转良好。今天那些工程师大吵了一架，内容关于护盾能量板的制造材料，但最后也没有吵出结果。”

“系统日志 NO.00020590930：信息接收器正常，系统正常。启动实验出现了意外，一个叫米亚的外来人员被卷入奇点而死亡。她是 AI 研发部工程师徐汀的女朋友，两个人似乎感情很好，徐汀哭得很伤心。”

“系统日志 NO.00020591011：那个叫徐汀的还在为米亚哭，声嘶力竭的那种。这已经是他进入口袋宇宙后第一百零三次经历事故了，可他还是没有停止哭泣的迹象，我觉得他一定会脱水的。真是难以理解啊，人类都是疯狂又愚蠢的动物，他们的爱也一样。”

“系统日志 NO.00020591017：徐汀又来了，和以前一样还是哭个不停。可是他今天没有呼喊米亚，而是在叫一个我没听过的名字：奥黛丽。奥黛丽是谁呢？”

“系统日志 NO.0002059017B：奥黛丽，奥黛丽——这名字可真好听。”

2017 年 5 月初稿

2022 年 11 月修订